Francine Oomen
*Rosas schlimmste Jahre*
*Wie überlebe ich ohne Jungs*
*und andere süße Sachen?*

Francine Oomen

*Wie überlebe ich
ohne Jungs und andere
süße Sachen?*

Aus dem Niederländischen
von Sylke Hachmeister
und Sonja Fiedler-Tresp

Ravensburger Buchverlag

Bibliografische Information der Deutschen Nationalbibliothek:

Die Deutsche Nationalbibliothek verzeichnet diese Publikation
in der Deutschen Nationalbibliografie.
Detaillierte bibliografische Daten sind im Internet
über **http://dnb.d-nb.de** abrufbar.

Einmalige Sonderausgabe
Diese Sonderausgabe enthält zwei Bände der Serie
„Rosas schlimmste Jahre",
erschienen im Ravensburger Buchverlag:
„Wie überlebe ich meinen ersten Kuss?"
(Band 1, erschienen 2007)
„Wie überlebe ich meinen dicken Hintern?"
(Band 2, erschienen 2007)

© 2007 der deutschsprachigen Ausgaben
Ravensburger Buchverlag Otto Maier GmbH

Die niederländischen Originalausgaben erschienen
unter dem Titel
„Hoe overleef ik mijn eerste zoen?"
© 2001 by Francine Oomen, Amsterdam,
Em. Querido's Uitgeverij B.V.
und
„Hoe overleef ik mezelf?"
© 2002 by Francine Oomen, Amsterdam,
Em. Querido's Uitgeverij B.V.
Die deutsche Erstausgabe erschien
unter dem Titel „Wie überlebe ich mich selbst?"
im Erika Klopp Verlag GmbH, Hamburg 2004

Umschlaggestaltung: Sabine Reddig
unter Verwendung einer Illustration von Constanze Guhr
Kapitelanfangsvignetten: Constanze Guhr

Printed in Germany

1  2  3   12  11  10

ISBN 978-3-473-35327-9

www.ravensburger.de

# Inhalt

Wie überlebe ich meinen ersten Kuss?
*Seite 7*


Wie überlebe ich meinen dicken Hintern?
*Seite 189*

Band 1

*Wie überlebe ich meinen ersten Kuss?*

Aus dem Niederländischen
von Sylke Hachmeister

Ravensburger Buchverlag

**Von:** Rosa van Dijk <rosa_vandijk@hotmail.com>
**Gesendet:** Donnerstag, 12. August 14:10
**An:** Esther Jacobs <esther@xs42.nl>
**Betreff:** Meckermail aus Groningen

Hallo, Esther die Beste,
das ist meine erste Mail an dich aus dem fernen Norden.
Warum gibt es eigentlich kein Gesetz, nach dem Kinder
wohnen können, wo sie wollen? Dann bräuchten sie
nicht mit ihrer Mutter und ihrem Stiefvater irgendwo
hinzuziehen, wo sie niemanden kennen und überhaupt
nicht sein wollen. Weit weg von ihren Freunden und
ihrem Vater. Wenn ich meinen Vater in Eindhoven besuchen will, sitze ich mindestens drei Stunden im Zug!
Wie kann man bloß in Groningen wohnen wollen?
Das ist praktisch am Ende der Welt!
Es ist alles Alexanders Schuld. Der wollte umziehen,
weil er hier einen besseren Job bekommen hat. Und weil
meine Mutter schwanger ist, mussten wir natürlich mit.
Wenn ich ihren prallen Bauch sehe, könnte ich jedes
Mal losschreien. Sie ist jetzt echt wahnsinnig dick. Wenn
wir einkaufen gehen, bleibe ich immer einen Kilometer
hinter ihr, damit keiner merkt, dass ich zu ihr gehöre.
Ich finde es so peinlich! Da hat sie eine vierzehnjährige
Tochter und kriegt noch mal ein Baby! Ein Seniorenbaby!
Alexander tut noch immer unheimlich verliebt, aber zu
mir ist er superstreng, seit er bei uns wohnt. Ständig

motzt er an meinen Tischmanieren rum, er findet, dass ich die Musik zu laut aufdrehe und vor allem, dass ich Mama nicht genug helfe. Ich helfe ihr ja gern, vor allem jetzt, wo sie so einen dicken Bauch hat, aber nicht, wenn ich MUSS. Und schon gar nicht, wenn ER sagt, ich muss. Alexander ist schließlich nicht mein Vater!

Meine Mutter hat kaum noch Zeit für mich. Früher, als wir noch zu zweit waren, war das ganz anders.

Jetzt darf ich noch nicht mal mehr telefonieren! Alexander sagt, dass die Telefonrechnung ihn sonst in den Ruin treibt. Selbst schuld, hätte er eben nicht herziehen sollen. Zum Glück hab ich noch meinen Computer und kann mit dir und Jonas mailen. Schade, dass Saskia nie online ist.

Und, wie läuft's so in der Achten? Habt ihr in diesem Schuljahr auch wieder Prittsema in Bio? Und mit wem geht Sas gerade? Mit Nummer siebenundsiebzig? Ich kriege die Namen gar nicht mehr alle auf die Reihe. Als ich sie letzte Woche angerufen hab (Rekord: zweieinhalb Stunden, auf ihrem Handy) hat sie erzählt, dass sie in einer einzigen Woche drei Freunde hatte. Wie macht sie das bloß?

Ich hab noch nicht mal mit einem geknutscht! Du auch nicht, stimmt's? Oder hast du etwa heimlich, ohne es mir zu erzählen? Du musst mir alles immer gleich erzählen, okay? Und ich dir. Echte Freundinnen haben nämlich keine Geheimnisse voreinander.

Ich hab Sas mal gefragt, wie das eigentlich genau funktioniert, die Sache mit dem Küssen. Da hat sie gegrinst und was von „wild rumknutschen" und „sanft rumknutschen" gefaselt, aber sie wollte mir nicht erklären, was es damit auf sich hat. Sie meinte, ich müsste es einfach selbst ausprobieren. Toller Tipp! Beides hört sich komplett gruselig an! „Wild rumknutschen" klingt nach zwei knurrenden, geifernden Bestien mit blutunterlaufenen Augen, die sich gegenseitig die Kleider vom Leib reißen. Und „sanft rumknutschen" hört sich so schleimig und klebrig an!

Vierzehn Jahre und immer noch ungeküsst. Bin ich normal? Ich würde übrigens nie jemanden küssen, in den ich nicht richtig verliebt bin. Aber woher weiß man, ob man das ist? Wie fühlt sich das an?

Ich glaub auch gar nicht, dass Sas in all die Jungs richtig verliebt ist. Bestimmt ist es eher eine Art Hochleistungssport. Sie hat garantiert Supermuckis in der Zunge! Saskia Dirksen, Weltmeisterin im Zungenküssen! Haha! (Erzähl ihr nicht, dass ich das gesagt habe!!!)


Themawechsel: In vier Tagen geht hier die Schule los. Ich will nicht! Schon wieder eine neue Schule, schon wieder neue Lehrer und neue Leute, schon wieder ein neues Gebäude, in dem ich mich garantiert verlaufe. Ich kann schon die ganze Woche nicht schlafen und Bauchschmerzen hab ich auch. Und zu allem Unglück hab ich jetzt auch noch eine Bindehautentzündung! Es tut richtig weh und ich sehe total entstellt aus. Mein rechtes Auge ist ganz dick und vereitert und das Weiße ist feuerrot. Wahrscheinlich werde ich blind und brauche ein Glasauge. Ich traue mich gar nicht mehr, in den Spiegel zu gucken. Da steht dann immer dieser glubschäugige Alien und behauptet, Rosa van Dijk zu sein.

Heute Nachmittag muss ich zum Arzt. Hoffentlich fällt dem schnell was dagegen ein, denn so gehe ich auf keinen Fall in die Schule. No way!

Lange Mail, was? Ich hab ja auch nichts anderes zu tun. Ich kenne hier niemanden und will auch niemanden kennenlernen.

Wir wohnen jetzt an einem kleinen Platz in einem Reihenhaus im Neubauviertel. Unser Haus ist ein Eckhaus. Ich habe das Zimmer unterm Dach bekommen. Es ist ziemlich groß, selbst jetzt, wo noch überall Umzugskartons rumstehen. Und das Tollste: Ich kann von meinem Fenster aus aufs Dach klettern, da kann man sogar ohne Probleme sitzen. Ich hab das getestet. Bis jetzt hab ich erst meinen Computer, meinen Teddy und ein paar Klamotten ausgepackt. Ich hab zu nichts Lust und spiel den ganzen Tag bloß idiotische Computerspiele.

Meine Mutter ist dabei, das Zimmer für das Baby einzurichten. Sie hat die Wände knallrosa gestrichen, weil sie sich ganz sicher ist, dass es ein Mädchen wird. Das wird lustig, wenn sie danebenliegt.

Nachher will sie mich unbedingt mit in die Stadt schleifen, weil sie (rosa) Babysachen, Nabelbinden, Still-BHs und so Zeug kaufen will. Ohne mich!

Auf dem Platz spielen viele Kinder, aber nur lauter Babys, ich wette, die sind noch nicht mal zehn. In meinem Alter hab ich noch niemanden gesehen. Ich hab mir Alexanders

Fernglas gekrallt – damit kann ich gut Leute beobachten, ohne dass sie es merken.
Liebe Esther, du bist mein einziger Lichtblick, also mail mir superschnell zurück, ja? Wenn ich dich nicht hätte, würde ich durchdrehen.

Grüße von Rosa

PS: Weißt du, dass die Leute hier „Moin" sagen statt „Guten Tag"? Komisch, was?
Und überhaupt sprechen sie ganz merkwürdig. Im Supermarkt hab ich kein Wort verstanden.
PPS: Ich hoffe, du bist nicht sauer auf mich, weil das so eine Meckermail war. Die nächste wird fröhlicher, versprochen!

**Von:** Rosa van Dijk <rosa_vandijk@hotmail.com>
**Gesendet:** Freitag, 13. August 22:01
**An:** Jonas de Leeuw <jdl@xs22.nl>
**Betreff:** Flaschenpost von Seeräuberin Rosa

Hai, Joni-Poni,
seit meiner letzten Mail sind schon wieder zwei Wochen vergangen. Ich hatte hier echt viel zu tun. Jetzt ist der Umzug endlich geschafft, obwohl in meinem Zimmer immer noch tausend Kartons stehen. Außerdem kann ich mich einfach nicht entscheiden, in welcher Farbe ich mein Zimmer streichen soll. Ich wollte lila und rosa, aber das

hat Alexander mir verboten. Überall mischt er sich ein. Es ist nicht gerade toll, plötzlich einen Stiefvater zu haben, das kann ich dir sagen.

Jetzt wohne ich also fast dreihundert Kilometer von dir weg, weiter geht es ja wohl fast nicht, jedenfalls nicht in den Niederlanden. Du am südlichsten Zipfel, ich am nördlichsten.

Ich hab die Nase voll, das ist alles so ungerecht.

Was macht die Schule? Hast du nette Lehrer? Helfen meine Survival-Tipps vom letzten Jahr?

Ich muss jetzt auf eine neue Schule. Davor hab ich ganz schön Schiss. Ich kenne da ja niemanden! Die Schule heißt St.-Job-Schule. Was für ein Name! Ich nenne sie die Flop-Schule. Es ist elend weit mit dem Rad, wir wohnen nämlich am Stadtrand. Ich hab es gestern mit meiner Mutter ausprobiert, und wir haben 37 Minuten gebraucht. Mama mit ihrem dicken Bauch ist im Schneckentempo gefahren, allein müsste ich es in zwanzig Minuten schaffen.

Und dann ist noch eine Katastrophe passiert: Ich habe eine Bindehautentzündung am rechten Auge. Gerade war ich beim Arzt, der hat mir Augentropfen verschrieben. Das wäre ja nicht so schlimm, aber ich muss auch noch fünf Tage lang eine schwarze Augenklappe tragen. Stell dir vor: so ein richtiges Seeräuberteil! Ich sehe mega-lächerlich aus! Und in drei Tagen fängt die Schule an!!! Da gehe ich einfach nicht hin. Ich bleibe mit einem Kissen überm Kopf im Bett liegen, bis es vorbei ist.

Seit Alexander bei uns wohnt, geht er mir tierisch auf die
Nerven. Er sagt, ich solle mich nicht so anstellen. Und
dass es viel schlimmer wäre, wenn ich die ersten Tage in
der neuen Klasse verpassen würde. Wollte der mir echt
weismachen, dass so eine Augenklappe gerade cool aussieht. Der spinnt! Soll der sich doch so ein Teil umbinden
und damit zu seiner neuen Arbeitsstelle gehen!
Mein Vater würde so was nie sagen, der versteht mich
wenigstens. Ich sehe ihn jetzt nur noch in den Ferien. Ich
vermisse ihn furchtbar, aber eigentlich bin ich auch ziemlich sauer auf ihn, weil er nichts dagegen unternommen
hat, dass ich so weit wegziehe und wir uns nur noch
ganz selten sehen können.

Du, Jonas, ich muss dich jetzt mal was fragen. Wie
findest du das mit unserer Internetbeziehung? Ich muss
gestehen, dass ich keine richtige Lust mehr dazu habe.
Als wir uns in den letzten Herbstferien kennengelernt
haben, war alles so schön und ich war wirklich ein
kleines bisschen verliebt in dich. Aber sich immer nur zu
mailen, das ist doch auf Dauer ziemlich blöd. So funktioniert doch keine richtige Beziehung, oder? Sollen wir
Schluss machen? Ich hoffe, du bist mir jetzt nicht böse.
Du bist immer noch mein bester Freund, klar, du und
Esther und Sas. Aber du schreibst in letzter Zeit ständig
über Fußball und Autorennen. Es interessiert mich null,
dass Michael Soundso aus der Kurve geflogen ist und
sich dreimal überschlagen hat, und dreißig Zeilen über
eine Bananenflanke von Frankie Sowieso finde ich auch

nicht so prickelnd. Ich weiß ja noch nicht mal, was
eine Bananenflanke ist und ... halt! Ich will es auch nicht
wissen, bevor du mir darüber wieder einen ganzen
Roman schreibst.
Ich würde lieber wissen, wie es dir geht und was du so
alles erlebst. Ob du verliebt bist oder ob andere aus
deiner Klasse schon mit jemandem gehen. Oder reden
Jungs nicht über so was?
Entschuldige, dass ich so direkt bin, aber ich hab mise-
rable Laune und schon den ganzen Tag Bauchschmerzen,
weil ich euch alle so vermisse und meine Mutter bald
ein Baby bekommt und ich hier die ganze Zeit allein in
meinem Dachzimmer hocke und Seeräuberin spiele.

Tschüssi und Ahoi!
Rosa mit der Saulaune

## *Blondschopf in Sicht!*

Rosa lehnt am Fenster und späht durch das Fernglas nach draußen. Auf dem Platz ist niemand zu sehen, es ist noch ganz früh. Der Himmel ist zartgrau, und es sieht so aus, als ob es wieder ein heißer Tag werden würde.

Heute fängt die Schule an und Rosa muss immer noch die schwarze Klappe tragen. Ihrem Auge geht es schon etwas besser, aber es ist immer noch rot und geschwollen.

Gestern hat es zwischen ihr und Alexander richtig geknallt. Sie war nach unten gegangen und hatte verkündet, dass sie am nächsten Tag nicht in die Schule gehen würde. Alexander saß vorm Fernseher, die Füße auf dem Tisch, eine Hand auf Mamas rundem Bauch. Er sprang auf und brüllte, das komme gar nicht infrage.

„Ich geh da aber nicht hin!", schrie Rosa zurück. „Du hast mir gar nichts zu sagen, du bist nicht mal mein Vater. Du bist schuld, dass ich hier in diesem beschissenen Haus sitze und dass Mama so ein blödes Baby bekommt!"

Da hat er ihr eine Ohrfeige verpasst. Die erste Ohrfeige ihres Lebens.

Rosa zieht die Klappe hoch und trocknet die Tränen vorsichtig mit einem sauberen Taschentuch. Sie tut sich ziemlich leid.

Und die Ohrfeige war nicht mal das Schlimmste. Das Schlimmste war, dass ihre Mutter sie nicht in Schutz genommen hat. Sie hat sich sogar auf Alexanders Seite gestellt und Rosa auf ihr Zimmer geschickt. So streng ist sie sonst nie.

Am liebsten würde Rosa weglaufen, zurück nach Den Bosch und ihren Freunden oder zu ihrem Vater nach Eindhoven. Aber wie soll sie dort hinkommen? Sie hat kein Geld.

Als sie plötzlich einen startenden Motor hört, schreckt sie aus ihren Gedanken auf. Sie beugt sich etwas weiter aus dem Fenster, um zu sehen, woher das Geräusch kommt. Drei Häuser weiter geht die Tür eines Holzschuppens auf und ein Scooter mit Satteltaschen voller Zeitungen kommt heraus. Rosa stellt das Fernglas scharf. Mit nur einem Auge ist das gar nicht so einfach. Auf dem Scooter sitzt ein Junge. Ein ziemlich gut aussehender Junge mit blonden Haaren und braun gebranntem Gesicht. In der linken Augenbraue hat er ein Piercing und unter seinem weißen T-Shirt kommen kräftige Arme zum Vorschein. Rosa beugt sich noch weiter vor. Diesen Jungen hat Rosa noch nicht auf dem Platz gesehen. Aber der ist natürlich auch zu alt, um mit den Knirpsen zu spielen. Rosa schätzt ihn auf etwa siebzehn. Der Junge rückt die Zeitungen zurecht und zieht ein Päckchen Zigaretten aus der Hintertasche seiner Jeans. Er zündet sich eine an und fährt langsam über den Platz. Als er an Rosas Haus vorbeikommt, schaut er plötzlich zu ihr hinauf. Erschrocken lässt sie das Fernglas sinken. Mist! Er hat sie gesehen!

Der Junge lacht und hebt die Hand. Dann gibt er Vollgas und fährt davon.

Rosa duckt sich. Natürlich viel zu spät. Wie peinlich! Jetzt hat er sie mit der dämlichen Augenklappe, im Nachthemd und mit Fernglas gesehen. Schlimmer geht's ja wohl kaum! Mit klopfendem Herzen sitzt sie zusammengekauert an der Heizung unterm Fenster. Hoffentlich hat er wenigstens nicht gesehen, dass sie geweint hat.

In der Ferne verliert sich das Geräusch des Scooters. Rosa schaut auf den Wecker neben ihrem Bett. Halb sieben. Was soll sie jetzt machen? Zur Schule gehen oder sich in Luft auflösen?

**Von:** Jonas de Leeuw <jdl@xs22.nl>
**Gesendet:** Sonntag, 15. August 21:12
**An:** Rosa van Dijk <rosa_vandijk@hotmail.com>
**Betreff:** wilde Wogen

Liebe Seeräuberin,
ich bin ein gebrochener Mann! Ich bin untröstlich, ein Wrack! Gestrandet auf einer unbewohnten Insel, ohne Essen, ohne Wasser und ohne Liebe!
In der Ferne sehe ich ein Schiff davonfahren, es hat schwarze Segel und eine Totenkopfflagge. Am Steuerruder steht die schlecht gelaunte Seeräuberin Rosa, auch Rosa die Schreckliche genannt. Sie dreht sich noch einmal um und schießt als letzten Gruß eine Leucht-

rakete ab. Und ich, ich versinke in einem Tränensumpf
und werde von einem Krokodil aufgefressen.
Siehst du, ich kann auch über andere Sachen als Fußball
und Autorennen schreiben. Wenn ich Liebeskummer
habe, erwacht der Dichter in mir. Genau wie letztes Jahr
bei Aisha. Sie sitzt übrigens neben mir und ist in den
Ferien noch hübscher und vor allem größer geworden.
Sie überragt mich jetzt um einen ganzen Kopf und hat
schon ziemlich große B…!
Ich armes Würstchen, ich hab überhaupt keine Chance.
Kannst du mir Tipps geben, wie man mit einem Mädchen
flirtet?
Ich finde es also überhaupt nicht schlimm, dass du
unsere Internetbeziehung beenden willst. (BUHUHU!
Schluchz, schluchz! Wo ist mein Revolver, wo sind meine
Schlaftabletten?) Nein, ich werde mein Schicksal wie
ein Mann ertragen und dem Krokodil einen ordentlichen
Tritt verpassen. So toll war es nun auch wieder nicht,
den Computer zu küssen.
Hast du letzten Mittwoch Ajax gegen Milan gesehen?
Super, was? (WAR NUR SPASS.)
Ich hoffe, dein Auge ist wieder okay, denn morgen geht
bei dir die Schule los. Keine Panik, du findest bestimmt
schnell neue Freunde. Du wirst sehen, es ist alles halb so
wild.

Herzliche Grüße von deinem Ex
Jonas

**Von:** Esther Jacobs <esther@xs42.nl>
**Gesendet:** Montag, 16. August 16:17
**An:** Rosa van Dijk <rosa_vandijk@hotmail.com>
**Betreff:** Kopf hoch!

Liebes Rosinchen,
sorry, dass ich dir erst jetzt zurückschreibe, aber ich
hatte Probleme mit dem Computer und konnte meine
Mails nicht abrufen. Arme Rosa, du bist echt nicht zu
beneiden: fremde Stadt, deine besten Freunde am
anderen Ende der Welt und dein Pa auch. Mein Beileid!
Komisch, dass Alexander auf einmal so streng ist. Als er
noch nicht bei euch gewohnt hat, war er doch ganz nett.
Hat er dir nicht sogar bei den Hausaufgaben geholfen?
Na ja, vielleicht ist es dir ein kleiner Trost, dass du jetzt
zwei Väter hast und ich nicht mal einen, bloß eine
Mutter. Das ist manchmal ganz schön langweilig, wenn
man nur zu zweit ist. Ich an deiner Stelle fände es total
spannend, wenn meine Mutter ein Baby bekommen
würde. Habt ihr euch schon einen Namen überlegt?
Darfst du bei der Geburt dabei sein? (Manchmal dürfen
die Geschwister das!) Hoffentlich darf ich dich in den
Herbstferien besuchen, dann kann ich das Baby sehen!
Die Mode-Kollektion meiner Mutter läuft richtig gut.
Sie mietet sich bald ein Büro mit Atelier in der Stadt,
und die meisten Kleider werden jetzt in China
hergestellt! Vielleicht muss sie da mal hin und vielleicht
darf ich dann mit! Unser Leben hat sich so verändert.

Arbeitet deine Mutter immer noch für dieselbe Zeitschrift oder macht sie jetzt etwas anderes?

Um deine Frage zu beantworten: Nein, ich war noch nie verliebt. Ehrlich gesagt interessiere ich mich kein Stück für Jungs. Sas hat übrigens nachgezählt und geht ihrer Rechung nach jetzt mit Nummer achtzehn. Er heißt Theo und ist schon neunzehn, und sie sagt, er sei die Liebe ihres Lebens. Die achtzehnte Liebe ihres Lebens ja dann wohl.

Der Geigenunterricht läuft super. Ich habe eine neue Lehrerin, die alte ist in Rente gegangen. Sie heißt Mira und ist noch ganz jung, dreiundzwanzig. Sie kommt frisch vom Konservatorium. Da will ich auch hin und dann werde ich eine berühmte Violinistin. Vielleicht liest mein verschollener Vater dann eines Tages meinen Namen in der Zeitung, erinnert sich daran, dass er eine Tochter hat und kommt mich besuchen.

Ach, Rosa, ich bin mir ganz sicher, dass du schnell neue Freundinnen findest, und bestimmt klappt's auch an der neuen Schule. Und bei mir darfst du so viel meckern, wie du willst, dafür sind wir schließlich Freundinnen.

Hab dich lieb,
Esther

Rosa wischt sich die Tränen ab, die ihr über die Wangen laufen. Mist, jetzt ist die blöde Augenklappe schon wieder nass. Aber sie nimmt sie lieber nicht ab, sonst muss sie sie womöglich noch länger tragen. Sie schaltet den Computer aus. Sie hat keine Lust, sofort zurückzuschreiben. Natürlich ist sie froh, dass sie so gute Freunde hat, aber so richtig können die doch nicht verstehen, wie grässlich alles ist.

Zum tausendsten Mal an diesem Tag geht Rosa zum Spiegel, um ihr Auge zu betrachten. Vielleicht kann die Klappe morgen doch ab. Andererseits ist heute sowieso schon alles schiefgegangen, da ist ihr Piratenauge wohl noch das geringste Übel.

Rosa lehnt sich aus dem Fenster. In ihrem Zimmer herrscht eine Bullenhitze. Draußen am Himmel sind schon die ersten Sterne zu sehen. Der Platz vor ihrem Haus ist verlassen, nur aus einem offenen Fenster ertönen Stimmen und Gelächter. Sie fühlt sich furchtbar einsam.

Rosa geht zu ihrem Bett und nimmt ihren Discman. Sie steckt sich die Stöpsel in die Ohren und schaltet die Musik ein. So kann Alexander sich jedenfalls nicht beschweren. Dann stemmt sie sich im Fensterrahmen hoch und klettert hinaus aufs Dach. Ein wenig zittrig setzt sie sich hin und schaut sich um. Hier ist es herrlich. Man hat einen großartigen Blick über die Dächer der Stadt bis zu den Feldern ganz in der Ferne.

Ein frischer Wind weht ihr durchs Haar. Rosa seufzt und zieht die Knie bis ans Kinn. Das hier ist ein guter Ort zum Nachdenken. Ihr geheimes Versteck. Hier ist sie wenigstens ungestört.

Heute war der erste Tag auf St. Flop und so ziemlich der schrecklichste Tag ihres Lebens. Erst hat sie sich verfahren und kam zu spät. Als sie auf den Schulhof fuhr, knallte sie mit dem Vorderrad gegen die Bordsteinkante, weil sie mit einem Auge die Entfernung nicht richtig abschätzen konnte.

Danach konnte sie das Klassenzimmer nicht finden und musste sich vom Hausmeister hinbringen lassen. Als sie in die Klasse kam, starrten sie alle an und fingen an zu flüstern und zu lachen und auf ihre Augenklappe zu zeigen. Am liebsten hätte sie auf dem Absatz kehrtgemacht, aber das hat sie sich nicht getraut. Stattdessen stolzierte Rosa erhobenen Hauptes durch die Bankreihen, so als würden sie die neugierigen Blicke der anderen völlig kaltlassen, während sie in Wirklichkeit gegen die Tränen ankämpfte. Ganz hinten war noch eine Bank frei, Rosa nahm Platz und hätte sich am liebsten auf der Stelle in Luft aufgelöst. In der Pause kamen zwei Mädchen auf sie zu, aber vor lauter Angst, dass sie sie wegen ihres Auges auslachen würden, drehte sie sich um und ging weg.

Zu allem Überfluss hörte sie auch noch, wie ein paar Mädchen im Flur hinter ihrem Rücken miteinander flüsterten.

„Das ist die Neue, guck mal, wie die aussieht!"

„Wie ein Seeräuber. Macht sie bestimmt, um aufzufallen."

„Und eingebildet ist sie auch, sie redet mit keinem."

„Anscheinend hat sie's nicht nötig, sich mit uns abzugeben. Oder habt ihr sie heute vielleicht schon mal einen Ton sagen hören?"

„Ja, eine richtige Zicke!"

Und dann prusteten sie los.

Zur letzten Stunde ging Rosa gar nicht erst hin. Unter Tränen schob sie ihr Fahrrad den ganzen Weg nach Hause, weil sie nach dem morgendlichen Zusammenstoß mit der Bordsteinkante auch noch eine fette Acht im Vorderrad hatte.

Rosa putzt sich die Nase. Die Musik dröhnt ihr in den Ohren. Sie dreht noch weiter auf, bis es fast wehtut.

Sie nimmt das Fernglas und späht ins Halbdunkel. Schade, die meisten Leute haben die Vorhänge schon zugezogen. Rosa findet es lustig, in fremde Zimmer zu schauen. Sie richtet das Fernglas nach links. Da stockt ihr plötzlich der Atem. Sie schaut dem Jungen mit den blonden Haaren von heute Morgen direkt ins Gesicht.

## *Liebesquiz*

Rosa lässt das Fernglas sinken. Ihr Herz klopft wie wild und sie spürt, dass sie knallrot wird. Shit, shit, shit! Voll erwischt!

Er sitzt auf dem Dach seines Hauses, raucht eine Zigarette und grinst übers ganze Gesicht. Er bewegt die Lippen, aber sie hört nichts. Schnell nimmt sie die Ohrstöpsel heraus.

„Hallo, Frau Nachbarin! Schönes Fleckchen, was?"

Rosa nickt unsicher, sodass ihr die blonden Locken ins Gesicht fallen.

„Wie heißt du?"

Die Situation ist Rosa furchtbar peinlich. Sie versteckt das Fernglas hinter dem Rücken. „Rosa", murmelt sie.

„Was?", ruft der Junge. „Ich kann dich nicht verstehen. Warte, ich komm zu dir rüber."

„Bist du verrückt? Lass das!", ruft sie erschrocken. „Das ist doch lebensgefährlich! Wenn du runterfällst!"

Aber da ist er schon zu ihr unterwegs. Rosa wagt kaum hinzusehen. Während sie die Luft anhält, klettert er behände wie ein Äffchen über das Dach und ist im Nu bei ihr. Er setzt sich neben sie.

„Du Idiot!" Rosas Stimme zittert. „Wenn du hier runterfällst, bist du mausetot! Oder wir beide, wenn das Dach unter uns zusammenkracht."

Der Junge mit den blonden Haaren ist plötzlich sehr nah. Rosa weicht ein Stück zur Seite und beobachtet, wie er seine Zigarette wegschnippt. Seine braunen Augen glänzen im Dunkeln. „Quatsch, ich falle schon nicht. Ich weiß, was ich tue! Bin schließlich nicht das erste Mal hier draußen. Also, wie heißt du nun?"

„Ich heiße Rosa, Rosa van Dijk", antwortet sie verlegen.

„Ich bin Thomas. Wir wohnen hier seit einem Jahr. Du bist neu hier, oder?"

Rosa wagt nicht, ihn anzusehen.

„Zigarette?" Er hält ihr das Päckchen hin.

„Nein, danke. Ich rauche nicht."

„Sehr vernünftig." Thomas zuckt mit den Schultern, zündet sich selbst noch eine an und kneift die Augen zusammen, als der Rauch sich emporringelt.

Er lehnt sich an die Dachschräge und streckt die langen Beine aus. Rosa sieht, dass er barfuß ist, genau wie sie. Heimlich beobachtet sie seine nackten braunen Füße mit den langen Zehen.

„Gefällt es dir hier?"

Damit hatte Rosa nicht gerechnet. Sie dachte, er würde eine Bemerkung über ihr Auge machen. Oder über ihre weiche Aussprache. Oder über das Fernglas. „Nein."

„In welche Schule gehst du?"

„St.-Job-Schule, in die Achte."

Sie traut sich nicht, ihn auch etwas zu fragen. Sie würde gern noch etwas weiter von ihm abrücken, aber dann würde sie über den Rand fallen und es gäbe keine Rosa mehr.

Thomas grinst. „Da war ich auch, aber jetzt bin ich runter. Darf ich mal durch dein Fernglas gucken?" Er streckt die Hand aus. Rosa holt das Fernglas hinter dem Rücken hervor.

„Ich wollte dir nicht nachspionieren, ehrlich nicht. Ich … ich beobachte nur gerne Vögel", stammelt Rosa.

Er grinst schon wieder. Mit der Zigarette im Mundwinkel und zusammengekniffenen Augen schaut er durch das Fernglas.

„Wow, das ist ein Teures, das ist richtig gut! Ha! Man kann voll bei dem alten Boersma reingucken!"

„Bei wem?"

„Boersma. Der wohnt in dem Haus da drüben, allein. Er ist vierundsiebzig und ein bisschen plemplem." Thomas tippt sich an die Stirn.

Er gibt Rosa das Fernglas wieder und sieht sie prüfend an.

Oh, oh, jetzt kommt's, denkt Rosa und macht sich auf einen blöden Kommentar gefasst.

Aber Thomas steht auf und schaut mit einem schelmischen Grinsen auf sie hinab. „Ich bin gespannt, ob dein anderes Auge auch so schön blau ist, Rosa. Freut mich, dass wir Nachbarn sind. Wir sehen uns noch!"

Er macht einen gekonnten Sprung. Auf seiner Seite angekommen wirft er die Zigarette weg und winkt Rosa, die ihm mit offenem Mund nachstarrt, noch einmal zu. Dann verschwindet er durch sein Fenster.

**Von:** Rosa van Dijk <rosa_vandijk@hotmail.com>
**Gesendet:** Freitag, 20. August 23:12
**An:** Esther Jacobs <esther@xs42.nl>
**Betreff:** Bis über beide Ohren!


Hallo, Esther!
Danke für deine Mail.
Mir geht es plötzlich viel besser. Und weißt du wieso?
Ich bin seit drei Tagen verliebt! Zum ersten Mal! Bis
über beide Ohren! Weißt du noch, dass ich dir neulich
geschrieben hab, ich wüsste nicht, wie sich das anfühlt?
Schwuppdiwupp, jetzt weiß ich es!
Hier kommt der große Verliebtheitstest. Ich hab ihn
selbst gemacht und dachte mir, dass er für dich auch
praktisch ist. Für den Fall der Fälle!
Für jede Aussage, die auf dich zutrifft, bekommst du
einen Punkt.
Zehn Punkte heißt: Du bist mordsmäßig verliebt.
Fünf Punkte: Du bist so ein bisschen verliebt, und bei
weniger als fünf Punkten solltest du dir den Typ lieber
aus dem Kopf schlagen.


**Der große Test: Wie verliebt bin ich?**
1. Du kannst nicht länger als zehn Sekunden an etwas
anderes denken als an ihn/sie.
2. Wenn du an ihn/sie denkst, hast du Schmetterlinge im
Bauch.
3. Wenn du ihn/sie siehst, bekommst du Schweißhände,
zittrige Knie und Puddingbeine.

4. Du ziehst dich mindestens viermal am Tag um.
5. Du sprichst in Gedanken den ganzen Tag mit ihm/ihr.
6. Dein Kalender und deine Hefte sind vollgemalt mit Herzchen und seinen/ihren Initialen.
7. Du kannst dich auf nichts konzentrieren.
8. Du übst deine Unterschrift, aber mit seinem/ihrem Nachnamen.
9. Du denkst dir den ganzen Tag romantische Geschichten aus, in denen du und dein Geliebter/deine Geliebte die Hauptrolle spielen.
10. Du kannst nicht schlafen und nicht essen.

Der Junge, in den ich verknallt bin, heißt Thomas und wohnt ganz bei uns in der Nähe, drei Häuser weiter.
Er hat einen Scooter und trägt jeden Morgen Zeitungen aus. Wenn er wegfährt, beobachte ich ihn mit dem Fernglas, und ich hab auch schon mal mit ihm gesprochen. Oh, Esther, der ist so süß! Er hat blonde Haare und total schöne braune Augen und eine sehr schöne Stimme und überhaupt find ich alles an ihm schön. Jetzt macht es mir gar nichts mehr aus, dass es in der Schule nicht so gut läuft. Ich sitze einfach da und träume von ihm und davon, dass er gesagt hat, ich hätte ein schönes blaues Auge. (Mein anderes hat er noch nicht gesehen.) Die Klappe ist übrigens seit gestern ab und von der Bindehautentzündung sieht man fast nichts mehr.

Tschau!
Rosa auf der rosa Wolke

„Rosa, du strahlst ja so!"

Rosa setzt sich zu ihrer Mutter an den Frühstückstisch. Zum Glück ist Alexander schon zur Arbeit gefahren. Sie springt sofort wieder auf, weil keine Butter und kein Saft auf dem Tisch stehen. Sie schenkt ihrer Mutter ein Glas Saft ein und tätschelt ihr den dicken Bauch. „Hier, das ist gut für euch!"

Plötzlich sieht sie, dass ihre Mutter Tränen in den Augen hat.

„He, was ist los? Weinst du?"

Ihre Mutter wischt sich mit dem Ärmel über die Augen und lacht. „Ich freue mich so, dass du endlich wieder fröhlich bist, Rosa! Ich hab dich ja kaum noch wiedererkannt." Sie beugt sich zu Rosa, um sie zu umarmen, aber ihr Bauch ist im Weg. „Du warst in letzter Zeit so mürrisch und gereizt, ich habe mir richtig Sorgen gemacht."

Zärtlich streichelt sie Rosa durchs lockige Haar.

„Hast du dich langsam ein wenig eingewöhnt, Schatz?"

Rosa zuckt mit den Schultern und schmiert sich eine dicke Schicht Schokocreme auf ihr Brot.

„Geht so."

„Gefällt es dir hier nicht?"

Wieder hebt Rosa die Schultern. „Erst fand ich es ganz schrecklich, aber jetzt geht es."

„Hast du in der Schule schon Freundinnen gefunden?"

„Mwaah!", nuschelt Rosa mit vollem Mund. Ihre Mutter braucht ja nun wirklich nicht alles zu wissen. Außerdem erzählt sie es Alexander immer gleich brühwarm weiter und das passt Rosa nicht.

Rosas Mutter reibt sich müde die Augen und gähnt.

„Ich mache nachts kein Auge mehr zu. Das Baby schlägt Purzelbäume und tritt ununterbrochen. Und wenn ich einmal liege, kann ich mich kaum noch umdrehen."

Rosa schaut auf den Bauch ihrer Mutter. „Du bist auch echt superdick! Es sind nicht zufällig zwei oder drei?"

Rosas Mutter lacht. „Nein, um Himmels willen! Aber ich bin einfach keine vierundzwanzig mehr. Es ist jetzt viel anstrengender." Dann schaut sie ernst.

„Hör mal, Rosa, ich finde, du könntest ruhig ein bisschen freundlicher zu Alexander sein. Für ihn ist es auch nicht leicht, plötzlich eine große Tochter zu haben. Er meint es nur gut und …"

„Und er mischt sich überall ein! Und überhaupt ist es seine Schuld, dass wir umgezogen sind und ich all meine Freundinnen verloren habe." Mit einem Schlag ist Rosas gute Laune verflogen. Sie springt auf, um ihre Brotdose zu holen. Doch dann sieht sie das traurige Gesicht ihrer Mutter.

„Tut mir leid, Mam." Rosa gibt ihr einen Kuss auf die Stirn. „Habt ihr eigentlich schon einen Namen für das Baby?"

Ihre Mutter lächelt und nickt. „Wir können uns noch nicht zwischen Emilia und Sophie entscheiden. Was meinst du?"

„Bist du dir denn sicher, dass es ein Mädchen wird?"

Rosas Mutter nickt. „Das spürt man als Mutter."

„Aber du weißt es nicht sicher?"

„Nein."

„Dann würde ich sagen, ihr nennt euer Kind Emil. Ich glaube nämlich, es wird ein Junge!"

Ihre Mutter kichert, nimmt eine Zeitschrift und verzieht das Gesicht. „Mannomann, was für eine Schlamperei", murmelt sie wütend. „Schau dir das mal an, dieses Layout, völlig unmöglich. Die neue Chefredakteurin hat überhaupt keine Ahnung."

„Hättest du eben nicht umziehen sollen, Mam!", sagt Rosa. „Dann hättest du deinen Job noch. Leg die Zeitschrift lieber weg, davon kriegst du doch sowieso bloß wieder schlechte Laune."

„Du hast ja Recht, meine vernünftige Tochter. Na, dann viel Spaß in der Schule heute!"

Viel Spaß, aber nicht in der Schule, denkt Rosa, als sie aufs Rad steigt. Sie ist zufällig dahintergekommen, dass Thomas in einer Imbissstube in der Stadt arbeitet.

Gestern Nachmittag hatte sie sich von ihrer Mutter schließlich doch dazu überreden lassen, gemeinsam die letzten Sachen für das Baby einzukaufen. Sie gingen durch eine volle Einkaufsstraße, als ihre Mutter plötzlich vor einer Imbissstube stehen blieb und rief: „Ich hab so wahnsinnige Lust auf Hering mit Zwiebeln. Komm, Rosa, wir ziehen uns einen rein!"

„Mam, kannst du bitte normal mit mir reden?" Ihre Mutter versucht in letzter Zeit, hip zu sprechen und Rosa findet das total peinlich. Aber ihre Mutter hatte ihr gar nicht zugehört und war schon unterwegs zu ihrem Hering mit Zwiebel. Rosa wollte gerade die Tür öffnen, als sie plötzlich Thomas hinter der Theke stehen sah. Am liebsten wäre sie im Erdboden versunken. Schnell ging sie weiter und wartete vor einem Schaufenster auf ihre Mutter. Die kam kurz darauf mit einem riesigen Hering nach draußen und konnte sich beim besten Willen nicht erklären, wieso Rosa freiwillig auf ihre geliebten Pommes verzichtet hatte.

„Ich kann wirklich nicht beim Sport mitmachen!" Rosa schaut ihre Lehrerin an und macht ein leidendes Gesicht. „Ich hab furchtbare Bauchkrämpfe." (Diese Ausrede hat sie letzte Woche bei einem anderen Mädchen gehört.)

„Kriegst du deine Periode?"

Rosa bekommt einen Schreck. Daran hatte sie gar nicht gedacht. „Na ja, äh, ich weiß nicht. Vielleicht."

„Hast du deine Periode denn schon?"

Rosa schüttelt den Kopf und merkt, dass sie rot wird. Was geht das diese Sporttante an?

„Okay, du kannst gehen. Hast du danach noch Unterricht?"

„Nein, ich hab frei!" Und weg ist Rosa.

Das war ja ein Kinderspiel! Bei dem Gedanken daran, dass sie Thomas sehen wird, bekommt sie vor lauter Aufregung wirklich Bauchweh. Seine Mutter hat sie inzwischen auch mal gesehen. Eine sonnenbankgebräunte Dame mit Stöckelschuhen und knallrot gefärbten Haaren.

Rosa steht am Anfang der Straße, in der die Imbissstube ist. Soll sie wirklich da reingehen?

Sie fährt sich mit beiden Händen durch die Locken und betrachtet sich in einem Schaufenster. Ist sie zu dick? Sie zieht den Bauch ein und streckt die Brust heraus. Aber das sieht nun wirklich total bescheuert aus. Schnell zieht sie die Jeansjacke an, die über dem Fahrradlenker hing. Vielleicht sollte sie sich doch mal schminken, das würde sie älter machen. Sie sieht aus wie zwölf. Rosa holt tief Luft. Sie kommt einfach rein zufällig hier vorbei und sie hat Hunger. Na los!

So langsam wie möglich schiebt sie das Rad die Straße entlang. Sie traut sich nicht. Oder doch? Nein. Doch. Da ist die Imbissstube. Ja ... Nein ... Erst einmal vorbeigehen. Rosa beschleunigt ihren Schritt und schaut nervös in den Laden. Hinter der Theke steht eine dicke Frau und unterhält sich mit einem Mann, der sich gerade über seine Fritten hermacht. Wo ist Thomas? Als Rosa ungefähr fünfmal unauffällig an der Fensterscheibe vorbeigegangen ist, atmet sie erleichtert auf. Er ist nicht da. Puh! Aber irgendwie ist es auch schade. Inzwischen hat sie einen Riesenhunger, weil sie die Brote mit der Erdnussbutter in der Pause weggeworfen hat.

„Einmal Pommes mit Majo, bitte."

„Groß, mittel oder klein?", fragt die dicke Frau.

„Äh, groß." Rosa bückt sich und kramt in ihrem Rucksack nach dem Portmonee. Als sie sich wieder aufrichtet, schaut sie direkt in Thomas' strahlendes Gesicht. Wie schafft er das bloß immer, aus dem Nichts aufzutauchen? Sie spürt, dass sie knallrot wird.

„Hallo, Frau Nachbarin!"

„He, na so ein Zufall! Ich wusste gar nicht, dass du hier arbeitest."

Thomas lacht. Er sieht noch besser aus als letztes Mal. Braun gebrannt, mit einem hellblauen T-Shirt und verwuschelten Haaren. Er beugt sich zu ihr und schaut ihr tief in die Augen.

Rosas Herz klopft wild und ihre Hände werden feucht.

„Ja! Es ist genauso schön wie das andere", sagt er schließlich.

Rosa schaut sich erstaunt um.

„Wer? Was?"

„Dein Auge!", sagt Thomas. „Rosa Blue Eyes!"

Rosa grinst blöd. Sie merkt, dass ihre Knie anfangen zu zittern, und weiß auf einmal gar nicht mehr, was sie sagen soll.
Verlegen reibt sie sich das Auge und starrt dann auf ihre San-
dalen. Mann, warum fällt ihr bloß nie ein cooler Spruch ein,
wenn es darauf ankommt?

„Einmal Pommes, junge Dame! Das macht einsfünfund-
siebzig!"

Thomas nimmt die Tüte Pommes und überreicht sie Rosa
mit einer Verbeugung. „Bitte sehr, das geht aufs Haus."

„Wie ... wie ... warum, was meinst du?", stottert Rosa
und merkt, wie sie einen roten Kopf bekommt.

„Du brauchst sie nicht zu bezahlen, Dummerchen!"

Rosa wird noch röter, falls das überhaupt möglich ist, und
nimmt die Pommes entgegen.

„Ja, dann tschüss!" Sie dreht sich um und geht zum Aus-
gang.

„Hey, Rosa! Sollen wir uns für heute Abend verabreden,
auf dem Dach?"

Rosa stockt der Atem. Sie traut ihren Ohren nicht. Sie
dreht sich um. Ein paar Pommes fallen aus der vollen Tüte auf
den Boden.

„Oh, äh ... warte ..." Sie bückt sich, um sie aufzuheben.
Thomas kommt hinter der Theke hervor. Er steht jetzt ganz
nah neben ihr.

„Lass liegen, ich mach das dann schon. Bis heute Abend auf dem Dach? So um halb elf."

Er zwinkert ihr zu und verschwindet in der Küche. Was für ein Auftritt! Sprachlos schaut Rosa ihm nach.

Die dicke Frau grinst verschwörerisch. „Lass es dir schmecken, Mädchen!"

**Von:** Esther Jacobs <esther@xs42.nl>
**Gesendet:** Dienstag, 24. August 17:03
**An:** Rosa van Dijk <rosa_vandijk@hotmail.com>
**Betreff:** Kann Liebe schön sein?

Hallo, Rosinchen,
danke für den Test, ist bestimmt total nützlich (haha).
Ehrlich gesagt klingt es, als wäre Verliebtsein eine
ernsthafte Krankheit! Was soll daran schön sein? Soll ich
dir gratulieren oder mein Beileid aussprechen? Hör mal,
weiß der überhaupt, dass du in ihn verliebt bist? Sagst
du es ihm? Ich bin gespannt, wie das weitergeht! Halt
mich unbedingt auf dem Laufenden, ja?
Hast du in letzter Zeit mal was von Sas gehört? Sie war
jetzt schon zwei Tage nicht in der Schule. Ich bin bei
ihr zu Hause vorbeigegangen, aber da hat keiner aufge-
macht.
Habe nicht viel Zeit zum Schreiben – morgen schreiben
wir Griechisch. Ist superschwer! Was macht dein Auge?

Kussss von Essssther

# *Er kommt ...*
# *Er kommt nicht ...*

Rosa springt von ihrem Stuhl vorm Computer auf und rennt zum Fenster.
Sie dachte, sie hätte etwas gehört.
Mist. Nichts. Das Herz klopft ihr bis zum Hals. Jetzt ist es schon nach halb zwölf und Thomas ist immer noch nicht da. Von Viertel nach zehn bis Viertel vor elf hat sie auf dem Dach gesessen, bis ihr eiskalt war. Sie starrt den Vollmond an. „Er hat es vergessen", murmelt sie. Vielleicht musste er ja Überstunden machen. Bestimmt ist plötzlich eine ganze Busladung Japaner vorbeigekommen, die alle Pommes mit Frühlingsrolle haben wollten.
Sie seufzt tief und setzt sich wieder an den Computer. Neben ihr liegt eine Tüte Chips. Vor Aufregung hat sie alle aufgegessen.
Eigentlich wollte sie die mit Thomas zusammen auf dem Dach essen. Pech für ihn, denkt Rosa bitter. Und Pech für sie, denn morgen kriegt sie natürlich von Alexander eins auf den

Deckel, wenn er merkt, dass eine Tüte Chips verschwunden ist. Alexander merkt alles.

Rosa seufzt tief und versucht, gegen die Enttäuschung über den verpatzten Abend anzukämpfen. Wie konnte sie bloß denken, sie würde Thomas gefallen? Sie ist erst vierzehn, und er ... Das muss sie ihn bei Gelegenheit fragen, sie weiß nicht mal, wie alt er ist. Sie weiß eigentlich überhaupt nichts über ihn. Außer dass er in einem Imbiss arbeitet, Zeitungen ausfährt und wunderschöne Augen hat ... und cool ist ... und alles. Sie beschließt, erst mal Jonas zurückzumailen.

**Von:** Rosa van Dijk <rosa_vandijk@hotmail.com>
**Gesendet:** Dienstag, 24. August 23:42
**An:** Jonas de Leeuw <jdl@xs22.nl>
**Betreff:** Flirttipps

Lieber Joni-Poni,
du hast mich gefragt, ob ich dir Tipps geben kann,
wie man mit einem Mädchen flirtet. Ich hab noch nicht
so viel Erfahrung, aber ich kann dir gern verraten,
welche Flirtereien mir gefallen. (Natürlich nicht bei dir,
du bist ja schon mein Ex.)

**Flirttipps (für Jungs)**
1. Sag ihr, sie habe die schönsten blauen (oder braunen oder grünen) Augen der Welt. Nein, das ist zu dick aufgetragen, dann glaubt sie es nicht. Sag lieber: die schönsten Augen, die du je gesehen hast. Dass sie wunderschöne Bambi-Augen hat oder so was. Lass dir

irgendwas Poetisches einfallen. Und am besten was Originelles.

2. Sag ihr, dass du immer über sie lachen musst, weil sie so witzige Sachen sagt.

3. Sag ihr, dass du sie hübsch findest.

4. Schau ihr lange und tief in die Augen.

5. Kauf ihr was Leckeres. Pommes. Oder eine Schachtel Pralinen. Nein, das ist mehr was für alte Tanten. Lad sie einfach zu irgendwas ein.

6. Gib ihr einen netten Kosenamen, dann hat sie das Gefühl, dass sie etwas Besonderes ist.

7. Mach dich schön für sie. Zeig dein strahlendstes Zahn-pastalächeln.

Tja, das war's für heute. Das waren die Flirttipps für Anfänger. Damit kommst du bestimmt schon ein ganzes Stück weiter. Wenn mir noch mehr einfallen, schreibe ich sie dir.

Wie geht's Michael Dingsbums? Ist er in letzter Zeit mal wieder aus der Kurve geflogen?

Viele Grüße von deiner Ex, Rosa

PS: Ich hoffe, es macht dir nichts aus: Ich bin verliebt! Er heißt Thomas und ist supernett!

**An:** Esther Jacobs <esther@xs42.nl>
**Gesendet:** Dienstag, 24. August 23:59
**Von:** Rosa van Dijk <rosa_vandijk@hotmail.com>
**Betreff:** Liebe ist seeeeeehr schön!

Hallo, Esther,
wie kommst du darauf, dass Verliebtsein eine Krankheit
ist? Es ist wunderbar! Warte mal ab, bis es dich erwischt,
oder willst du vielleicht deine Geige heiraten?
Ich hab versucht Sas anzurufen, aber auf ihrem Handy
erreiche ich nur die Mailbox und bei ihr zu Hause geht
keiner ran.
Kurze Mail, mir fällt nix ein.

Tschüssi und gute Nacht sagt
Rosa

Rosa fährt den Computer herunter, zieht ihr Nachthemd an
und legt sich aufs Bett. Sie starrt die Zimmerdecke an und
überlegt, warum Thomas sie versetzt hat. Wie kann er sie
denn einfach so vergessen? Ihre Augen werden schwer ...

Draußen erklingt ein schriller Pfiff. Rosas Herz macht
einen doppelten Salto und sie rennt zum Fenster. Thomas
schaut lachend zu ihrem Fenster herein und streckt eine Hand
aus.

Rosa ergreift sie. Sie ist warm und kräftig, als er sie hoch-
zieht. Oben auf dem Dach traut sie ihren Augen nicht. Da stehen mindestens hundert brennende Teelichter zu einem großen Herz angeordnet. Rosa fühlt sich wie im Märchen.

„Wow!", ruft sie. „Oh, Thomas, wie schön! Wie hast du das bloß gemacht? Ich hab gar nichts gehört!"

Er lacht und dabei funkeln seine Augen. „Ganz leise. Es sollte ja eine Überraschung werden."

Er klopft auf die weiche weiße Decke, die er mitten in dem Herz ausgebreitet hat. „Setz dich zu mir, schöne Blue Eyes, und genieß die Aussicht."

Vorsichtig setzt sie sich mitten in das Herz. Der Mond steht groß und klar über ihnen und in der Ferne singt eine Nachtigall. Der Himmel ist samtblau, es ist windstill und warm.

„Unser Abend", flüstert Thomas und nimmt ihre Hand. „Ein traumhafter Abend für ein traumhaftes Mädchen. Rosa, wenn du wüsstest! Ich hab in den letzten Tagen jede Sekunde an dich gedacht ... Ich konnte nicht essen, nicht schlafen, die Pommes sind mir angebrannt ..."

Er fasst hinter sich.

„Mach mal die Augen zu."

Rosa tut, was er sagt.

„Riech mal!"

Rosa schnuppert. Ein betörender, süßer Duft steigt ihr in die Nase. Sie öffnet die Augen und sieht eine wunderschöne, tiefrote Rose vor sich.

„Für dich", sagt Thomas leise. „Eine zauberhafte Rose für das schönste und liebste Mädchen, dem ich je begegnet bin."

Rosa wird rot und nimmt die Rose an. Thomas streicht ihr zärtlich über die blonden Locken.

„Im Mondlicht sehen deine Haare aus wie Gold." Seine Stimme ist heiser. Behutsam nimmt er ihr Gesicht in die Hände. Tief schauen seine braunen Augen in ihre blauen.

„Und wenn ich dir in die Augen schaue, ist es, als würde ich in den Himmel eintauchen. Meine liebe, schöne Blue Eyes."

Er beugt den Kopf zu ihr und flüstert: „Und deine Lippen, schöner und frischer als diese Rose ... Darf ich dich küssen?"

Wie aus der Ferne hallt die Frage in Rosas Ohr. Küssen ... Küssen ... Doch ehe sie versteht, was gerade mit ihr passiert, spürt sie Thomas' warme weiche Lippen auf ihren ...

„Rosa! Rosa!"

Die Zimmertür wird aufgerissen und Alexander steht im Raum. Rosa liegt auf dem Bett und fährt erschrocken hoch. Sie braucht eine Weile, bis sie begreift, dass die Geschichte mit Thomas nur ein schöner Traum war.

„Was ist denn?", fragt sie wütend. „Warum platzt du einfach so hier rein?"

„Deine Mutter! Es geht ihr nicht gut, der Krankenwagen muss gleich da sein. Du bleibst hier, ich fahre mit ins Krankenhaus."

„Ins Krankenhaus?" Ein Schauer läuft Rosa über den Rücken. „Was ist denn? Sag es mir!", ruft sie, doch sie wartet Alexanders Antwort nicht ab, sondern saust an ihm vorbei die Treppe hinunter. In der Ferne heult eine Sirene.

„Mama! Wo bist du?"

Alexander rennt ihr nach. „Sie ist im Schlafzimmer. Geh lieber nicht zu ihr, Rosa!"

Rosa stürmt ins Zimmer. Ihre Mutter liegt angezogen auf dem Bett. Ihre Augen sind geschlossen und sie ist leichenblass. Die Sirene ist jetzt ganz nah. Rosa kniet sich neben das

Bett und fasst nach der Hand ihrer Mutter. Sie fühlt sich kalt und kraftlos an. Ihre Mutter reißt die Augen auf und stöhnt. Sie presst die Hände an den Bauch.

„Mam!", brüllt Rosa, als sie sieht, dass die Bettdecke blutdurchtränkt ist. Sie fängt an zu weinen. „Mama! Oh Mama, bitte sag was! Nicht sterben, Mama!"

Zwei Männer kommen mit einer Trage ins Zimmer gerannt.

Rosa tritt zurück, ohne den Blick vom blassen Gesicht ihrer Mutter abzuwenden.

„Die wievielte Woche?", ruft einer der Männer, während er sich neben Rosas Mutter setzt und ihr Handgelenk umfasst.

„Fünfunddreißigste, glaube ich!", ruft Alexander, der in der Tür zum Schlafzimmer steht, aschfahl im Gesicht. Der andere Mann stellt einen Apparat neben das Bett und presst Rosas Mutter eine Sauerstoffmaske aufs Gesicht.

„Weg da, Mädchen, wir brauchen Platz."

Geschickt heben sie Rosas Mutter auf die Trage. Alexander nimmt ihre Hand.

„Heleen, Liebling, halt durch, es wird alles gut", stammelt er.

Dann geht plötzlich alles rasend schnell. Im Nu sind die Männer mit Rosas Mutter die Treppe hinunter und zur Haustür hinaus. Rosa steht verstört in einer Ecke des Zimmers und starrt auf den Blutfleck auf der weißen Bettdecke. In der Ferne verhallt die Sirene.

## *Die kleine Sabbelkrabbe*

„Papa, Papa ... sie stirbt, sie stirbt!" Mehr bringt Rosa nicht heraus.

Sie sitzt mit nackten Beinen auf den kalten Fliesen im Flur und presst das Telefon ans Ohr.

Die Tränen strömen ihr über die Wangen. „Papa! Ich hab solche Angst!"

„Rosa, Kleines, jetzt mal ganz ruhig. Ich verstehe kein Wort. Versuch dich zu beruhigen und erzähl mal alles der Reihe nach. Wo sind Mama und Alexander?"

„Sie stirbt", schluchzt Rosa. Sie bekommt kaum noch Luft, so sehr muss sie weinen. Das Telefon fällt auf den Boden. Rosa kauert sich zusammen und schluchzt herzzerreißend. Ihre Mutter stirbt. Nur wegen Alexander!

Und Rosa war so gemein zu ihr und hat ihr viel zu wenig geholfen mit dem dicken Bauch. Heute Abend noch hat sie Streit wegen dem Abwasch angefangen. Vielleicht ist es sogar ihre Schuld!

Ihr Vater ruft durchs Telefon. „Rosa! Rosa! Sprich mit mir!"

Rosa holt angestrengt Luft und nimmt den Hörer. „Oh Papa! Warum bist du nicht hier? Ich hab solche Angst. Es tut mir so leid!"

„Röschen, ganz ruhig. Was ist passiert? Hol tief Luft und atme langsam wieder aus."

Die Stimme ihres Vaters klingt vertraut und liebevoll, und die Panik legt sich ein wenig. Rosa versucht ruhiger zu atmen. Sie sieht, dass die Haustür noch offen steht.

„Mama … Oh Papa, da war so viel Blut!"

Ihr Vater unterbricht sie. „Kommt das Baby? Geht es los?"

„Weiß ich nicht …"

„Das Baby sollte doch erst Ende September kommen, oder?"

„Alexander … Alexander hat zu dem Mann vom Krankenwagen was von der fünfunddreißigsten Woche gesagt."

Rosa putzt sich die Nase in ihrem Nachthemd.

„Gut so. Ganz ruhig, meine Kleine."

„Was ist los, Joop, was sagt sie?", hört sie Papas Freundin Annemarie im Hintergrund.

„Röschen, hör mal zu, bist du allein zu Hause?"

„Jaaa!", schluchzt Rosa. „Ganz allein! Sie sind ohne mich weggefahren."

„Kannst du nicht zu den Nachbarn?"

„Ich kenne hier überhaupt niemanden!" Rosa muss wieder heftiger weinen.

„Jetzt gehst du erst mal in die Küche und trinkst ein Glas Wasser, ja?"

„Ja", schluchzt Rosa.

„Okay, nimm das Telefon einfach mit."

Rosa steht auf und geht in die Küche. Sie umklammert den Telefonhörer wie einen Rettungsring.

Ihre Zähne schlagen gegen das Glas und sie verschluckt sich am Wasser. Als sie zu Ende gehustet hat, sagt ihr Vater: „Röschen, es wird bestimmt alles gut. Das Baby ist einen Monat zu früh, das ist nicht weiter tragisch. Es kann jetzt schon sehr gut leben. Wahrscheinlich ist es überhaupt nichts Schlimmes."

„Und was ist mit Mama?"

„Mama stirbt bestimmt nicht. Rosa, es ist besser, wenn wir jetzt Schluss machen. Es könnte ja sein, dass Alexander vom Krankenhaus aus anrufen will. Ruf mich an, sobald es Neuigkeiten gibt, ja? Mach's gut, mein Schatz."

„Tschau, Papa." Es kostet Rosa große Überwindung, das Telefon beiseitezulegen. Mit dem Ärmel wischt sie sich die Tränen vom Gesicht.

„Alles wird gut, alles wird gut. Na klar, alles ganz normal, das viele Blut. Total normal, haha", murmelt sie vor sich hin. Sie spritzt sich ein wenig kaltes Wasser ins Gesicht und holt tief Luft.

Als sie sich umdreht, steht Thomas in der Tür. Rosa starrt ihn mit offenem Mund an. Schon wieder ist er aus dem Nichts aufgetaucht!

„Die Haustür stand offen und ich hab einen Krankenwagen wegfahren sehen."

Er kommt auf sie zu und fasst sie an den Schultern. „Hey, sag mal was. Was ist denn passiert?"

Mit roten, verquollenen Augen sieht Rosa ihn an. „Sie haben meine Mutter ins Krankenhaus gebracht."

Thomas schiebt sie sanft ins Wohnzimmer und drückt sie aufs Sofa.

„Sie kriegt doch ein Baby, oder? Das ist doch schön!" Er streicht ihr die feuchten, klebrigen Haare aus dem Gesicht.

Rosa fröstelt. „Es ist noch zu früh. Da war ganz viel Blut!"

„Das ist bei Babys immer so", sagt Thomas trocken. Er setzt sich auch aufs Sofa und schaut sich im Zimmer um. „Euer Haus sieht genauso aus wie unseres, es ist nur anders eingerichtet. Bei uns ist alles ganz altmodisch, voll öde. Sieht cool aus mit den bunten Sachen hier."

Er geht zu einem kleinen Schrank, auf dem allerlei Flaschen mit Hochprozentigem stehen. Prüfend hebt er ein paar Flaschen hoch und schenkt sich aus einer ein Glas ein. Er setzt sich neben Rosa und hält ihr das Glas unter die Nase. „Trink mal einen Schluck. Auf den Schreck."

Von dem scharfen Geruch, der aus dem Glas steigt, muss Rosa niesen. Sie denkt kurz an die rote Rose aus ihrem Traum von vorhin.

Sie schüttelt den Kopf. „Mag ich nicht, ich trinke keinen Alkohol."

„Ich schon. Du bist wirklich ein braves Mädchen!" Thomas setzt das Glas an die Lippen und kippt den Inhalt in einem Zug runter. Rosa sieht ihn mit großen Augen an. Dann wird ihr plötzlich bewusst, dass sie ihr viel zu kleines, altes rosa Nachthemd trägt. Sie zieht die Beine an und drückt sich ein Kissen an die Brust. Sie sieht, dass er auf ihre nackten Beine schaut. Plötzlich ist sie ganz befangen.

„Hast du unsere Verabredung heute Abend vergessen?", fragt sie heiser.

„Unsere Verabredung? Ach ja!" Thomas schlägt sich mit der Hand vor die Stirn. „Ja, das hab ich echt total verschwitzt! Tut mir leid! Ich musste länger arbeiten und dann kam ein Freund von mir vorbei und dann war es plötzlich zu spät."

Rosa zuckt mit den Schultern. „Macht ja nichts."

Und ob es was macht, was für ein blöder Spruch! Er hätte doch kurz anrufen können, sagt eine Stimme in ihrem Kopf. Eine andere Stimme sagt: Oh, wie toll er aussieht ... während du in deinem alten, verschlissenen Nachthemd hier rumsitzt!

Rosa schämt sich fürchterlich. Er soll sie nicht so sehen!

„Geh ruhig nach Hause, du bist bestimmt müde", sagt sie. „Es ist okay. Danke, dass du vorbeigekommen bist. Ich warte hier, bis sie anrufen."

Thomas steht auf und streckt sich. Rosa schaut hoch und sieht seine braunen muskulösen Arme, auf denen feine blonde Härchen wachsen. Ob er ins Fitnessstudio geht?

Thomas schenkt sich noch ein Glas ein und trinkt es wieder in einem Zug leer. Er zwinkert ihr zu. „Tja, dann alles Gute, Baby. See you!" Und weg ist er.

Rosas Kopf fühlt sich an, als wäre er mit Wattebällchen gefüllt. Was für eine verrückte Nacht. Alles ging so schnell. Wie es Mama jetzt wohl geht? Thomas hat Rosa über den Kopf gestrichen. Aber es war so anders gewesen, als sie es sich vorgestellt hatte. Sie rollt sich zusammen und legt den Kopf auf die Sofalehne. Mit dem Telefon neben sich schließt sie erschöpft die Augen.

**Von:** Rosa van Dijk <rosa_vandijk@hotmail.com>
**Gesendet:** Mittwoch, 25. August 15:49
**An:** Esther Jacobs <esther@xs42.nl>
**Betreff:** Abelchen

Hi, Esther,
was für eine Nacht! Ich hab einen furchtbaren Schreck
bekommen! Meine Mutter wurde gestern mit Blaulicht
ins Krankenhaus gebracht. Erst dachte ich, sie würde
sterben, sie lag in einer Blutlache so groß wie das Eisel-
meer. Ich habe die ganze Nacht kein Auge zugetan,
weil mein Vater mich jede Stunde angerufen hat; der hat
sich auch Sorgen gemacht. Ich war ganz allein zu Hause.
Thomas ist vorbeigekommen und war total nett.
Zum Glück ist alles gut ausgegangen. Heute Morgen um
vier Uhr wurde das Baby geboren. Um ein Haar wäre
es schiefgegangen! Die Plazenta oder wie das Teil heißt
hatte sich gelöst und darum war da so viel Blut. Das
Baby kam schließlich mit Kaiserschnitt zur Welt, du
weißt schon, so ein Schnitt vom Kinn bis zu den Zehen.
Scherz! Alexander hat mich heute Morgen um sieben
angerufen, als ich gerade auf dem Sofa eingeschlafen
war.
Es ist ein Junge!!! Haha, wusste ich's doch! Jetzt können
sie das Babyzimmer neu streichen und alle Babysachen
umtauschen. Er heißt Abel. Wer nennt sein Kind denn
Abel? Das ist doch kein Name! Bestimmt ist ihnen so
schnell nichts Besseres eingefallen, weil sie dachten, dass
es ein Mädchen wird. Ich nenne ihn einfach die kleine

Sabbelkrabbe, das finde ich witzig. Die kleine Sabbelkrabbe liegt jetzt im Brutkasten und darf da auch vorläufig nicht raus. Und Mama hab ich noch gar nicht
gesehen; Alexander sagt, dass sie von der Narkose noch
völlig benebelt ist. Ich darf erst morgen zu ihr. Jetzt hab
ich einen Halbbruder. Ich empfinde nichts, hab gar keine
(halb-)schwesterlichen Gefühle oder so. Und ich hab
auch nur wegen meiner Mutter ein schlechtes Gewissen
deswegen. Es ist vier Uhr nachmittags und ich kippe vor
Müdigkeit fast um. Heute Abend muss ich mir selbst was
zu essen besorgen, weil Alexander erst zur Arbeit muss
und dann zum Krankenhaus. Ich hab fünf Euro bekommen. Ich denke, ich werde sie in Pommes investieren.

Tschautschau!
Rosa (Halbschwester von Abelchen)


**Von:** Rosa van Dijk <rosa_vandijk@hotmail.com>
**Gesendet:** Mittwoch, 25. August 16:19
**An:** Jonas de Leeuw <jdl@xs22.nl>
**Betreff:** Sabbelkrabbe

Hallo, Joni-Makkaroni,
Das Baby ist da! Es heißt Abel und ich gehe jetzt
schlafen, weil ich irre müde bin von dem ganzen Trubel.

Grüße von Rosa Aprikosa

„Ja, eine Krabbe, das hab ich mir schon gedacht." Mit gerümpfter Nase schaut Rosa in den Brutkasten. Das Baby ist winzig klein, rosa und schrumplig. Es trägt eine Windel, die fast größer ist als es selbst. Auf seiner Brust klebt ein dünnes Kabel und in seinem Mini-Wichtelnäschen steckt ein Schlauch.

„Was sagst du da? Eine Krabbe? Er ist ein Prachtkerlchen!", sagt Alexander beleidigt. „Sag so was bloß nicht zu deiner Mutter!"

Rosa dreht sich um und geht aus dem Zimmer.

„Nein, ich werde sagen, dass er ein toller Hecht ist, genau wie sein Vater, okay?"

Mit wenigen langen Schritten ist Alexander bei ihr und fasst sie am Arm.

„Rosa! Was hast du bloß in letzter Zeit? Du bist unausstehlich!"

„Ja, weil du auch unausstehlich bist." Rosa reißt sich los.

Einen Moment lang sieht es so aus, als könnte Alexander sich nicht beherrschen. Zum Glück kommt gerade eine Schwester vorbei, die Rosa anlacht. „Hast du dir dein Brüderchen schon angesehen?", fragt sie freundlich. „Süß ist der, was?"

Rosa nickt und geht schnell weiter. Pfui, vielleicht war das wirklich ein bisschen zu gemein. Aber sie kann nichts dafür, dass ihr solche Sachen rausrutschen. Sie ist so wütend auf Alexander. Wütend, weil Mama so große Schmerzen hatte und weil sie ihre Freunde und ihr Zuhause verloren hat. Und auch weil ihre Mutter so auf Alexander fixiert ist und viel weniger Zeit für sie hat als früher.

„Das ist die falsche Richtung, hier geht's nach oben", ruft Alexander ihr nach.

Im Aufzug schaut Rosa demonstrativ in die andere Richtung. Alexander steht mit angespannter Miene neben ihr und kaut an den Nägeln.

Rosa hat ein bisschen Angst davor, ihre Mutter zu sehen. Ob sie sehr viel Blut verloren hat? Ist sie jetzt ganz krank und hat den Bauch verbunden?

## *Knall!*

„Hallo, Mam!"

Ihre Mutter schlägt die Augen auf. Unter den Augen hat sie dunkle Ringe und sie sieht müde aus. Verlegen setzt sich Rosa auf den Stuhl neben dem Bett.

„Ich hab dir was mitgebracht." Sie legt eine Schachtel aufs Bett. Mamas Lieblingspralinen, gekauft vom Pommesgeld. Statt Pommes hat Rosa altes Brot gegessen. Sie ist nun wirklich keine Monstertochter.

Rosas Mutter lächelt und streckt die Arme nach ihr aus.

„Komm, du darfst mir einen Kuss geben, ich bin nicht aus Porzellan."

Vorsichtig gibt sie ihrer Mutter einen Kuss auf die Wange.

„War es sehr schlimm, Mama? Hat es wehgetan?", fragt sie besorgt.

„Am Anfang schon, da hatte ich auch große Angst, weißt du. Aber sie haben sich hier wirklich gut um mich gekümmert. Ich hab eine Spritze bekommen und schon war ich im

Land der Träume. Und als ich wach wurde, war unser liebes Abelchen da!"

„Ich will später auf keinen Fall Kinder!", sagt Rosa entschieden.

„Ach, Schätzchen, wenn das Baby erst mal da ist, sind alle Schmerzen sofort vergessen. Dann ist man nur noch glücklich über das Kind." Die Augen ihrer Mutter strahlen, aber Rosa sieht die Fieberflecken auf ihren Wangen.

„Hast du ihn schon gesehen?"

Rosa nickt. „Er sieht aus wie ..."

Alexander, der stumm hinter ihr steht, stößt sie warnend an.

„... ein Engelchen", sagt Rosa. „Ein rosa Engelchen aus dem Meer."

„Aus dem Meer?", fragt ihre Mutter verwundert.

Wieder spürt Rosa einen Stoß im Rücken.

„Ja", sagt sie mit Unschuldsmiene. „Er war doch im Wasser, in deinem Bauch!"

Rosas Mutter lächelt und schließt die Augen.

„Komm", sagt Alexander. „Deine Mutter braucht Ruhe."

Als Rosa allein im Bus sitzt, kommen ihr die Tränen. Sie versucht das Gesicht hinter den Haaren zu verbergen, damit es keiner sieht. Sie hat sich noch nie so allein gefühlt. Mama hat Alexander und die kleine Sabbelkrabbe, Papa hat Annemarie, und sie – sie hat niemanden. Doch, Jonas und Esther und Saskia, aber die sind weit weg. Und Thomas. Vielleicht. Aber vielleicht auch nicht.

**Von:** Jonas de Leeuw <jdl@xs22.nl>
**Gesendet:** Samstag, 28. August 19:07
**An:** Rosa van Dijk <rosa_vandijk@hotmail.com>
**Betreff:** Hurra! Ein Brüderchen!!

Hallihallo, Abeldibabelchens Schwester!
Mir gefällt der Name! Herzlichen Glückwunsch zur
Geburt deines Brüderchens! Super, oder? Es hat sich
angehört, als hättest du ihn selbst bekommen! Hast du
dich inzwischen wieder eingekriegt?
Mit deinen Survival-Tipps hast du mir was Schönes
eingebrockt! Ich erzähle mal, was passiert ist.
Ich hatte Aisha gefragt, ob sie mit mir in der Stadt ein
Eis essen geht. Sie sagte zu, aber ihre drei Freundinnen
sollten auch mitkommen. Na ja, dachte ich mir, besser
als nichts. Ich habe mir einen Spickzettel mit deinen
Flirttipps eingesteckt.
In der Eisdiele hab ich Aisha zu einem Eis eingeladen.
Sie nahm eine Riesenwaffel mit fünf Kugeln und Sahne,
und ihre Freundinnen auch. Ich konnte es nicht bringen,
nur Aishas Eis zu bezahlen, das wäre zu auffällig gewesen, also musste ich alle vier bezahlen. Fünfzehn Euro
war ich los! Ich tat so, als hätte ich selbst keine Lust auf
Eis, denn ich hatte nur fünfzehn Euro dabei. Fast mein
ganzes Taschengeld für einen Monat futsch! Wir setzten
uns draußen auf eine Bank und aßen Eis. Jedenfalls die
Mädels, ich hatte ja keins. Mit viel Mühe schaffte ich es,
mich neben Aisha zu zwängen, ihre Freundinnen umring-
ten sie nämlich wie Leibwächter. Und ununterbrochen

dieses Gekicher! Ich kam mir total bescheuert vor und
hatte die ganze Zeit einen Kopf wie eine Tomate.

Dann fragte Emmy, das ist Aishas beste Freundin, ob ich
mal an ihrem Eis lecken wollte. Kicher, kicher. Ich wollte
natürlich überhaupt nicht an ihrem Eis lecken, sondern
an Aishas! Grummel, grummel! Ich sagte also, dass
ich nicht wollte, weil ich Bauchweh hätte. Das stimmte
sogar, vor lauter Aufregung.

Tja, da saß ich dann neben Aisha und versuchte ihr tief
in die Augen zu schauen. Aber das gelang mir nicht, weil
sie nur Augen für ihr Eis hatte. Ich konnte mich nicht
mehr an den nächsten Flirttipp erinnern, deshalb zog ich
ganz unauffällig den Spickzettel aus der Tasche.

„He, Jonas, was hast du da? Ist das etwa ein Liebesbrief? Zeig mal!"

Ehe ich mich versah, hatte Ineke, das ist Aishas andere
Freundin, mir den Zettel aus der Hand gerissen und las
ihn laut vor! Alle drei prusteten los. Du kannst dir
vorstellen, dass ich vor Scham im Erdboden versunken
bin. Ich sprang auf, nahm mein Mountainbike und wollte
wie der Blitz abhauen.

Und dann passierte die nächste Katastrophe. Vor lauter
Panik passte ich nicht auf und knallte gegen ein stehen-
des Auto!! Ich machte einen dreifachen Salto durch die
Luft und landete – boing! – mitten auf der Motorhaube.
Ich bin mit dem Gesicht gegen die Windschutzscheibe
geknallt, echt filmreif. Am Steuer saß eine alte Oma.
Sie starrte mich mit weit aufgerissenen Augen an und
bekam eine Art Herzinfarkt. Das lag bestimmt an den

paar Litern Blut, die aus meiner Stirn spritzten. Na ja, da hörten die Mädchen natürlich auf zu lachen und kamen kreischend zu mir gerannt. Zuerst tat ich so, als ob ich bewusstlos wäre, aber darauf fielen sie nicht herein. Ich bin leider kein begnadeter Schauspieler. Natürlich hoffte ich, Aisha würde in Tränen ausbrechen und rufen: „Jonas! Mein Liebster, verlass mich nicht! Stirb nicht!", aber sie machte nicht die geringsten Anstalten. Sie gab mir ein schmuddeliges Papiertaschentuch, das ich auf die Wunde drücken sollte.

Mein Mountainbike ist schrottreif. Es war funkelnagelneu gewesen! Das Auto war – oh Wunder – unbeschädigt und ich hatte nur eine Beule mit einer Platzwunde an der Stirn, die nicht mal genäht werden musste. Das wäre wenigstens noch cool gewesen. Ich hab den Arzt noch angefleht, mir eine anständige Naht zu machen, aber das sah er nicht ein. Ich bekam bloß ein Pflaster. Oh Rosa, noch nie im Leben hab ich mich dermaßen blamiert! Ich traue mich nicht mehr in die Schule. Mein erster Versuch auf dem Gebiet der Liebe ist voll in die Hose gegangen. Mir reicht es jetzt schon. Das ist mir alles viel zu kompliziert, ich bleibe für immer Junggeselle. Schnief, schnief, ganz einsam und allein.

Dein Ex-Supertrottel
Jonas

PS: Was macht dein Schönling? Gehst du mit ihm?

Als Rosa Jonas' Mail zu Ende gelesen hat, muss sie kichern. Was für eine Geschichte! Aber auch ein bisschen traurig.

Eigentlich müsste sie Jonas jetzt hilfreiche Tipps schicken. Schließlich ist sie nicht ganz unschuldig daran, dass er sich blamiert hat. Aber im Augenblick hat sie keine guten Ratschläge auf Lager. Was kann man in so einem Fall machen? Mal überlegen ...

**Von:** Rosa van Dijk <rosa_vandijk@hotmail.com>
**Gesendet:** Samstag, 28. August 22:03
**An:** Jonas de Leeuw <jdl@xs22.nl>
**Betreff:** Korb

Hi, Jonas-Unglücksrabe,
so ein Pech! Zum Glück habe ich in einer Zeitschrift Tipps gelesen, was man machen soll, wenn man einen Korb bekommen hat. Hier sind sie:

**Hast du einen Korb bekommen? Fünf Survival-Tipps**
1. Benimm dich so, als wäre nichts geschehen. Wenn jemand eine Bemerkung darüber macht oder dich damit aufzieht, tu so, als würdest du unter Gedächtnisschwund leiden.
2. Denk daran, dass du nicht der Einzige bist – jeder bekommt mal einen Korb.
3. Die halbe Weltbevölkerung besteht aus Mädchen, du hast also noch genügend Chancen.
4. Sag jeden Morgen zu deinem Spiegelbild: „Ich bin ein supergut aussehender, cooler Typ, ich bin witzig und

unwiderstehlich und XY (in diesem Fall Aisha) hat ein Riesenpech, dass sie nicht mit so einem tollen Typ geht.
5. Tu so, als würdest du mit einer anderen gehen, vielleicht wird sie dann eifersüchtig.

Na, ich hoffe mal, dass du mit dem einen oder anderen etwas anfangen kannst! Also ich finde die Tipps sehr vernünftig.
Abelchen liegt noch im Krankenhaus und Mama auch. Sie dürfen erst in zwei oder drei Wochen nach Hause, und das auch nur, wenn alles gut geht – mit Abelchens Lunge scheint etwas nicht in Ordnung zu sein. Heute Morgen war ich zu Besuch da. Abel durfte ich nicht sehen, aber das fand ich nicht so schlimm. Alexander ist kaum zu Hause. Zum Glück. Gestern habe ich mir selbst was gekocht. Tomatensuppe aus der Dose. Gut, was? Ich bin eine richtige Küchenfee.
Mann, ich langweile mich zu Tode so allein. Kennst du ein paar coole Internetseiten oder so?

Tschau-wau-wau
Rosa
PS: Leider, leider, ich gehe noch nicht mit ihm.

Rosa lehnt am Fenster und schaut durchs Fernglas. Auf dem Platz spielen sieben Kinder. Diesmal sind auch ältere dabei. Drei etwa fünfzehnjährige Jungs spielen Fußball. Sie richtet das Fernglas auf jedes einzelne Gesicht. Keiner von denen sieht so gut aus wie Thomas.

„Hey, Joost! Schieß den Ball mal zu mir!"

Das ist seine Stimme! Vor Schreck lässt Rosa fast das Fernglas fallen.

Thomas kommt auf den Platz geschlendert, die Hände in den Hosentaschen, Zigarette im Mundwinkel.

In Rosas Bauch flattern Schmetterlinge. Thomas trägt Shorts und ein weißes T-Shirt. Sicherheitshalber legt Rosa das Fernglas weg und versteckt sich hinterm Vorhang.

„Govert, du gehst ins Tor!", ruft Thomas. Ein dünner Junge stellt sich gehorsam vor ein Garagentor. Der Reihe nach schießen die Jungen den Ball gegen das Stahltor. Die meisten kann Govert nicht halten, und der Lärm der aufprallenden Bälle hallt über den Platz. Rosa schaut bewundernd auf Thomas' muskulöse, braune Waden. Wahnsinn, wie der das kann, am besten von allen. Da geht die Gartenpforte neben der Garage auf und ein alter, gebeugter Mann mit Glatze kommt herausgeschlurft. Ein Ball fliegt knapp an ihm vorbei.

„Wie oft habe ich euch schon gesagt, dass ihr die Bälle nicht gegen mein Garagentor schießen sollt!", ruft der Mann. Seine Stimme überschlägt sich. „Ihr wisst genau, dass ich den Lärm nicht vertrage!"

„Da! Der alte Boersma!" Die Jungen grölen.

Peng! Wieder verfehlt ein Ball den Mann um Haaresbreite. Peng! Und noch einer.

Boersmas Gesicht ist vor Wut rot angelaufen. „Verdammte Bengel! Lasst das sein, sonst rufe ich die Polizei!"

„Die Polizei! Oh, jetzt habe ich aber Angst! Mama, Hilfe! Der böse Herr Boersma will uns ins Gefängnis werfen lassen!

Bitte nicht, Herr Boersma, wir tun es auch nie wieder!", ruft Thomas mit Quengelstimme.

Peng! Noch ein Ball. Rosa schnappt sich wieder das Fernglas. Sie kann die Gesichter ganz nah heranholen und sieht Boersmas verzweifelten Blick. Mit seinem dünnen Vogelhals sieht er richtig kläglich aus, und er ist mindestens einen Kopf kleiner als die Jungen. Die Augen hinter der Brille sind wässrig und seine Unterlippe bebt. Trotzdem ballt er die Hände zu Fäusten und hebt sie zitternd.

„Oh, was soll denn das? Sie dürfen aber keine Kinder schlagen, Herr Boersma!", ruft ein anderer Junge. Peng! Wieder knallt ein Ball ans Garagentor.

Rosa schaut zu Thomas. Er lacht herausfordernd, die Zigarette im Mund, die Hände in die Seiten gestemmt. Sie kriegt ein komisches Gefühl im Bauch. Warum ist Thomas so fies? Das passt gar nicht zu ihm. Soll sie runtergehen und Herrn Boersma verteidigen? Die Jungs würden sie wahrscheinlich nur auslachen. Und Thomas …

Aber in dem Moment dreht sich der alte Mann um und stolpert wieder in seinen Garten. Als die Gartenpforte zufällt, knallt Thomas sofort einen Ball dagegen.

„Flegel! Ungezogene Bande!", ruft Boersma. Von ihrem Platz am Fenster aus kann Rosa ihn noch sehen. Mit gebeugtem Rücken sitzt er auf einer Bank in seinem gepflegten Garten. Zwischen den Blumen stehen lauter Gartenzwerge. Peng! Knall! Boersma hält sich die Ohren zu und ballt die Hand noch einmal ohnmächtig zur Faust. Dann geht er mit schwerfälligen Schritten ins Haus.

## *Zungenkuss-Tipps*

Rosa lässt sich aufs Bett fallen. Draußen ertönt das aufgeregte Geschrei der Jungen.

Am liebsten würde sie die Szene von eben aus ihrem Gedächtnis löschen. Normalerweise macht Thomas bestimmt nicht solche Sachen. Garantiert haben die drei anderen ihn angestachelt. Rosa traut sich nicht mehr, aus dem Fenster zu gucken. Thomas hat schon ein paarmal raufgeschaut, und er soll auf keinen Fall denken, sie würde ihn beobachten.

Rosa geht die Treppe hinunter ins Bad. Es ist unangenehm still im Haus. Jetzt, wo ihre Mutter nicht da ist, herrscht im Bad ein fürchterliches Chaos. Alexander lässt seine schmutzige Wäsche überall rumliegen und sie selbst ist auch nicht viel besser.

Rosa betrachtet sich im Spiegel. Ob Thomas sie hübsch findet? Sie klimpert mit den Augen und reißt sie weit auf. Er hat sie Blue Eyes genannt. Noch nie hat jemand ihr gesagt, dass sie schöne Augen hat. Auf einem Schränkchen liegen

Mamas Schminksachen. Wenn sie sich schminken würde, sähe sie bestimmt ein bisschen älter aus. Und hübscher! Rosa gefällt sich überhaupt nicht mit der komischen Stupsnase und dem großen Mund.

Rosa steckt sich die Haare hoch. Nein, viel zu spießig! Vielleicht lieber ein Pferdeschwanz?

Danach schraubt sie einen Lippenstift auf und malt sich mit zittriger Hand die Lippen knallrot an. Wow, so sieht sie gleich ganz anders aus. Thomas hat sie ein braves Mädchen genannt. Brav ist spießig. Sie muss wirklich an ihrem Aussehen arbeiten. Jetzt noch ein wenig lila Lidschatten und Wimperntusche ...

Voller Stolz betrachtet Rosa das Resultat und gibt ihrem Spiegelbild einen Kuss. Dann muss sie lachen. Sie sieht aus wie ein richtiger Filmstar oder eine Fernsehmoderatorin. Schade, dass sie nicht kurz aus ihrem Körper steigen kann, um sich von allen Seiten zu betrachten. Man sieht sich selbst eigentlich nie, wie andere einen sehen. Von der Seite oder von hinten. Sie haucht auf den Spiegel und malt ein Herz, durch das sich ein Pfeil bohrt. T schreibt sie auf die eine Seite, R auf die andere.

Das ist das Gute, wenn man allein zu Hause ist – es gibt niemanden, der einen stört. Rosa formt die Hand zu einer Mulde, atmet hinein und schnuppert. Ist ihr Atem frisch? Hoffentlich! Angenommen, Thomas würde sie küssen! Bei dem Gedanken bekommt sie sofort Puddingknie und Schmetterlinge im Bauch.

Aber wie geht das eigentlich – küssen? Sie hat keinen blassen Schimmer. Im Fernsehen sieht man oft, wie Leute sich küssen, aber die spannenden Details sieht man trotzdem nicht. Was passiert zum Beispiel *in* den Mündern? Sie würde jetzt gern mit Sas darüber reden, die hat schon so viel Erfahrung.

Ha, aber jetzt kann sie ja endlich mal ungestört telefonieren! Sie rennt ins Schlafzimmer der Eltern und bleibt erschrocken vor dem Bett stehen. Ein Glück, Alexander hat es frisch bezogen. Es ist nichts mehr zu sehen. Sie wirft sich aufs Bett und wählt Saskias Nummer.

Rosa wundert sich, dass schon nach zweimal Klingeln jemand rangeht.

„Hey, Sas! Endlich erwische ich dich mal! Wo warst du die ganze Zeit? Esther und ich haben uns schon richtig Sorgen gemacht."

„Rosa! Herzlichen Glückwunsch zu deinem Brüderchen! Esther hat es mir erzählt. Ist er süß?"

„Nee, er ist ziemlich öde. Sieht aus wie eine schrumpelige rosa Krabbe. Außerdem ist er noch gar nicht zu Hause. Mama liegt mit ihm im Krankenhaus. Alexander ist auch nicht da. Jetzt können wir schön lange telefonieren. Und du, wo hast du die ganze Zeit gesteckt?"

„Na, bei Theo natürlich."

„Wieso natürlich? Hat deine Mutter dir das erlaubt?"

„Die ist gerade mal wieder in der Entzugsklinik, seit zwei Wochen."

„Shit! Ich dachte, es ginge ihr im Augenblick so gut!"

„Tja, Fehlanzeige. Aber bei Theo ist es voll cool!"

„Musst du denn nicht in die Schule?"

„Ich war krank."

„Haha, schulkrank meinst du wohl. Sas, hör mal, ich brauch deinen Rat."

„Worum geht's denn?"

„Du musst mir erklären, wie man küsst!"

„Sag bloß, du bist verliebt?"

„Tja, äääh ... ja, schon. Ziemlich heftig sogar. Er heißt Thomas und wohnt bei uns am Platz. Oh Sas, er sieht total cool aus!"

„Wow, da freu ich mich aber für dich! Und, ist er auch in dich verliebt?"

Rosa kichert nervös. „Woher soll ich das wissen? Er weiß nicht mal, dass ich in ihn verliebt bin!"

„Dann solltest du's ihm sagen."

„Spinnst du? Nie im Leben! Aber Sas ... hör zu. Angenommen, wir küssen uns ... Ich meine *angenommen* ... dann, dann weiß ich gar nicht, wie das geht. Kannst du's mir erklären? Bittebitte!"

„Am Telefon? Soll ich meine Zunge etwa in den Hörer stecken?"

„Nein, komm, im Ernst! Hilf mir, Sas!"

„Jaja, unsere Rosa. Okay, die liebe Tante Saskia erklärt es dir mal ..."

Als Rosa wieder in ihrem Zimmer ist, flitzt sie zum Computer. Sie muss Saskias Tipps schnell aufschreiben, bevor sie sie vergisst. Und dann kann sie die Tipps direkt Jonas mailen, dann weiß der auch gleich Bescheid.

**Zungenkuss in zehn Schritten**
1. Leg den Kopf ein wenig schräg, damit ihr nicht mit den Nasen zusammenstoßt.
2. Mach die Augen zu.
3. Drück deine Lippen sanft auf seine.
4. Öffne den Mund ein wenig und lass deine Zunge in seinen Mund gleiten.
5. Umkreise seine Zunge mit deiner.
6. Zieh die Zunge zurück.
7. Mach den Mund wieder zu.
8. Zieh den Kopf zurück.
9. Mach die Augen wieder auf.
10. Lächle und fang wieder von Neuem an (jedenfalls wenn es dir gefallen hat).

Beim Tippen schüttelt Rosa sich vor Lachen. Wie idiotisch! Und das soll schön sein? Allein bei der Vorstellung, mit der Zunge in dem Mund eines anderen rumzufuchteln, bekam Rosa eine Gänsehaut! Wer das wohl erfunden hat? Und das war erst der Anfang!

**Noch mehr Tipps für den perfekten Zungenkuss**
1. Pass auf, dass ihr nicht mit den Zähnen gegeneinanderknallt. Küss ruhig und sanft, sonst musst du zum Zahnarzt.
2. Press deinen Mund nicht zu fest auf seinen.
3. Mach die Lippen weich.
4. Versuch nicht zu sabbern.
5. Versuch nicht zu ersticken (durch die Nase atmen).

6. Steck die Zunge nicht zu weit in seinen Mund
(das kann schlimm ausgehen), aber auch nicht zu wenig.
7. Nicht wie ein Propeller mit der Zunge wirbeln.
8. Sorg für frischen Atem.
9. Spuck deinen Kaugummi vorher aus.
10. Streichle während des Küssens das Haar oder Gesicht
des anderen.

Rosa kichert. Gar nicht so einfach! Und wenn man nun erkältet ist und eine verstopfte Nase hat? Und wie lange soll so ein Kuss eigentlich dauern? Das hat Sas nicht gesagt.

Rosa nimmt ihren Discman und legt eine romantische CD ein. Sie steckt sich die Stöpsel in die Ohren und nimmt ihren Teddy. Sie schließt die Augen und drückt seinen Kopf an ihre Wange.

„Liebste Blue Eyes", sagt sie mit tiefer Stimme. „Oh, ich bin so verrückt nach dir. Du bist so wunderschön und so zauberhaft, darf ich dich küssen?"

„Ja, oh ja, lieber Thomas, ich finde dich auch ganz zauberhaft ... Oh, küss mich nur ..."

Sie drückt Teddys Schnauze an ihren Mund und steckt die Zunge raus. Bäh, lauter Haare!

In dem Moment geht die Zimmertür auf.

„Rosa! Schon wieder diese Ohrstöpsel! Ich hab dich schon zehnmal gerufen!"

Schnell zieht Rosa die Ohrstöpsel raus. Mit knallroten Kopf versteckt sie den Teddy hinterm Rücken.

„Ich sehe, du bist gerade in inniger Umarmung mit deinem Schmusetier. Und wie siehst du überhaupt aus?"

Rosa fasst sich ans Gesicht. Oje! Sie ist noch geschminkt! Doch komischerweise verliert Alexander kein weiteres Wort darüber. Er sieht angespannt aus und scheint sich seit mindestens drei Tagen nicht rasiert zu haben.

„Rosa, Abelchen geht es nicht so gut. Ich war grad im Krankenhaus. Seine Lunge ist nicht in Ordnung und er hat große Probleme beim Atmen."

„Wie geht es jetzt weiter?", fragt Rosa unsicher, und eine böse Stimme in ihrem Hinterkopf sagt ihr, dass alles so wie früher werden könnte, wenn Abel gar nicht nach Hause käme. Sie erschrickt vor sich selbst und bereut den Gedanken sofort, als sie sieht, dass Alexander Tränen in den Augen hat.

Er setzt sich zu ihr aufs Bett und verbirgt das Gesicht in den Händen. „Ich weiß es nicht. Ich hoffe so sehr, dass er …"

Rosa sieht, dass seine Schultern zucken. Hilfe! Jetzt fängt er wirklich an zu weinen.

„Er ist so ein tapferes kleines Kerlchen", schluchzt er. „Und er muss so hart kämpfen, um …"

Er beendet den Satz nicht. Zögernd lässt Rosa die Hand über seiner Schulter schweben. Sie tätschelt ihm ungeschickt den Rücken. Was bin ich bloß für eine Ziege, denkt Rosa. Das Baby muss vielleicht sterben und ich sitze hier und knutsche mit meinem Teddy! Jetzt muss sie fast mitheulen.

„Kann ich irgendwas für dich tun?", fragt sie leise.

Alexander zieht die Nase hoch und wischt sich die Tränen ab.

„Das Einzige, was du tun kannst, ist hoffen, dass es gut ausgeht, Rosa." Alexander macht eine kleine Pause. „Und vielleicht ein wenig netter zu mir sein. Es ist eine schwere

Zeit, und für mich ist ja auch alles neu. Weißt du, ich bin zum ersten Mal Vater, von einem Baby und einer großen Tochter gleichzeitig. Vielleicht bin ich strenger, als du es gewohnt bist, aber ich gebe mir wirklich Mühe. Wir sollten alle beide versuchen, das Beste daraus zu machen, ja?"

Rosa nickt. Sie kann Alexander verstehen. Und sie ist ja wirklich nicht einfach. Sie will sich in Zukunft mehr Mühe geben.

„Und wie geht es Mama?"

„Den Umständen entsprechend okay, aber sie macht sich natürlich auch furchtbare Sorgen, und das tut ihr nicht gut. Ich soll dir einen dicken Kuss von ihr geben."

Alexander schaut auf die Uhr und springt auf. „Rosa, es tut mir leid, aber ich muss jetzt wieder ins Krankenhaus. Ich möchte so viel wie möglich bei Abelchen und Heleen sein. Heute Nacht schlafe ich dort. Meinst du, du kannst allein zu Hause bleiben?"

„Ich bin doch schon vierzehn! Ich komme schon klar, kein Problem. Und ich räume hier auch mal ein bisschen auf, was hältst du davon?"

Alexander fasst sie an den Schultern und gibt ihr einen Kuss. „Der ist von deiner Mutter und der hier … der ist von mir. Du bist ein Supermädchen, Rosa. Kommst du zur Besuchszeit?"

Rosa wird rot und nickt. Alexander zückt seine Brieftasche und nimmt einen 50-Euro-Schein heraus.

„Hier, kleiner habe ich es nicht. Könntest du einkaufen gehen, Rosa? Wir haben fast nichts mehr im Haus. Kauf dir auch was Leckeres. Bis heute Abend."

Rosa setzt sich wieder aufs Bett. Sie nimmt ihren Teddy und drückt ihn an sich. Sie streichelt ihm über den Kopf, dessen Schnauze voller Lippenstift ist, und fasst einen Entschluss: Ab jetzt wird sie eine liebe, pflegeleichte und hilfsbereite Tochter sein.

**Von:** Esther Jacobs <esther@xs42.nl>
**Gesendet:** Sonntag, 29. August 08:37
**An:** Rosa van Dijk <rosa_vandijk@hotmail.com>
**Betreff:** Hurra! Ein Abelchen!

Hallo, Rosalina,
herzlichen Glückwunsch zu deinem kleinen Bruder! Ich freu mich für dich! Hast du schon ein Geschenk für ihn? Ich stelle ihn mir so niedlich vor, so einen Mini-Menschen. Und Abelchen finde ich einen supersüßen Namen! Sind er und deine Mam inzwischen schon zu Hause? Mir geht's gut. Ich hatte eine Eins in Mathe und eine Zwei plus in Latein.
Die Geigenstunden machen riesigen Spaß. Mira ist voll in Ordnung und wirklich tausendmal netter als die alte Schreckschraube, die ich vorher hatte. Sie ist noch ganz jung und sieht auch richtig gut aus, mit blonden Haaren bis zum Po!
Sas kommt wieder zur Schule. Ihr Haar ist jetzt orange und sie hat schon wieder ein neues Piercing. Dieses Mal durch die Augenbraue. Sie wohnt bei Theo, denn ihre Mutter ist wieder in der Klinik. Echt schlimm, aber sie tut so, als ob es ihr nichts ausmacht. Dieser Theo holt

sie jeden Tag von der Schule ab, aber sie schwänzt auch ziemlich viel. Sie hat schon ein paar Verwarnungen bekommen. Ich glaube, sie kann sich eine Menge herausnehmen, weil die Schule weiß, dass sie zu Hause Probleme hat. Ich mag diesen Theo nicht. Er ist viel zu alt für Sas und total eifersüchtig. Einmal ist er ausgerastet, als Sas mit einem anderen Jungen über den Schulhof gelaufen ist. Er hat sie ganz übel beschimpft.
So, ich mach jetzt Schluss, ich muss noch Französisch machen. Wie läuft's bei dir in der Schule? Hast du schon neue Freundinnen? Und wie steht's mit der Liebe? Hast du deinen ersten Kuss überlebt?

Liebste Grüße,
Esther


**Von:** Jonas de Leeuw <jdl@xs22.nl>
**Gesendet:** Sonntag, 29. August 14:20
**An:** Rosa van Dijk <rosa_vandijk@hotmail.com>
**Betreff:** Anti-Flirttipps

Hallihallo, Rosa,
danke für die Zungenkuss-Tipps, aber ich verarbeite immer noch die fünf Survival-Tipps zum Thema: Was tun, wenn man einen Korb bekommen hat. Weißt du, was jetzt passiert ist? Emmy, du weißt schon, Aishas beste Freundin, denkt, dass ich in sie verliebt bin. Dabei finde ich sie noch nicht mal nett und habe auch keinerlei Flirt-

tipps bei ihr angewendet! Ich finde sie sogar ziemlich aufdringlich.

Höchste Zeit für eine Liste mit Antiflirt-Tipps! Also, Rosa, lauter Dinge, die du als Mädchen *nicht* tun solltest, wenn du mit jemandem flirten möchtest:

**Anti-Flirttipps**

1. Lauf nicht ständig hinter jemandem her. (Ich begegne Emmy überall. Im Fahrradkeller, in der Cafeteria, gestern sogar auf der Toilette!)
2. Nicht die ganze Zeit kichern, wenn du verliebt bist.
3. Nicht aus Versehen jemandem deine Bücher vor die Füße werfen, damit er sie aufheben muss. (Hat sie bestimmt in irgendeinem Film gesehen.)
4. Sei nicht aufgesetzt, sondern du selbst.
5. Benutz nicht zu viel Parfüm, davon fallen die Jungs in Ohnmacht. (Und Mädchen auch.)
6. Bring nicht ständig was Leckeres mit, das nervt auf Dauer. (Emmy will mir in jeder Pause einen Schokoriegel aufdrängen.)
7. Wenn du ihn fragst, ob er mit dir gehen will, stell es unauffällig an.
8. Lass vor allem keine Zettel durch die Klasse gehen!

Gestern hat Emmy mir im Unterricht einen Zettel geschickt und den hat Willem abgefangen und laut vorgelesen. Darauf stand: Jonas, du bist ein supercooler Typ! Willst du mit mir gehen?
Emmy.

Du kannst dir vorstellen, dass ich mich in Grund und
Boden geschämt hab. Die ganze Klasse hat sich gekugelt
vor Lachen. Aaaber ... einen Vorteil hatte es. Aisha hat es
auch mitgekriegt. Und ich musste natürlich gleich an
deinen Survival-Tipp Nummer 5 denken: Tu so, als
würdest du mit jemand anderem gehen, vielleicht wird
sie dann eifersüchtig.
Gestern Nachmittag habe ich Emmy also eine Mail
geschickt, in der ich Ja gesagt habe. Das fand ich etwas
moderner als einen normalen Zettel. Prompt kam eine
bescheuerte Mail zurück, mit lauter Herzchen und so.
Und im Laufe des Abends folgten noch ungefähr zwanzig
weitere. Die letzte kam um halb eins! Also wenn ich
gewusst hätte, was das Ganze für Ausmaße annimmt ...
Das Mädchen ist echt völlig verrückt. Nach mir, fürchte
ich.
Ich bin überhaupt nicht in sie verliebt, aber ich tue so,
als ob. Heute Morgen fiel mir auf, dass Emmy nicht bei
Aishas Clique stand! Wer weiß, vielleicht hilft dieser
Trick ja. Ich hoffe bloß nicht, dass sie mich küssen oder
andere eklige Sachen machen will. Igitt, ich darf gar nicht
daran denken.
Weißt du, Rosa, ich finde es super, dass wir beste
Freunde sind, obwohl ich dein Ex bin. Und dass wir uns
alles sagen und fragen können. Für mich bist du immer
noch die Allernetteste!

Tschüssi!
Jonas

PS: Noch Neuigkeiten zum Thema Thomas?

PPS: Kannst du mir Esthers Adresse geben? Dann kann ich ihr auch mal eine alberne Mail schicken.

PPPS: Wenn du dich langweilst, kannst du ja mal chatten, das macht ziemlich viel Spaß. Ich schicke dir ein paar Adressen von Chats, in denen ich auch ab und zu mal bin.

## *Blume trifft einen Märchenprinzen*

Es ist Mittwochnachmittag. Rosa ist mit den Hausaufgaben fertig und schaut gedankenverloren aus dem Fenster.
 Der Platz vorm Haus wird von Knirpsen bevölkert und Thomas ist nirgends zu sehen. Sie hat sich heute nicht getraut, an der Imbissstube vorbeizugehen. In der Schule war es wieder mal ätzend, sie hat ständig das Gefühl, dass die anderen in der Klasse über sie reden. Ein oder zwei Mädchen sind vielleicht ganz nett, aber Rosa traut sich nicht, sie anzusprechen. Also macht sie einen auf abgebrüht und tut so, als ob es ihr gar nichts ausmacht, allein zu sein. Ganz in der Nähe der Schule gibt es einen Kiosk. Das trifft sich gut, denn zur Zeit ist Rosa süchtig nach Chips und Lakritze. Sobald es zur Pause klingelt, macht sie sich auf den Weg zu ihrem Kiosk.
 Gestern Abend war sie im Krankenhaus, aber niemand hat sich um sie gekümmert. Ihre Mutter und Alexander saßen neben dem Brutkasten und die ganze Zeit kamen Krankenschwestern und Ärzte rein. Rosa hat sich kaum getraut, Abel-

chen anzusehen, so erbärmlich sah er aus mit all den Schläuchen. Nach zehn Minuten war sie schon wieder weg. Unterwegs nach draußen fiel ihr auch noch Esthers Mail und das Geschenk für Abelchen ein. Aber was soll man denn jemandem schenken, von dem man noch nicht mal weiß, ob er überhaupt am Leben bleibt?

Rosa seufzt. Ihr ist übel. Statt richtigem Essen hat sie von Alexanders Geld Süßigkeiten gekauft. Eine Tüte Paprikachips, zwei Tüten Lakritze, Erdnüsse und ein paar Tafeln Schokolade. Es ist noch jede Menge Geld übrig.

Vielleicht ist chatten gar keine so schlechte Idee, obwohl sie das noch nie gemacht hat. Trotz der Übelkeit steckt Rosa sich noch ein paar Lakritzschnecken in den Mund.

Sie schaltet den Computer ein und startet die Internetverbindung. Zunächst muss sie ihren Namen oder einen Nickname angeben. Lieber einen Nickname, sicher ist sicher. Wie soll sie sich nennen? Wie wär's mit Blume? Blume, das ist gut, das hat sogar etwas mit ihrem Namen zu tun, ohne dass sie ihn preisgibt. Passwort ... Tulpe.

Rosa liest als Nächstes die Hinweise, die auf der Willkommensseite stehen:

– Gib niemals deine Adresse, Telefonnummer oder
  E-Mail-Adresse an.
– Verabrede dich nie mit jemandem an einsamen Orten.
– Wenn du dich mit jemandem verabredest, nimm immer
  eine ältere Begleitperson mit.
– Sprich mit deinen Eltern darüber, wenn du anzügliche
  Nachrichten bekommst.

– Benutze keine Schimpfwörter.
– Ausländerfeindliche Äußerungen oder Beleidigungen
   werden nicht toleriert.

Plötzlich ist sie richtig neugierig, weil das alles ziemlich spannend klingt. Als sie ihr Passwort eingegeben hat, öffnet sich ein neues Fenster, in dem man zwischen verschiedenen Chatrooms auswählen kann. Merkwürdig! Als wären das lauter Zimmer, in denen Geister sitzen. Man kann mit ihnen sprechen oder besser gesagt schreiben, aber man kann sie nicht sehen.

Zur Auswahl stehen Eiscafé, Märchenwald, Fußballplatz, Disco, Strand und die Bibliothek. Rosa beschließt, ihr Glück in der Bibliothek zu versuchen, denn sie liest gern. Verblüfft sieht sie die Sätze über den Bildschirm rollen. Was für seltsame Nicknames und was für seltsame Gespräche!

Babybär: Hallo, wer möchte mit mir chatten?
Wölfchen: Drei Tage.
Stupsnase: Nein, noch nie.
Adonis: Wer will mit mir gehen?
Stupsnase: Ich.
Bert: Ich nicht.
Babybär: Was, mit Adonis gehen oder mit mir chatten?
Popeye: Wer will meine Muskeln sehen?
Jaap: Ich hab einen unheimlich großen.
Pipi: Einen großen was?
Babybär verlässt die Bibliothek.
Adonis: Ich bin noch frei!

Jaap: Einen großen Lutscher.

Stupsnase: Ich steh mehr auf Bonbons.

Stupsnase: Jaap, bist du ein Junge oder ein Mädchen?

Jaap: Ein Junge, Schlaumeier. Er ist mindestens 22 cm.

Bert: Und meiner hängt mir aus dem Hosenbein, haha.

Popeye: Olivia, bist du da?

Stupsnase: Wie alt bist du, Popeye?

Pipi: Meine kann Kunststücke machen.

Katinka: Wer möchte mit 15-jährigem Mädchen privat chatten?

Bert: Wie siehst du aus?

Katinka: Schlank, blond, blaue Augen. Scharf.

Popeye: Ich.

Pipi: Scharfes Curry? Oder scharfes Huhn?

Bert: Ich.

Pipi: Ich!

Popeye: Oh, Katinka, heirate mich!

Rosa prustet vor Lachen. Was für ein Schwachsinn! Alle quasseln durcheinander. Und wie soll man wissen, ob jemand wirklich derjenige ist, der er vorgibt zu sein? Vielleicht ist die blonde scharfe Katinka in Wirklichkeit eine runzlige Alte mit Damenbart. Und die ganze Zeit geht es um Sex. Rosa weiß nicht so recht, ob sie da mitmachen möchte.

Ein paar Minuten lang schaut sie sich die Texte an, die über den Bildschirm rasen. Links stehen die Namen aller Leute, die in der Bibliothek chatten.

Plötzlich fällt ihr Blick auf jemanden, der neu in die Chatbox gekommen ist.

Märchenprinz: Hallo, hier ist der Prinz auf dem weißen Ross. Ich bin auf der Suche nach Dornröschen.

Rosa beschließt, schnell zu antworten, ehe ihr jemand zuvorkommt.

Blume: Die ist nicht da, aber ich bin hier.
Jaap: Tag, Blümchen, darf ich dich pflücken?
Bert: Ich bin der böse Wolf!
Popeye: Tag, Blümchen, willst du meine Muskeln sehen?
Märchenprinz: Blume, ich rette dich! Mein Schwert bringt jeden Dummkopf zum Verstummen! Blume, sollen wir miteinander chatten? Dann klick auf meinen Namen in der Liste der Anwesenden und dann auf ‚Privat' und ‚Andere ignorieren'.

Rosa lacht laut. Ihr kommt es so vor, als würde eine Ameisenkolonie über sie herfallen. Dann befolgt sie die Anweisung des Märchenprinzen.

Plötzlich ist der Bildschirm leer, das Geschwätz der anderen ist weg.

Blume: Hallo! Märchenprinz, bist du noch da?
Märchenprinz: Ja, klar. Was für ein Durcheinander! So gefällt es mir viel besser. Wie heißt du in Wirklichkeit?
Blume: Dahlia. Und du?
Märchenprinz: Jasper. Wie alt bist du?
Blume: 16, und du?
Märchenprinz: 18. Wo wohnst du?

Rosa denkt plötzlich an die Warnung, im Chat nie seine wirkliche Adresse anzugeben.

Blume: In Leeuwarden.
Märchenprinz: Ich in Utrecht. Was hast du für Hobbys?
Blume: Lesen und Zeichnen und ins Kino gehen. Und ich hab Jazzballett gemacht. Und du?
Märchenprinz: Lesen, außerdem Schreiben und Surfen. Ins Kino gehe ich auch gern.
Blume: Super. Was schreibst du denn?
Märchenprinz: Gedichte.
Blume: Toll! Darf ich eins lesen?
Märchenprinz: Nee, ich kenne dich doch gar nicht!
Blume: Eben drum, dann ist es doch egal!
Märchenprinz: Vielleicht ein andermal. In welcher Klasse bist du?

Die Zeilen fliegen nur so über den Bildschirm und Rosa vergisst die Zeit.

Als es an der Tür klopft, zuckt sie zusammen. Ob das Alexander ist? Sie schaut auf die Uhr. Oje, sie chattet schon seit über einer halben Stunde. Hui, die Telefonrechnung! Es ist, als wäre sie kurz in einer anderen Welt gewesen. Der Märchenprinz ist richtig nett, und witzig ist er auch. Es klopft noch mal, aber lauter als zuvor. Und zwar nicht an der Tür, sondern am Fenster!

## *Blue Eyes bekommt Besuch*

Rosa springt auf und wird blass. Direkt vor ihrem Fenster balanciert Thomas mit einem breiten Grinsen im Gesicht! Fast hätte sie laut aufgeschrien.

„Hallo, Blue Eyes, mach mal auf!", ruft er.

Mit zitternden Händen öffnet Rosa das Fenster. Ein paar Sekunden später steht er in ihrem Zimmer.

„Hi! Ich wollte mal gucken, wie es dir so geht. Deine Eltern sind doch nicht zu Hause, oder? Das Auto steht nicht da." Die Hände in den Hosentaschen schlendert Thomas durch ihr Zimmer.

„N-nein, ich bin allein zu Hause", stottert Rosa.

„Schönes Zimmer hast du. Mann, das ist ja ein toller Computer!" Thomas bückt sich und schaut auf den Bildschirm. Schnell stellt Rosa sich davor, aber Thomas hat schon gesehen, dass sie gerade gechattet hat.

„Wow! Warst du gerade am Chatten? Das machen brave Mädchen doch nicht."

Thomas schnappt sich die halb volle Chipstüte und lässt sich auf dem Bett nieder. Auf Rosas Teddy. Rosa wagt es nicht, etwas zu sagen. Das Herz klopft ihr bis zum Hals. Er sieht super aus und er ist so unglaublich braun! Und er ist hier in ihrem Zimmer! Er mag sie bestimmt, sonst wäre er nicht gekommen.

„Wieso bin ich brav?", fragt sie und wird rot.

„Eben brav. Brav angezogen, brave Eltern, gute Manieren. Ich wette, du hattest noch nie einen Freund."

Rosa schluckt. „Und ob! Da, wo ich früher gewohnt habe, in Den Bosch."

„Wer's glaubt ..."

„Wirklich. Ungefähr sechs", sagt Rosa lässig.

„Wie alt bist du denn?"

Rosa schüttelt die blonden Locken und nimmt die Schultern zurück. „Vierzehn, fast fünfzehn. Und du?"

Sie muss ein Kichern unterdrücken, weil das Gespräch sie so an den Chat erinnert. „Siebzehn."

Thomas schaut auf das Geld auf dem Tisch und pfeift.

„Davon soll ich Essen kaufen", antwortet Rosa, als sie Thomas' staunenden Blick bemerkt. „Ich muss für mich selbst sorgen. Mama und Abelchen liegen noch im Krankenhaus."

„Wer ist Abelchen?"

„Mein kleiner Bruder", sagt Rosa.

Verrückt. Es ist das erste Mal, dass sie es ausspricht. Mein Bruder. Mein kleiner Bruder Abelchen. Irgendwie klingt das schön. Plötzlich hofft sie ganz fest, dass er nicht stirbt.

Thomas zieht ein Päckchen Zigaretten aus der Jackentasche. Eigentlich ist es ihr nicht recht, dass er in ihrem Zimmer raucht. Wenn Alexander das riecht! Außerdem stinkt es. Aber wenn sie jetzt sagt, dass sie Zigarettenqualm in ihrem Zimmer eklig findet, ist sie bei Thomas wahrscheinlich endgültig abgemeldet. Er findet sie sowieso schon so brav, und sie will nicht brav sein. Sie will scharf sein wie Katinka und sie will, dass er sich in sie verliebt. Thomas zündet sich eine Zigarette an. „Auch eine?"

Rosa schüttelt den Kopf.

„Wie geht es ihm?", fragt er freundlich, während er ein Schulbuch durchblättert. Die Zigarette hängt ihm im Mundwinkel und Rosa sieht, dass er lange, gebogene Wimpern hat. Sie würde sie gern einmal kurz berühren. Oder einen Kuss daraufdrücken.

„G-gut!", antwortete sie gedankenlos. Dann schüttelt sie den Kopf. „Na ja, nein, eigentlich gar nicht so gut. Er liegt im Brutkasten und hat Lungenentzündung oder so was."

„Dann kommt er wohl erst mal nicht nach Hause, was?"

„Nein."

Rosa schaut sich verlegen um. Was soll sie jetzt sagen? Auf einmal sitzt er hier in ihrem Zimmer. Da fällt ihr Blick plötzlich auf eine Unterhose neben ihrem Bett. Sie wird knallrot. Oje, hoffentlich hat er die nicht gesehen. Sie nimmt ihren ganzen Mut zusammen und lässt sich neben ihn aufs Bett plumpsen. Unauffällig schiebt sie die Unterhose mit dem Fuß unters Bett. Thomas grinst sie an und zwinkert ihr zu.

„Äh, einen Aschenbecher … du brauchst einen Aschenbecher!"

Rosa zeigt auf die Glut seiner Zigarette. Sie springt auf und geht zur Tür.

„Möchtest du was trinken? Cola? Limo? Apfelsaft? Schnaps?"

„Nein, du kleine Irre, dafür ist es noch viel zu früh. Eine Cola wäre nicht schlecht."

Thomas strahlt. Rosa wird ganz mulmig davon.

Sie rennt nach unten. Er ist hier, er ist hier! Er ist gekommen!

**Von:** Rosa van Dijk <rosa_vandijk@hotmail.com>
**Gesendet:** Donnerstag, 2. September 23:01
**An:** Esther Jacobs <esther@xs42.nl>
**Betreff:** yessssssssssss!

Hi, Esther,
oh Esther, ich bin so aufgeregt! Ich muss dir schnell
mailen, auch wenn es schon ganz schön spät ist. Samstag
gehe ich mit Thomas ins Kino! Er hat mich eingeladen!
Hurra!
Heute Nachmittag ist er übers Dach in mein Zimmer
gekommen und mindestens eine Stunde geblieben.
Wir haben zusammen ferngesehen, Cola getrunken und
zwei Tüten Chips gefuttert.
Als er wegging, hat er mich gefragt! Ich bin vor Freude
fast bis an die Decke gesprungen!
Erst gehen wir Pommes essen und dann ins Kino.
Hoffentlich ist es ein romantischer Film!
Ich muss wohl ein bisschen was an meinem Äußeren tun,
ich glaub nämlich, er findet mich spießig. Kein Wunder!
Er sieht ja auch unheimlich cool aus, er trägt immer so

weite Skater-Hosen … Ich hoffe bloß, dass Alexander
morgen noch nicht nach Hause kommt, aber da hab ich
wohl eher schlechte Karten. Ich war heute Abend noch
zu Besuch bei Abelchen, und es war so traurig. Ich
konnte es gar nicht mit ansehen. Obwohl ich so froh bin,
musste ich heulen. Er darf auf keinen Fall sterben. Mama
würde es nicht überleben und Alexander auch nicht.
Heute hatte er die Augen offen und hat mich zum ersten
Mal angeschaut. Und ich bin mir sicher, dass er mir
zugezwinkert hat. Ich schwör's! Natürlich hab ich
aufgeschrien und sofort kamen zwei Krankenschwestern
angerannt, die dachten, es wäre etwas passiert. Ich rief:
„Er hat mir zugezwinkert! Er hat mir zugezwinkert!"
Die haben mich angeguckt, als hätte ich sie nicht mehr
alle. Blöde Schwestern. Aber Abelchen ist super. Ich
glaube, er weiß schon, dass ich seine Schwester bin. Er
ist so süß! Morgen gehe ich in die Stadt und kaufe ein
Geschenk für ihn.

Rosa auf der rosa Wolke


**Von:** Rosa van Dijk <rosa_vandijk@hotmail.com>
**Gesendet:** Donnerstag, 2. September 23:32
**An:** Jonas de Leeuw <jdl@xs22.nl>
**Betreff:** Und jetzt?

Hallo, Joni-Hallodri!
Samstag gehe ich mit Thomas ins Kino!

Ich glaube, dass wir zusammenkommen, aber er hat mich noch nicht gefragt.

Hilfe, Hilfe, ich bin so aufgeregt! Den ganzen Tag hab ich Magenschmerzen und so ein Kribbeln im Bauch.

Ich hab übrigens ein großes Problem. Muss man als Mädchen warten, bis der Junge einen fragt oder kann man auch selbst fragen, ob der Junge mit einem gehen möchte? Emmy hat das bei dir ja gemacht, aber ich weiß nicht, ob ich mich das traue. Ich will mich ja nicht aufdrängen. Und stell dir vor, er will nicht, wie peinlich wär das denn! Dann kann ich meine Survival-Tipps gleich selber ausprobieren!

Uff, ich wusste nicht, dass man so hibbelig wird, wenn man verliebt ist.

Übrigens habe ich Sas am Telefon ausgequetscht, wie man einen Jungen am besten fragt, ob er mit einem gehen will. Hier sind die Tipps der Expertin:

**Wie fragt man einen Jungen, ob er mit einem gehen will?**

1. Schick deinem Auserwählten einen Liebesbrief
2. Schreib aus einem Buch ein schönes Liebesgedicht ab und setz deinen eigenen Namen darunter.
3. Schick ihm eine Liebesmail.
4. Schick ihm eine Liebes-SMS.
5. Lass eine Freundin für dich fragen.
6. Frag ihn selbst, wenn niemand dabei ist.
7. Frag ihn am Telefon (dann sieht er deinen roten Kopf nicht).

Ich finde Nummer 5 am sichersten, da kann ich wenigstens nichts vermasseln. Einziges Problem: Ich hab hier noch keine Freundinnen. Eine Mail ist auch eine gute Idee, aber ich hab Thomas' E-Mail-Adresse nicht.
So, ich versuche jetzt mal zu schlafen. Ich bin wieder allein zu Hause. Das ist überhaupt nicht schön. Zum Glück habe ich meinen Teddy, der ist groß und stark. Haha.
Wie läuft's denn mit Emmy?

Rosa

PS: Alles Gute mit Emmy!
PPS: Oder besser gesagt: Ich wünsche Emmy alles Gute mit dir, denn es tut mir eigentlich leid für sie, wie du mit ihr umspringst!

## *Träume und Lügen*

Als Rosa am Samstagmorgen aufwacht, ist es der Märchenprinz, an den sie zuerst denkt. Sie hat von ihm geträumt. Im Traum sind sie gemeinsam durch den Wald geritten; sie hatte ein schönes langes Kleid an und seltsamerweise trug das Pferd, auf dem sie ritten, eine Brille. Das Gesicht des Märchenprinzen konnte sie nicht sehen, weil er eine Papiertüte über den Kopf gestülpt hatte, mit Löchern zum Durchschauen. Und dann wollten sie sich küssen, aber die Tüte störte und sie fielen beide vom Pferd. Da ist sie aufgewacht. Was für ein verrückter Traum.

Rosa setzt sich auf. Heute ist der große Tag. Vor Aufregung ist ihr jetzt schon übel. Heute Abend geht sie mit Thomas ins Kino. Sie kann ihr Glück kaum fassen. Dass so ein gut aussehender Junge, der bestimmt haufenweise Mädchen kriegen kann, ausgerechnet auf sie steht! Eigentlich kapiert sie das überhaupt nicht. Ihre Hände sind feucht vor Aufregung. Was soll sie anziehen?

Sie springt aus dem Bett und reißt verschiedene Klamotten aus dem Kleiderschrank. Rosa zieht eine Jeans und eine weiße Bluse an. Nein, zu schick. Und die Hose kriegt sie kaum noch zu. Mist, das war ihre Lieblingshose, die hat Stickereien auf den Taschen und kleine Perlen unten an den Hosenbeinen. In letzter Zeit hat sie auch wirklich viele Süßigkeiten in sich hineingestopft.

Nach einer halben Stunde hat sie den gesamten Inhalt ihres Kleiderschranks durchprobiert. Am Ende beschließt sie, einfach Jeans und T-Shirt anzuziehen.

Sie setzt sich an den Schreibtisch und schaltet den Computer an. Mal sehen, ob sie Post hat.

Ihr Postfach ist leer. Sie geht in die Chatbox. Wie soll sie den Märchenprinzen eigentlich wiederfinden? Sie würde sich gern ein bisschen mit ihm unterhalten. Sie geht alle Listen durch, aber sein Name steht nirgends. Schade.

Neben ihrem Computer liegt Alexanders Geld. Sie zählt es nach. Es sind noch ungefähr zwanzig Euro. Komisch, hätte es nicht mehr sein müssen? Da fällt ihr plötzlich Abelchen ein. Bevor sie zum Krankenhaus fährt, muss sie in der Stadt noch ein Geschenk für ihn besorgen! Und vielleicht auch was für sich selbst …

Rosa steht in der Kosmetikabteilung eines großen Kaufhauses. Sie betrachtet sich im Spiegel über einem Display mit Lippenstiften. Wie soll sie es anstellen, ein bisschen cooler auszusehen? Ein Nasenpiercing? Allein der Gedanke! Ihre Mutter würde sie glatt umbringen. Und wie soll man dann noch in der Nase bohren, mit so einem Ding darin? Sie denkt an

Saskia, die ist hip und lässig. Aber woran liegt das eigentlich? An den vielen Ringen in den Ohren, an den Haaren, die abwechselnd rot, gelb und orange sind? Einmal waren sie sogar blau! Ja, das ist die Idee! Rosa färbt sich die Haare, aber mit einer auswaschbaren Farbe, damit ihre Mutter es nicht mitkriegt.

Rosa lässt die Finger über die Packungen gleiten. Orange, Rot, Schwarz ... Lila! Wow, lila ist gut. Das Mädchen auf der Packung sieht einfach super aus. Rosa lacht in sich hinein. Thomas wird heute Abend Augen machen, er wird stolz auf sie sein. Ganz bestimmt.

„Hey, Rosa, was machst du denn hier in der Babyabteilung?"

Rosa zuckt zusammen. Sie hält unschlüssig ein Paar Mini-Söckchen in der einen Hand und ein Lätzchen in der anderen.

Es ist Karien, eines von den beiden Mädchen aus ihrer Klasse, die ganz nett zu sein scheinen. Rosa wird rot und legt die Sachen schnell zurück.

„Äh, ich gucke nur mal."

Karien lacht sie an. Sie hat ein rundes Gesicht und kleine schwarze Locken. Im einen Ohr hat sie zwei Ringe und sie trägt ein kurzes Top, sodass man ihren braunen Bauch sieht. Cool, denkt Rosa. So was hätte ich auch gern.

„Und was machst du hier?"

„Ich bin mit meiner Mutter unterwegs." Karien zeigt auf eine dunkelhäutige Frau, die ein paar Meter weiter mit einer Verkäuferin redet. „Ich hab eine kleine Schwester. Sie heißt Zora und ist anderthalb. Mama braucht einen neuen Kindersitz für sie."

Rosa lacht erleichtert. Sie ist also nicht die Einzige, die ein so junges Geschwisterchen hat.

„Ich hab gerade ein Brüderchen bekommen", sagt sie verlegen. „Ich möchte was für ihn kaufen, aber ich weiß nicht, was."

„Oh, wie süß! Wie heißt er denn?"

„Abel."

„Schöner Name!" Karien zieht Rosa am Ärmel. „Guck mal, die hier, die hab ich gerade entdeckt, total witzige Pantöffelchen. Wär das vielleicht was?"

Rosa schaut sich die Schühchen an. Sie sind wirklich niedlich.

„Gefällt es dir eigentlich bei uns auf der Schule?", fragt Karien und hält ein Paar Tiger-Pantöffelchen hoch. Rosa wird wieder rot.

„Nicht besonders. Ich vermisse meine alte Schule und meine Freundinnen."

„Tust du darum immer so?"

Sofort ist Rosa auf der Hut.

„Wie meinst du das?"

„Na ja, ich meine es nicht böse, weißt du, aber du willst nie mit irgendwem reden. Manche halten dich schon für arrogant."

Rosa schluckt. Sie dreht sich um und will gehen.

Karien hält sie zurück. „Nicht diese Schuhe! Die sind viel zu groß, die passen ja nicht mal meiner Schwester. Nimm diese." Sie fasst Rosa am Arm und schaut sie prüfend an. „Hey, ich meine es nicht böse. Ich hab nicht gesagt, dass du arrogant bist!"

Rosa reißt sich los. Nur mit Mühe kann sie die Tränen zurückhalten. Sie hat es ja gewusst: Die anderen finden sie arrogant und halten sie für eine Zicke. Ohne sich zu verabschieden, hastet Rosa zur Kasse und lässt eine verwunderte Karien zurück.

„Oh, Rosa, wie süß!" Mama schaut sich die Pantöffelchen von allen Seiten an. „Ganz entzückend! Wie lieb von dir, dass du ein Geschenk für Abelchen mitgebracht hast. Du bist ein Schatz!" Sie drückt Rosa an sich und gibt ihr einen Kuss. Dabei verzieht sie das Gesicht vor Schmerz.

„Geht's?", fragt Rosa besorgt. Vorsichtig lässt ihre Mutter sich wieder in die Kissen sinken. „Die Wunde tut noch weh. Aber ich bin heute schon mal kurz aufgestanden. Ich hab allein geduscht!"

„Wo ist Alexander?"

„Bei Abelchen. Schau doch auch noch mal kurz vorbei. Er ist jetzt stabil, aber es war eine harte Nacht."

„Kann er immer noch sterben?", fragt Rosa zaghaft.

Ihre Mutter nimmt Rosas Hand und drückt sie. Sie hat Tränen in den Augen und dunkle Augenringe. „Der Arzt sagt, seine Chancen stehen gut, Röschen. Wir müssen abwarten."

Rosa springt auf und geht zum Fenster. Sie tut so, als würde sie die Karten an den Blumensträußen lesen.

„Kommt Alexander heute Abend nach Hause?"

„Würde es dir sehr viel ausmachen, wenn er noch eine Nacht hierbleibt, Rosa? Mir tut es so gut, wenn er da ist. Wir müssen einfach in der Nähe sein, falls es Abelchen doch wieder schlechter geht."

Erleichtert dreht Rosa sich um. „Nein, gar nicht, ich komm schon zurecht."

„Du bist mein großes Mädchen. Ich bin stolz auf dich. Isst du auch ordentlich, Liebling?", fragt ihre Mutter besorgt. „Und gehst du rechtzeitig schlafen? Du bist so blass."

Rosa nickt. „Na klar. Gestern habe ich mir eine Suppe gemacht. Und ein Spiegelei. Und heute Abend gibt es Salat mit vegetarischen Knackwürsten."

„Es tut mir so leid für dich, Schatz. In einer fremden Stadt, allein zu Hause ... Hast du in der Schule schon Freundinnen gefunden?"

„Oh ja", antwortet Rosa schnell. „Schon mehrere. Heute Nachmittag kriege ich Besuch von einem Mädchen aus meiner Klasse. Sie heißt Karien und ist total nett. Sie bleibt auch zum Essen."

Sie schämt sich für ihre Lügen, aber sie will nicht, dass ihre Mutter sich Sorgen macht. Sie hat schon genug Kummer wegen Abelchen.

Ihre Mutter lächelt. „Vielleicht möchte sie ja über Nacht bleiben. Wäre das nicht nett?"

Rosa nickt. „Hast du ... kann ich noch ein bisschen Geld bekommen, Mam? Für Essen?"

Jetzt schämt sie sich noch mehr. Sie hat in der Stadt ein total schönes Top gesehen. Was ist sie doch für eine miese kleine Lügnerin! Aber es ist ja alles nur für Thomas.

## *Der erste Kuss*

Rosa wringt die nassen Haare überm Waschbecken aus. Das Wasser ist dunkelviolett. Sie hat schon wieder dieses Bauchflattern.
Wie ihr die Farbe wohl steht? Ihr ist ganz schön mulmig. Sie rubbelt sich die Haare trocken, schaut in den Spiegel und bekommt einen mittelschweren Herzinfarkt. Oje, ist das dunkel geworden! Sie sieht ganz verändert aus. Gut, dass man das wieder rauswaschen kann!
Sie wirft einen Blick auf die Uhr. Hilfe, in einer Stunde holt Thomas sie ab! Auf ihrem Bett liegen ihre Lieblingsjeans und das neue Top. Es ist rosa mit lila Streifen und superkurz. Es gefällt ihr noch immer sehr gut, allerdings reicht ihr Geld jetzt gerade noch für Pommes. Hoffentlich bezahlt Thomas das Kino, sonst hat sie ein Problem. Rosa wirft die nassen Haare zurück und dreht die Musik laut auf. Vorm Spiegel macht sie ein paar Tanzschritte. Yes! Bühne frei für die neue, coole Rosa!

Thomas und Rosa, das klingt gut. Sie nimmt den Nagellack ihrer Mutter. Dunkellila, das passt zu ihren Haaren. Und die Augen wird sie mit schwarzem Kajal umranden, wie Sas es immer macht.

Eine halbe Stunde später schaut Rosa wieder in den Spiegel. Die Haare sind wirklich sehr dunkel. Blauviolett, fast auberginenfarben. Sie erkennt sich kaum wieder. Schnell hält sie den Kopf erneut unter den Wasserhahn. Wenn sie die Haare jetzt ausspült und dann föhnt, werden sie hoffentlich etwas heller. Und ihr Atem muss frisch sein! Zum dritten Mal putzt sie sich die Zähne. Sie hat Saskias Zungenkuss-Tipps schnell noch mal durchgelesen und wiederholt sie laut: nicht zu fest, mit den Zähnen nicht aufeinanderknallen, nicht sabbern …
Rosa hat Bauchschmerzen vor Aufregung. Sie reißt den Mund weit auf und drückt kräftig auf das Fläschchen Atemfrisch. Igitt, was für ein ekliges Zeug! Und ihre Haare! Das Auswaschen hat überhaupt nichts gebracht. Aber daran ist jetzt nichts mehr zu ändern. Noch etwas Parfüm und fertig ist sie.

**Von:** Rosa van Dijk <rosa_vandijk@hotmail.com>
**Gesendet:** Samstag, 4. September 23:51
**An:** Esther Jacobs <esther@xs42.nl>
**Betreff:** Ein romantischer Abend

Hi, Esther,
das war der katastrophalste Abend, den du dir vorstellen kannst. Dabei hatte ich mich so darauf gefreut! Thomas

und ich Händchen haltend im Kino in einem romantischen Film. Und dann beugt Thomas sich zur mir herüber und sagt mir, dass er mich hübsch und lieb findet, und dann küsst er mich ... und wir reden und lachen über alles Mögliche. Uff, halt dich fest, denn die Wirklichkeit sah ziemlich anders aus.

Thomas kam eine Dreiviertelstunde zu spät bei mir vorbei und deshalb hatten wir keine Zeit mehr für Pommes in der Imbissstube. Als er mich sah, zog er die Augenbrauen hoch und lachte laut los. Warum das denn, fragst du dich jetzt bestimmt. Tja, ich hatte mir die Haare lila gefärbt, um nicht mehr so brav auszusehen. Ich schämte mich zu Tode. Als ich ihn fragte, was los sei, sagte er: „Gar nichts, ich hab dich bloß nicht gleich erkannt. Du siehst total anders aus. Ganz schön cool!" Aber ich wusste nicht, ob er das ehrlich meint. Als wir durch die Stadt gingen und ich in die Schaufenster guckte, habe ich mich fast selbst nicht erkannt. Wir haben kein Wort miteinander geredet. Das war auch seltsam. Mit Jonas rede ich immer über alles Mögliche. Aber vielleicht gehört das ja zum Verliebtsein dazu, dass man vor lauter Aufregung nicht mehr weiß, was man sagen soll.

Thomas hatte den Film ausgesucht und es war ein grässlicher Horrorfilm, mit Blut, das aus Kehlen spritzt, Augen, die über den Boden hüpfen, und viel Gekreisch und Geschrei. Die meiste Zeit traute ich mich gar nicht hinzusehen und auf den leeren Magen wurde mir richtig schlecht. Thomas fand den Film super und hat sich schlappgelacht. In der Pause kamen zwei Mädchen zu ihm, die er offenbar kannte. Sie sahen ganz gut aus, ziemlich aufgebrezelt, und sie haben sich ganz schön an ihn rangeschmissen. Er sah auch wieder supersüß aus. Ich verstehe echt nicht, warum er mit mir ausgehen wollte.

Sie lachten und schwatzten und mir fiel überhaupt nichts ein. Dann zündeten sie sich alle drei eine Zigarette an, und um nicht so brav zu wirken, habe ich auch eine genommen. (Ich höre dich schon aufschreien, Esther!) Ich hab tief inhaliert und nach zwei Zügen wurde mir so übel, dass ich mich übergeben musste. Ich rannte zur Toilette und die anderen lachten sich kaputt. Oh Es, es war so was von peinlich! Aber ich wollte so gern dazugehören und nicht wie eine doofe Tussi aus der Provinz rüberkommen.

Als ich endlich von der Toilette kam, ging der Film schon weiter. Ich konnte Thomas erst nicht finden und stolperte die ganze Zeit über irgendwelche Beine, sodass alle entnervt „Schscht!" machten.

Als ich neben ihm saß, nahm er meine Hand, gerade als jemand mit einem Beil zweigeteilt wurde. Aber von der Kotzerei (weil ich einen leeren Magen hatte, kam nur grünes, ekliges Zeugs heraus) hatte ich garantiert Mundgeruch, also zog ich die Hand schnell wieder zurück und rückte so weit wie möglich von ihm ab. Nach dem Film wollte Thomas noch was trinken gehen, aber ich fühlte mich so elend, dass ich direkt nach Hause wollte. Ich sagte, er bräuchte mich nicht zu begleiten. Eigentlich wäre mir das schon lieb gewesen, weil ich mich in

Groningen noch nicht gut auskenne, aber das mochte
ich nicht zugeben. Ich kam mir so blöd vor. Also ist er mit
den beiden Mädchen was trinken gegangen. Zu Hause
habe ich mich sofort unter die Dusche gestellt und mir
mindestens eine halbe Stunde die Zähne geputzt. Ich
hatte so einen ekligen Geschmack im Mund!
Na ja, jetzt gehe ich mal schlafen, ich habe auch ziem-
liche Kopfschmerzen. Ich komme mir vor wie eine total
dumme Kuh. Thomas kann ich jetzt wohl vergessen.

Tschüss,
Rosa Schafsnase


**Von:** Rosa van Dijk <rosa_vandijk@hotmail.com>
**Gesendet:** Sonntag, 5. September 00:23
**An:** Jonas de Leeuw <jdl@xs22.nl>
**Betreff:** Wo bist du?

Hallohallo, Jonie,
ich war mit Thomas im Kino. So einen tollen Abend hab
ich noch nie erlebt.
Warum mailst du mir nicht zurück? Wie läuft's mit den
Mädels?
Kurze Mail, habe Kopfschmerzen.

Tschüssimüdi,
Rosa

Rosa klickt auf Senden. Plötzlich hört sie ein Geräusch auf dem Dach. Sie stößt einen Schrei aus und springt auf. Von diesem grässlichen Horrorfilm ist sie immer noch richtig schreckhaft.

„Keine Panik, ich bin's nur!" Thomas springt ins Zimmer und landet mit einem Plumps auf dem Boden. Rosa starrt ihn verblüfft an. „Mann, ich hab mich zu Tode erschreckt! Ich dachte, es wär ein Einbrecher mit Beil und elektrischer Heckenschere!"

Thomas grinst. „Du bist ein kleiner Angsthase, Blue Eyes. Es war doch nur ein Film!"

„Wa... was machst du eigentlich hier?", stottert Rosa. „Du wolltest doch noch in die Stadt gehen."

Thomas setzt sich aufs Bett und kickt seine Sportschuhe von den Füßen. Er klopft auf die Matratze. „Setzt du dich neben mich?"

Rosa zögert. Es gefällt ihr nicht, dass er einfach so in ihr Zimmer gekommen ist. Und sie ist ganz allein zu Hause. Thomas lächelt sie an. Rosa schmilzt dahin und spürt wieder die vertrauten Schmetterlinge im Bauch. Was für ein Unsinn, sie ist wirklich eine doofe Ziege. Er ist extra ihretwegen zurückgekommen! Da könnte sie sich doch freuen!

Sie setzt sich neben ihn aufs Bett. Zum Glück trägt sie diesmal nicht das kurze Nachthemd, sondern ein langes, das ihr bis auf die Füße reicht.

„Du siehst süß aus", sagt Thomas. „Ein Engelchen mit lila Haaren. Hätte ich dir gar nicht zugetraut, dass du sie färbst."

„Es gibt wahrscheinlich so einiges, was du mir nicht zutraust!", kontert Rosa lässig.

„Ach ja?", neckt Thomas sie. Er rückt näher heran und legt ihr einen Arm um die Schultern.

„Sag mal, Blue Eyes, magst du mich eigentlich ein bisschen?"

Rosa nickt. „Ja, klar ... warum fragst du?"

„Na ja, weil du vorhin im Kino deine Hand weggezogen hast. Da dachte ich einen Moment, du willst gar nichts von mir ..."

Rosa merkt, wie sie feuerrot wird. Sie wagt nicht, ihn anzusehen. Er ist jetzt ganz dicht neben ihr.

„Ich hätte dich im Kino eigentlich gern ...", flüstert er.

Rosa traut sich kaum zu atmen.

„W-was denn?", piepst sie kaum hörbar. Sie könnte jeden Moment platzen.

„Das hier ..." Thomas drückt seine Lippen auf ihre.

Hiiiilfe! Er tut es! Er küsst mich! Das ist mein erster Kuss! Was soll ich machen? Nicht ersticken, nicht sabbern, nicht ...

Thomas' Lippen fühlen sich weich und warm an. Er riecht nicht so gut, nach Zigaretten und Bier. Rosa kneift die Augen fest zu. Thomas fasst sie an den Schultern und drückt sie sanft zurück. Hiiiilfe! Was jetzt, was jetzt?

Dann öffnet er den Mund und sie spürt seine Zunge an ihren Lippen. Es fühlt sich so seltsam an, dass sie die Lippen fest aufeinanderpresst. Thomas setzt sich auf und runzelt die Stirn. „Was ist? Hast du etwa noch nie jemand geküsst?", fragt er erstaunt.

„Doch ... na klar, schon oft!" Rosas Stimme zittert vor Aufregung.

„Willst du nicht?", fragt Thomas.

„Ja … doch, schon."

Wieder beugt er sich über sie. Rosa öffnet die Lippen. Seine Zunge erforscht ihren Mund, als hätte er darin seinen Kaugummi verloren. Bei dem Gedanken muss sie plötzlich lachen. Sie prustet los. Beleidigt setzt Thomas sich auf.

„Was hast du denn?", fragt er genervt.

Rosa setzt sich auch hin und zieht das Nachthemd, das hochgerutscht war, wieder herunter.

„Es fühlt sich so komisch an", sagt sie kichernd und schaut ihn entschuldigend an.

Thomas steht auf und schaut verärgert auf sie herab. „Na, ich weiß aber ganz gut, wie das geht!"

„Aber ich nicht", sagt Rosa. „Ich hab gelogen. Das … das war mein erster Zungenkuss."

Thomas macht ein verdattertes Gesicht. Er kratzt sich am Kopf. „Dein erster Kuss?" Er grinst breit. „Ich dachte, es läge an mir." Rosa schüttelt den Kopf und lacht. Jetzt, wo die Wahrheit heraus ist, ist sie nicht mehr so verkrampft. Thomas setzt sich wieder hin und nimmt ihre Hand. „Darf ich dir auch deinen zweiten geben?", fragt er.

**Von:** Rosa van Dijk <rosa_vandijk@hotmail.com>
**Gesendet:** Sonntag, 5. September 01:04
**An:** Esther Jacobs <esther@xs42.nl>
**Betreff:** Kissss

Hi, Esther,
wir haben uns geküsst! Yesss! Und es war so toll!
Wirklich supermegageil, fett, cool!!!

Wir haben mindestens eine halbe Stunde auf dem Bett gelegen und uns geküsst. Es ist ein Uhr nachts und ich bin noch hellwach. Ich glaube, ich kann nie mehr schlafen! Er ist auch in mich verliebt! In mich, Rosa van Dijk! Ich gehe mit ihm!
Hurrrrrra!

Bye-bye von Rosa Rosarot!


**Von:** Rosa van Dijk <rosa_vandijk@hotmail.com>
**Gesendet:** Sonntag, 5. September 01:14
**An:** Jonas de Leeuw <jdl@xs22.nl>
**Betreff:** fett verliebt

Jippiejonie,
ich gehe mit Thomas!!! Wir haben uns geküsst!!!

Very happy Rosa!

## *Geldnot*

Rosa steht unter der Dusche. Schon seit einer halben Stunde. Alle paar Minuten steigt sie heraus und schaut in den Spiegel. Das Lila geht einfach nicht raus.

Sie dreht das Wasser ab und kippt, noch tropfnass, den Papierkorb aus. Da ist die Packung. Hastig liest sie die Beschreibung. Oh nein! Sie hat nicht aufgepasst. Dauercoloration steht darauf, nicht Tönung. Was soll sie jetzt machen? So traut sie sich morgen nicht in die Schule und schon gar nicht nachher ins Krankenhaus. Wenn ihre Mutter sie so sieht, kann sie garantiert nicht so bald entlassen werden. Rosa bleibt nichts anderes übrig, als die Haare wieder blond zu färben, aber heute ist Sonntag und die Geschäfte haben geschlossen. Verzweifelt starrt sie auf die lila Zotteln im Spiegel.

„Hallo, Röschen, wie schön, dass du da bist!" Ihre Mutter war nicht im Zimmer, sie sitzt in einem Rollstuhl neben dem Brutkasten. Alexander ist auch dabei. Um Schultern und

Brust hat ihre Mutter ein Tragetuch gewickelt, mit einem Knubbel darin. Alexander zeigt strahlend auf den Knubbel. „Schau mal, Rosa, er darf raus. Wir dürfen ihn auf dem Arm halten!"

„Oh, wie schön!", ruft Rosa und beugt sich über das Bündel. Mit geschlossenen Augen schmiegt sich Abelchen zufrieden an Mutters Brust. Seine schwarzen Flaumhaare stehen wie eine Bürste ab.

„Hallo, kleine Sabbelkrabbe, hier ist deine große Schwester!", sagt Rosa und streichelt ihm vorsichtig die Wange. Es fühlt sich weich und warm an.

„He, er heißt Abel oder Abelchen", protestiert ihre Mutter und lacht.

Rosa grinst. „Tja, ich nenne ihn aber zufällig Sabbelkrabbe. Braucht er jetzt keine Schläuche mehr?"

„Nein", sagt ihre Mutter. „Es geht ihm jetzt viel besser. Stell dir vor, er hat es geschafft, Rosa. Abelchen verlässt uns nicht mehr!"

„Super!", ruft Rosa und das kommt von Herzen. Sie ist überglücklich. Über Abelchen. Und über Thomas. Alles ist einfach wunderbar. Fast alles. Sie fasst sich an den Kopf.

„Mama, darf ich ihn auch mal halten?"

„Nein, jetzt noch nicht", antwortet Alexander. „Lass ihn mal ein bisschen in Ruhe liegen. Du kannst ihn noch oft genug in den Arm nehmen."

Ihre Mutter schaut sie skeptisch an. „Ist das jetzt die neueste Mode, Rosa, so ein Kopftuch?"

Rosa zupft nervös daran rum. Hoffentlich rutschen keine lila Strähnen raus.

„Ja, in Groningen laufen jetzt alle so rum. Gefällt es dir?"
Aber ihre Mutter wendet sich schon wieder dem Baby zu.
„Oh, schaut mal", ruft sie erfreut. „Es sieht so aus, als ob er
lacht! Abelchen lacht über dein Kopftuch, Rosa!"

Rosa liegt im Bett. Es ist fast halb elf und sie hat Thomas
heute noch nicht gesehen. Das mit dem Kopftuch hat ja gut
geklappt. Bloß ist jetzt Alexander wieder zu Hause. Sie hört
ihn unten herumlaufen. Morgen geht sie nicht zur Schule,
sondern gleich zur Drogerie, eine Blondierung kaufen. Und
zwar von dem Geld, das sie gerade heimlich aus Alexanders
Brieftasche genommen hat. Sie hat den 20-Euro-Schein unter
ihrem Kopfkissen versteckt.

Rosa schämt sich schrecklich deswegen, aber was hätte sie
tun sollen? Hätte sie sagen sollen: „He, Alexander, kannst du
mir Geld geben, meine Haare sind lila und müssen wieder
blond werden?" Das würde sie sich nie trauen. Alexander
kann manchmal ganz unvermittelt wütend werden und davor
hat sie Angst.

Sie traut sich auch nicht, schlafen zu gehen. Angenommen,
Thomas kommt noch! Den ganzen Tag hat sie an nichts anderes gedacht und sie hat nichts anderes gemacht als durchs
Fernglas zu schauen und Musik zu hören. Keine einzige Mail
heute, und im Chat hat sie vergeblich nach dem Märchenprinzen Ausschau gehalten. Dann hat sie versucht, ihre Hausaufgaben zu machen, aber ohne Erfolg.

Rosa schläft schon fast, als es leise klopft. Sie springt auf.
Vor dem geschlossenen Fenster sieht sie Thomas und öffnet
ihm.

„Hallo, Schätzchen", sagt Thomas. „Da bin ich wieder, hast du auf mich gewartet?!" Er fasst sie an den Schultern und gibt ihr einen kräftigen Kuss. Huch, denkt Rosa, das hat Sas also mit „wild rumknutschen" gemeint. Ihre Lippen prickeln. Thomas' Atem riecht wieder nach Bier und Zigaretten.

Er lässt sich auf ihrem Bett nieder. „He, Süße, hast du was Leckeres für mich? Chips oder so was?"

„Pssst!", flüstert Rosa. „Alexander ist zu Hause, hast du sein Auto nicht gesehen?"

Thomas tut übertrieben erschrocken. Rosa bemerkt, dass seine Augen leicht gerötet sind.

„Du hast doch noch nicht geschlafen, oder?", flüstert er einen Tick zu laut. Rosa schüttelt den Kopf. Sie ist froh, dass sie sich in Klamotten ins Bett gelegt hat.

Er zieht sie an sich. „Komm, kleine Blue Eyes, gib mir noch einen Kuss. Du lernst ja ganz schön schnell!"

Rosa glüht vor Stolz. Sie kann es schon! Wow! Thomas küsst sie, erst sanft, dann etwas fester. Rosa schnappt nach Luft. Plötzlich spürt sie, wie Thomas' Hände von ihren Schultern zu ihren Brüsten wandern. Sie bekommt einen Schreck.

Hilfe, was soll sie jetzt machen? Das will sie überhaupt nicht. Gehört das auch dazu? So schnell schon? Aber wenn sie ihn wegschiebt und etwas sagt, findet er bestimmt wieder, dass sie zu brav ist! Sie muss sich eine Ausrede einfallen lassen, und zwar schnell.

Rosa macht sich von ihm los. „Soll ich dir eine Tüte Chips holen?"

Thomas hat den Mund noch geöffnet, die Augen geschlossen und sieht ein bisschen dämlich aus.

„Was?" Verstört öffnet er die Augen.

„Chips, du wolltest doch Chips." Sie springt auf und läuft zur Tür. „Bin gleich wieder da", flüstert sie und schenkt ihm ihr liebstes Lächeln.

Keuchend und mit klopfendem Herzen steht sie im Flur. Das war knapp. Was soll sie jetzt machen? An die Chips kommt sie auf keinen Fall, denn der Weg in die Küche führt durchs Wohnzimmer. Also noch eine Ausrede, sie hat keine Wahl. Im Ausredenerfinden entwickelt sie allmählich ein gewisses Geschick. Sie zählt bis zehn und huscht wieder ins Zimmer.

„Thomas, du musst sofort verschwinden! Alexander ist auf dem Weg nach oben", zischt sie.

Thomas springt auf und hechtet zum Fenster. Dort zögert er.

„Beeil dich, ich höre ihn schon auf der Treppe", flüstert Rosa und macht ein ängstliches Gesicht.

Als Thomas auf dem Dach sitzt, steckt sie den Kopf raus. Sofort bereut sie die Aktion. Angenommen, er lässt sie jetzt fallen? Dann hat sie ihn verloren.

„Sehen wir uns morgen?", ruft sie ihm leise nach.

Thomas macht eine Handbewegung, die sowohl ja als auch nein heißen kann, und verschwindet übers Dach in der Dunkelheit.

Mit einem tiefen Seufzer schließt Rosa das Fenster und lässt sich aufs Bett fallen. Sie nimmt ihren Teddy in die Arme und drückt ihn fest an sich. „Oh, Thomas, ich liebe dich", flüstert sie ihm ins Ohr. „Aber ich will noch nicht mehr als küssen, weißt du?"

Ihr Blick fällt auf das Kopfkissen, das halb vom Bett gerutscht ist. Komisch. Rosa dreht das Kissen um und schaut auf dem Boden und unter dem Bett nach. Nichts. Sie durchwühlt die Bettdecke. Die zwanzig Euro sind weg. Wie kann das sein?

Sie schlägt auf das Kissen. Verdammt! Was soll sie jetzt machen? Der Schein lag doch dort, wie kann er auf einmal verschwunden sein? Ob Thomas …? Nein, ausgeschlossen. Das Schlimmste ist, dass sie das Geld wirklich braucht. Sie kann sich doch nirgends blicken lassen mit den lila Haaren! Es gibt nur einen Ausweg: Wenn Alexander schläft, muss sie ihm noch einmal etwas klauen.

## *Pippi Langstrumpf hat ein Problem*

Blume: Schön, dass du wieder da bist, Märchenprinz, ich hab dich überall gesucht!
Märchenprinz: Ich hatte keine große Lust, durch den Märchenwald zu streifen.
Blume: Warum nicht?
Märchenprinz: Mein Herz ist gebrochen, ich habe Liebeskummer.
Blume: Auweia! Willst du darüber reden?
Märchenprinz: Schreiben, meinst du wohl. Warum nicht? Ich kenne dich ja nicht. Ich weiß nicht einmal, ob du echt bist.
Blume: Ich bin eine echte Blume! Keine aus Plastik. Du kannst es mir ruhig erzählen.
Märchenprinz: Sie ist das tollste Mädchen, das ich kenne. Und sie sieht sehr nett aus. Das Schönste war vielleicht, dass ich mich in ihrer Gegenwart so wohlgefühlt hab. Ich konnte ihr alles erzählen. Ich kenne sie

schon ziemlich lange. Wir hatten immer riesigen Spaß
zusammen.

Blume: Und jetzt hat sie Schluss gemacht?

Märchenprinz: Ja, sie hat sich angeblich in einen anderen
verliebt.

Blume: So ein Mist! Warum wollte sie nicht mehr?

Märchenprinz: Weiß ich nicht. Vielleicht war ich ihr zu
kindisch.

Blume: Aber du bist doch schon 18.

Märchenprinz: Vielleicht wohne ich zu weit weg.

Blume: Wie dumm von ihr. Ich finde, da hat sie einen
Supertyp sausen lassen.

Märchenprinz: Vielen Dank. Aber wer weiß, vielleicht
schiele ich ja, hab lauter Warzen, eine riesige krumme
Nase und einen Buckel.

Blume: Ganz bestimmt.

Märchenprinz: Wie siehst du eigentlich aus?

Blume: Glatte schwarze Haare bis zum Po. Braune, leicht
schräge Augen. Nicht dick, nicht dünn.

Märchenprinz: Wow.

Blume: Jetzt du.

Märchenprinz: Ich bin groß, blond und sehe gut aus, ich
habe ein Schwert und ein weißes Pferd und werde später
der König vom Märchenland.

Blume: Ah ja. Beknackt, was, dieser Internetkram. Man
weiß nie, ob der andere so ist, wie er sich gibt.

Märchenprinz: Das weiß man in der echten Welt auch
nicht. Alle tun doch so, als ob.

Blume: Stimmt.

III

Märchenprinz: Ich muss aufhören, mein Vater will an den Rechner.
Blume: Okay. Morgen zur selben Zeit?
Märchenprinz: Yep. Tschüssi!

Tschüssi?, denkt Rosa. Witzig, das sagen ihre Freunde in Den Bosch auch immer.

Sie denkt über das nach, was der Märchenprinz geschrieben hat – dass man nicht weiß, wie jemand wirklich ist. Das gilt eigentlich auch für sie. In der Schule tut sie arrogant, um die anderen auf Abstand zu halten, obwohl sie eigentlich unsicher ist und liebend gern Freundinnen finden würde. Zu ihrer Mutter sagt sie, sie hätte jede Menge Freundinnen, damit die sich keine Gedanken macht. Aber in Wirklichkeit fühlt sie sich oft sehr einsam. Bei Thomas tut sie ganz lässig und wagt nicht, sie selbst zu sein. Sie versucht, jemand zu sein, der sie im tiefsten Innern gar nicht ist, nur damit er sich in sie verliebt. Und wenn sie ganz ehrlich ist, findet sie diese Küsserei auch gar nicht so toll ... Und sie klaut, also ist sie eigentlich eine Diebin. Sie hat sich halb totgesucht nach den zwanzig Euro, aber sie blieben verschwunden.

Rosa seufzt. Wenn Mama doch schon wieder zu Hause wäre. Noch ein paar Tage. Dann darf Abelchen wahrscheinlich auch mit. Das ist bestimmt seltsam, ein Baby im Haus ...

Sie steht auf und geht ins Bad. Heute Morgen war sie in der Drogerie und hat eine Blondierung gekauft. Hoffentlich die richtige – sie hat sich nicht getraut, eine Verkäuferin zu fragen. Diesmal hat sie die Packung genau studiert. Operation blond kann also starten. Wenn sie bloß nicht auf einmal grüne Haare hat! Und hoffentlich kriegt sie in der Schule keinen Ärger, weil sie schwänzt. Und Thomas soll nicht wieder an ihren Brüsten rumfummeln.

**Von:** Esther Jacobs <esther@xs42.nl>
**Gesendet:** Sonntag, 5. September 2001 16:31
**An:** Rosa van Dijk <rosa_vandijk@hotmail.com>
**Betreff:** Zickentipps

Hi, Rosinchen,
hast du schon die Neuigkeiten von Sas gehört? Ich hab mich total erschrocken! Es ist was Schlimmes passiert, aber sie fände es bestimmt nicht gut, wenn ich es dir erzähle, also ruf sie einfach mal an. Sie wohnt jetzt für eine Weile bei uns, da kannst du sie erreichen (oder auf ihrem Handy).
Hör mal, Rosinchen, ich hoffe, du nimmst es mir nicht übel, wenn ich mich einmische. Ich hatte zwar noch nie einen Freund, aber ich habe doch ein paar Tipps für dich:

**Tipps für Mädchen, die einen festen Freund haben**
1. Mach nichts, was du eigentlich nicht möchtest.
2. Sei du selbst.
3. Sag klipp und klar, was du willst und was nicht.
4. Sei ehrlich (auch dir selbst gegenüber).

Nicht böse sein, bittebitte! Und fang auf keinen Fall an zu rauchen, nur um dazuzugehören. Das wäre echt idiotisch!

Sind deine Haare noch lila? Ich kann mir gar nicht vorstellen, wie das aussieht. Haben Alexander und deine Mutter noch nichts gemerkt? Du hättest eigentlich in so einem Automaten am Bahnhof ein Foto machen lassen müssen, dann hätte ich auch was zu lachen gehabt. Und wie geht es der kleinen Krabbe?
Ich hab neulich mit Jonas gemailt. Er hat eine Stinklaune. Zum Glück kann man trotzdem mit ihm lachen.

Also dann, tschüssbüssküss!
Esther

Rosa sitzt am Computer, ein Handtuch wie einen Turban um den Kopf gewickelt. Esther hat natürlich Recht. Es ist fast, als könnte sie Gedanken lesen. Aber es ist so schwierig. Wenn Rosa sagt, was sie wirklich denkt, lässt Thomas sie bestimmt fallen.

Sie schaut auf die Uhr. Eigentlich müsste sie jetzt die Haarfarbe ausspülen. Na, noch ein kleines bisschen, vielleicht wird es dann blonder.

Was für eine geheimnisvolle Mail. Was wohl mit Sas los ist? Wahrscheinlich ist sie jetzt in der Schule, aber vielleicht ist sie ja zufällig doch schon bei Esther zu Hause, einen Versuch ist es wert.

Rosa lässt es ziemlich lange klingeln. Sie zieht eine Locke unter dem Handtuch hervor und betrachtet sie nervös. Lila ist sie jetzt zwar nicht mehr, aber ob sie blond ist? Man kann es noch nicht richtig erkennen, weil die Haare noch feucht sind. Zum Glück ist Alexander zur Arbeit gegangen und sie hat das

Haus für sich. In dem Moment, als sie den Hörer aus der Hand legen will, nimmt jemand ab.

„Hallo?"

„Sas! Bist du es? Du klingst so matt."

„Oh, hallo Rosa! Ich hab gerade geschlafen."

„Um zwölf Uhr mittags? Bist du krank?"

„Ja."

„Was ist denn?"

Zu Rosas Entsetzen fängt Sas an zu weinen.

„He, Sassie, was ist denn los? Warum weinst du?"

„Iiiichihich … er … ich …"

„Hol tief Luft und atme ganz langsam aus. Ganz ruhig, Sas."

„Ich … ich war mit … ich bin, ich war mit Theo im Bett."

„Ach herrje!"

„Ja, das kannst du laut sagen. Weißt du, eigentlich wollte ich das noch gar nicht. Aber Theo …"

„Was?"

„Na ja, er wollte schon. Und dann hab ich es doch gemacht, ihm zuliebe. Und … aber …"

Saskia beginnt wieder, laut zu weinen. Rosa wartet geduldig. Sie ist völlig perplex. Sie wusste, dass Sas mit Jungs schon viel weiter war. Sie hat schon in der Fünften rumgeknutscht, und in der Sechsten hatte sie bestimmt schon zehn Freunde gehabt. Aber *das* hatte Rosa trotzdem nicht erwartet.

„Das ist doch nicht so schlimm, oder? Ich meine, irgendwann ist doch immer das erste Mal."

„Ich wollte aber gar nicht. Ich hab's für ihn getan und … das Dumme war, dass er kein Kondom benutzen wollte."

„Das ist nicht dein Ernst! Mann, Sas, das ist doch total leichtsinnig!"

„Nett ausgedrückt, Rosa. Ich an deiner Stelle würde sagen: Saskia, du bist eine saudumme, komplett hirnverbrannte dusselige Kuh, dass du so was machst."

„Da könnte was dran sein! Und was nun, Sas?"

„Also, ich bin gestern sofort zu meiner Frauenärztin gegangen. Allein, denn Theo wollte nicht mit. Er meinte, ich wär hysterisch. Und dass man beim ersten Mal sowieso nicht schwanger werden könnte."

„So ein Schwachsinn! Mal ehrlich, Sas, dein Theo ist ein ziemlicher Loser!"

„Allerdings. Ich bin stinksauer auf ihn. Er hat mich einfach hängen lassen."

„Und dann?"

„Ich hab ,die Pille danach' bekommen. Deshalb liege ich im Bett. Mir ist kotzübel."

„Was ist das denn, ,die Pille danach'?"

„Eine Pille für den Notfall. Das hat die Ärztin mir ungefähr hundertmal gesagt, weil man seinen Körper damit dem Mega-Hormonstress aussetzt."

„Mensch Sas, ich hoffe, das nächste Mal bist du schlauer!"

„Ich hab mit Theo Schluss gemacht. So ein Arschloch! Ich will ihn nie wieder sehen."

„Das verstehe ich. Und deine Mutter, weiß die es schon?"

„Nein, natürlich nicht, die hat selbst genug Probleme. Aber Esther und ihre Mutter kümmern sich total lieb um mich. Ich darf so lange hierbleiben, wie ich will, aber das mache ich nicht. Nächste Woche kommt meine Mutter aus der Klinik nach Hause und dann will ich auch da sein. Du weißt schon, ein bisschen auf sie aufpassen."

„Sas, das tut mir alles so leid für dich. Kann ich irgendwas tun?"

„Das tust du doch schon. Du bist meine Freundin."
Jetzt fängt Rosa an zu weinen.

„He, du Huhn, warum heulst du denn jetzt?"

„Einfach so, wegen allem. Weil ich es so gemein finde."

„Ach komm, ich schaff das schon. Ich hab meine Lektion gelernt. So was passiert mir nicht noch mal. Also: Kopf hoch!"

„Das müsste ich eigentlich zu dir sagen."

„Dann sagen wir es uns eben gegenseitig, dafür sind Freundinnen doch da. Hör mal, ich muss mich wieder hinlegen. Sonst kotze ich hier gleich alles voll."

„Okay, gute Besserung!"

„Danke. Tschüssi!"

Rosa legt auf. Mannomann, Sas. Das kommt also dabei heraus, wenn man Sachen macht, die man eigentlich gar nicht will ...

**Von:** Rosa van Dijk <rosa_vandijk@hotmail.com>
**Gesendet:** Montag, 6. September 12:46
**An:** Esther Jacobs <esther@xs42.nl>
**Betreff:** Probleme

Hallo, Es,
ich hab mit Sas gesprochen, was für eine ätzende
Geschichte! Echt lieb von euch, dass ihr euch um sie

kümmert. Du hast natürlich Recht mit dem, was du
sagst. Von wegen nur zu tun, was man auch wirklich will
und so … Aber in der Praxis ist das manchmal ganz
schön schwierig.
Und was ist mit Jonas los? Er mailt mir in letzter Zeit
gar nicht mehr zurück. Mailt ihr noch regelmäßig? Was
für ein Stress, im Moment scheinen echt alle am Rad zu
drehen.
Ich bin immer noch total verknallt in Thomas. Und dann
sind da noch meine lila Haare, die ich endlich wieder in
Normalzustand kriegen muss. Vor ungefähr einer Stunde
habe ich andere Farbe draufgeschmiert und jetzt warte
ich darauf, dass ich sie ausspülen kann. Ich trau mich
bloß nicht, das Handtuch runterzunehmen. Aber jetzt
mache ich es einfach, denn die Zeit ist längst um. Ich
schreib gleich weiter, ob es geklappt hat. Fortsetzung
folgt …

Iiiiiihhh! Oh Esther, totale Katastrophe! Es ist knall-
orange geworden. HIIIILLLLFFE! Was soll ich jetzt bloß
machen?

Deine verzweifelte Freundin
Pippi Langstrumpf

Rosa steht heulend vorm Spiegel. Das ist doch wirklich nicht
zu fassen!
Jetzt gibt es nur noch eine Lösung.

„Mama?"

Ihre Mutter schlägt die Augen auf. Abelchen liegt auf ihrer Brust und schläft.

„Rosa, wieso bist du nicht in der Schule? Hast du eine Freistunde?" Ihre Mutter lächelt und legt Abelchen vorsichtig in das durchsichtige Babybettchen neben ihrem Bett. Sofort schreit er wie am Spieß und wird krebsrot.

„Oh, oh, damit ist der kleine Mann gar nicht einverstanden", sagt Rosas Mutter und lacht. „So macht er das schon die ganze Zeit. Nur wenn er ganz nah bei mir liegt, ist er zufrieden."

„Das kann ich verstehen", sagt Rosa. „Nachdem er so lange in dem grässlichen Brutkasten liegen musste."

Rosas Mutter hebt das Baby wieder aus dem Bett und legt es neben sich. Augenblicklich ist Abelchen still. Sie streichelt ihm zärtlich über das Flaumhaar.

Rosa holt tief Luft. Jetzt oder nie.

„Mam … guck mal …"

Sie nimmt das Kopftuch ab. Ihre Mutter schaut sie an, reißt die Augen auf und dann prustet sie los.

„Herrje, Rosa, was hast du denn angestellt?" Sie muss so laut lachen, dass Abelchen vor Schreck doch wieder losplärrt.

Rosa ist total verblüfft. Sie hätte erwartet, dass ihre Mutter ihr gehörig den Kopf waschen würde. Ihren Karottenkopf. Rosa weiß nicht, ob sie mitlachen oder weinen soll. Sie entscheidet sich für ein Grinsen mit Tränen in den Augen.

„Oh Röschen, du müsstest dich mal sehen, wie du da stehst, wie ein verängstigtes Möhrchen."

„Bist du gar nicht böse?"

„Ach was, du verrückte Nudel." Ihre Mutter legt Abelchen über ihre Schulter und klopft ihm auf den Rücken. Er hat aufgehört zu weinen, aber jetzt hat er Schluckauf.

Rosa setzt sich aufs Bett. Ihr fällt ein Stein vom Herzen.

„Solche Sachen habe ich früher auch gemacht", sagt ihre Mutter. „Ein Piercing oder ein Tattoo fände ich viel schlimmer, das kriegt man nie wieder weg."

Rosa nimmt ein paar Haarsträhnen und zupft verzweifelt daran herum.

„Aber was soll ich hiermit bloß machen, Mam? In der Schule werden sie mich total auslachen!"

Ihre Mutter legt ihr Abelchen in die Arme.

„Hier, Möhrchen, halt du mal den Kleinen. Du gehst heute Nachmittag einfach zum Friseur. Da finden sie bestimmt eine Lösung."

Ungeschickt drückt Rosa Abelchen an sich. Wie winzig er ist!

Mit seinen dunkelblauen, runden Augen sieht er sie aufmerksam an. Dann verzieht er auf einmal das Gesicht, als hätte er Schmerzen, und läuft dunkelrot an. Rosa erschrickt. Drückt sie zu fest? Schnell reicht sie ihn ihrer Mutter zurück.

Prrrrt! ertönt es auf einmal aus Abelchens Windel. Und noch einmal: prrrt!

Rosas Mutter lacht und klopft ihm aufs Bäuchlein.

„Gut so, Kerlchen, der saß dir quer, was?"

Rosa rümpft die Nase. Bah, was für ein Gestank!

## *Noch ein erstes Mal*

„Rosa, ich würde gern mal mit dir reden! Huhu! Erde an Rosa!"

Alexander wedelt mit der Hand vor Rosas Gesicht.

Rosa sieht Alexander mit bösem Blick an. Sie hat jetzt keine langen Locken mehr, hinter denen sie sich verstecken kann, denn ihre Haare sind kurz geschnitten. Sie gehen ihr nicht einmal mehr bis zu den Schultern. Nur ein paar Wochen, hat der Friseur gesagt, dann wird ihre natürliche Haarfarbe wieder nachgewachsen sein. Die Leute aus ihrer Klasse haben gar nichts zu ihrer neuen Frisur gesagt. Nur Karien meinte, sie stünde ihr gut.

„Wie kannst du bei der lauten Musik bloß Hausaufgaben machen?", fragt Alexander.

„Keine Sorge, das klappt ganz gut."

„Das kann ich mir nicht vorstellen. Hör mal, Rosa, ich habe heute Morgen einen Anruf von deinem Klassenlehrer bekommen. Er sagt, dass du in letzter Zeit regelmäßig den

Unterricht schwänzt. Wärest du so freundlich, mir das mal zu erklären?"

„Warum? Du bist doch nicht mein Vater!"

„Nein, aber dein Stiefvater."

„Wer sagt das? Ich bestimmt nicht."

Rosa steckt sich die Stöpsel wieder in die Ohren und beugt sich über ihr Buch. Ihre Laune ist auf dem Nullpunkt. Sie hat Bauchweh, und Thomas hat sie schon die ganze Woche nicht gesehen. Wahrscheinlich hat sie ihn letzte Woche total vor den Kopf gestoßen. Die ganze Zeit grübelt sie darüber nach, ob sie nun miteinander gehen oder nicht, es macht sie ganz wahnsinnig.

„Rosa, ich rede mit dir!" Alexander wird jetzt richtig sauer. Er reißt ihr die Stöpsel aus den Ohren. Rosa springt auf: „Lass das! Davon gehen die kaputt!"

„Schrei hier nicht so rum. Deine Mutter schläft und Abelchen schläft auch endlich."

„Ja, na und? Das nervt vielleicht! Den ganzen Tag soll ich auf Zehenspitzen durchs Haus schleichen, und nachts kriege ich keine Auge zu, weil die Krabbe alles zusammenbrüllt!"

Und Mama hat nie Zeit, mit mir zu reden, denkt sie. Aber das sagt sie nicht.

Mit Tränen in den Augen starrt sie Alexander wütend an. Es ist seine Schuld. Es ist so anders, als sie es sich vorgestellt hatte. Ihre Mutter ist jetzt seit einer Woche zu Hause, aber es ist alles andere als gemütlich. Immerzu ist sie mit dem Baby beschäftigt, um Rosa kümmert sie sich überhaupt nicht. Tagsüber schläft Abel kaum, nachts ist er wach und heult ständig. Alexander muss viele Überstunden machen und ist immer gereizt. Sie laufen allesamt rum wie Zombies, so müde sind sie. Echt eine Superanschaffung, so ein Baby!

Alexander hebt verzweifelt die Hände. Wortlos dreht er sich um und geht aus dem Zimmer.

Rosa lässt sich wieder aufs Bett fallen und drückt ihren Teddy an sich. Jetzt tut Alexander ihr fast leid. Und sich selbst findet sie einfach unausstehlich. Was ist denn in letzter Zeit bloß mit ihr los? Manchmal scheint jemand anders in ihrem Zimmer zu wohnen. Ein gemeines, fieses Mädchen, dem Dinge rausrutschen, die sie selbst, die wirkliche Rosa, gar nicht sagen will.

Rosa wischt sich die Tränen von den Wangen. Sie ist eine elende Versagerin. Keine Freundinnen und Freunde, und hässlich ist sie jetzt auch noch mit den kurzen Haaren. Jonas schreibt nicht mehr. Ihr einziger Trost ist ihre tägliche Verabredung mit Jasper, dem Märchenprinzen. Jeden Abend um halb acht chatten sie miteinander. Genau wie mit Jonas früher kann sie mit ihm über alles reden. Er nennt sie Blume und sie nennt ihn Prinz. Aber auch dabei hat sie kein richtig gutes Gefühl, denn sie hat immer noch Angst, dass er in Wirklichkeit eine alte Oma aus dem Seniorenheim ist oder ein dicker Glatzkopf um die fünfzig. Bäh ... nicht auszudenken. Aber auf dem Computerbildschirm kommt er ihrem idealen Märchenprinzen schon ganz schön nahe. Er ist witzig, clever und dazu noch ein Dichter. Neulich durfte sie ein Gedicht von ihm lesen. Sehr romantisch. Sie wünschte, Thomas würde ihr auch solche Gedichte schreiben. Sie hat es ausgedruckt und in ihren Kalender geklebt.

*Die Sonne versinkt wie eine goldene Kugel*
*im Meer.*
*Ich sehne mich so sehr.*
*Ich schaue in die Luft.*
*Mein Herz ist auf der Flucht –*
*eben noch hier*
*und jetzt bei ihr.*

Rosa seufzt tief. Es gibt keine Märchen. Sie sollte sich nichts vormachen. Auf Zehenspitzen geht sie nach unten und schaut um die Ecke ins Schlafzimmer ihrer Eltern.

Ihre Mutter schläft, Abelchen neben sich in den Armen. Er ist ganz schön gewachsen und er bekommt dicke rosa Pausbäckchen. Rosa schämt sich, als sie merkt, dass sie eifersüchtig auf Abelchen ist. Wäre bloß alles so einfach wie damals, als sie klein war und Mama und Papa noch zusammen waren und für sie sorgten. Jetzt hat sie das Gefühl, alles allein machen zu müssen.

Unten hört sie Alexander in der Küche rumoren. Oje, was das wohl wieder gibt. Ihr schmeckt fast nichts, was er kocht. Und dann bekommen sie Streit, weil sie es nicht essen will.

Übellaunig geht sie zur Toilette. Als sie ihre Hose herunterzieht und in ihre Unterhose schaut, traut sie ihren Augen kaum. Ein roter Fleck! Blut! Deshalb also die Bauchschmerzen in letzter Zeit! Sie zerrt die Hose hoch und rennt zu ihrer Mutter.

„Mama! Mam, ich hab meine Tage!", ruft sie aufgeregt.

Rosas Mutter setzt sich schläfrig auf und Abelchen fängt vor Schreck an zu weinen.

„Mam! Hör mal! Ich habe meine Tage! In meiner Unterhose ist Blut!"

Ihre Mutter versucht Abelchen den Schnuller wieder in den Mund zu stopfen, um das ohrenbetäubende Gekreisch zu stoppen.

„Ach, Schätzchen! Das ist ja wunderbar!"

„Wunderbar?", fragt Rosa ungläubig.

Rosas Mutter klopft lächelnd aufs Bett. „Komm her, mein Schatz, setz dich mal einen Moment zu mir."

Rosa setzt sich. Ihre Mutter nimmt sie fest in die Arme.

„Ja, wunderbar, weil du jetzt eine richtige Frau bist! Ich bin stolz auf meine große Tochter."

„Ha!", sagt Rosa mit Blick auf Abelchen, der allmählich violett anläuft und versucht den Schnuller auszuspucken. „Und jetzt kann ich auch Kinder kriegen! Nee danke, nicht mit mir!"

Ihre Mutter lacht und fährt ihr durch die kurzen Locken. „Das müssen wir feiern, Rosie! Hier, halt mal eben dein Brüderchen, dann ziehe ich mich an und besorge Kuchen und Cola."

Rosa nimmt Abelchen ungeschickt entgegen.

„Kuchen und Cola, sonst noch was? Chips? Lakritze? Pralinen? Was du willst", sagt ihre Mutter, während sie sich ein Kleid über den Kopf streift.

„Wie wär's mit einer Packung Binden?!"

Ihre Mutter kommt auf sie zu und umarmt sie und Abelchen gleichzeitig. „Lieber Schatz, ich kann's kaum glauben. Mein kleines Mädchen ist schon eine richtige Frau!"

Ihre Mutter gibt ihr einen Kuss und will Abelchen nehmen.

„Lass ihn ruhig ein bisschen bei mir!", sagt Rosa. Sie legt sich Abelchen über die Schulter und klopft ihm auf den Rücken. „Vielleicht kriege ich ihn ja still, dann hast du mal ein bisschen Ruhe."

Ihre Mutter schaut sie überrascht an. „Das ist lieb von dir. Vorsichtig, ja? Du kannst ihn auch in die Wiege legen. Hier ist sein Schnuller." Sie geht zum Schrank. „Und ... ein Päckchen Binden. Weißt du, wie man sie benutzt?"

„Jaha! Hab ich schon hunderttausendmal bei dir gesehen. Bringst du mir ein Riesenstück Schokotorte mit?"

Rosa legt Abelchen in die Wiege, die neben dem Bett an der Seite ihrer Mutter steht, und geht mit den Binden ins Badezimmer. Sie zieht eine frische Unterhose an und legt eine Binde hinein. Fühlt sich komisch an mit so einem Ding zwischen den Beinen. O-beinig stakst sie zurück ins Schlafzimmer. Ob sie jetzt viel bluten wird oder nur ein bisschen? Eigentlich findet sie es ganz schön spannend. Sie weiß gar nicht, ob Esther auch schon ihre Tage hat. Muss sie unbedingt fragen. Sas hat sie schon, seit sie zwölf ist, aber sie redet nie darüber – für sie ist es schon ganz normal.

Abelchen hat inzwischen noch weiter aufgedreht. Rosa hebt ihn hoch und wiegt ihn ungeübt hin und her.

„He, Abel, du kleiner Brüllfrosch, hast du kein anderes Liedchen auf Lager? Mir tun schon die Ohren weh!"

Sie hebt ihn hoch und schnuppert an seiner Hose, wie ihre Mutter es auch immer macht. Ein Glück – das ist es nicht. Sie ist nicht wild darauf, eine volle Windel zu wechseln.

Abelchen rülpst lautstark, hickst einmal und kreischt dann weiter.

„Du Armer hast Krämpfe, was? Genau wie deine große Schwester."

Sie legt ihn aufs Bett und reibt ihm das Bäuchlein. Mit der anderen Hand streichelt sie seine Wange.

„Eigentlich bist du ja ganz lieb. Jedenfalls wenn du schläfst." Rosa lacht zärtlich. Als sie Abelchen am Mund streichelt, schnappt er nach ihrem kleinen Finger.

„Ach, wollen wir jetzt schon beißen? Oder hast du vielleicht Hunger?" Vorsichtig steckt Rosa ihm den Finger in den Mund. Er hört auf zu weinen und beginnt kräftig zu saugen. Verblüfft schaut Rosa ihn an. „He, du Lämmchen, was machst du denn da? Schmeckt dir das etwa? Du bist vielleicht ein komischer Vogel, Abelchen!"

Sie nimmt den Schnuller und versucht ihn Abelchen in den Mund zu stecken. Sofort fängt er wieder an zu brüllen.

„Na, dann machen wir es eben so."

Rosa legt sich neben ihn und steckt ihm den kleinen Finger wieder in den Mund. Sie stützt sich auf den Ellbogen und schaut das kleine Kerlchen liebevoll an. Er ist wirklich zu süß mit seinen Flauschhaaren und den runden blauen Augen.

Und so findet ihre Mutter sie kurz darauf. Rosa schlafend, den kleinen Finger in Abelchens Mund, und Abelchen hellwach und zufrieden an Rosas kleinem Finger nuckelnd.

**Von:** Rosa van Dijk <rosa_vandijk@hotmail.com>
**Gesendet:** Dienstag, 14. September 23:01
**An:** Esther Jacobs <esther@xs42.nl>
**Betreff:** I am a woman!

Guten Abend, Sie sprechen mit Rosa van Dijk, einer
echten Frau! Wirklich und wahrhaftig! Haha, zumindest
meinte meine Mutter das. Sie hat es bestimmt fünfzehn
Mal gesagt. Rosa, du bist jetzt eine richtige Frau!
Ich hab heute nämlich zum ersten Mal meine Tage
bekommen. Das ist vielleicht komisch. Ich laufe hier mit
O-Beinen rum, es ist ein Gefühl, als hätte ich mir ein
ganzes Paket Babywindeln zwischen die Beine geklemmt.
Meine Mutter meint, man gewöhnt sich daran. Außerdem gehe ich ungefähr alle drei Minuten zum Klo, um
nachzusehen, ob noch alles richtig sitzt. Ich hatte in
letzter Zeit ziemlich oft Schmerzen im Unterleib. Ich
dachte schon, es wären meine Nerven und die Verliebtheit, aber das war wohl nicht der Grund.
Auf einmal fühle ich mich komplett anders. Nicht mehr
wie ein kleines Kind, sondern wie eine richtige Frau.
Jetzt gehöre ich zu den Erwachsenen. (Nicht lachen, Es!)
Mama hat zur Feier des Tages superleckere Schokotorte
spendiert und jede Menge Tipps zum Thema: Wie überlebe ich meine erste Regel?

**Survival-Tipps für die Tage**
1. Sorge dafür, dass du immer eine Binde bei dir hast.
In der ersten Zeit können die Tage ganz unregelmäßig

kommen. Ein kluges Mädchen ist also immer dafür gewappnet (O-Ton meine Mutter).

2. Du kannst auch Tampons benutzen, zum Ausprobieren am besten die kleinen.

3. Wechsle den Tampon regelmäßig, so ungefähr alle vier bis acht Stunden.

4. Wenn du einen Tampon oder eine Binde wegwirfst, wickle ihn/sie vorher in Klopapier. Nicht ins Klo werfen, sondern in den Mülleimer.

5. Die Dauer der Periode ist von Frau zu Frau unterschiedlich. Normalerweise dauert sie zwischen drei und sieben Tage.

6. Im Prinzip bekommst du jeden Monat deine Tage. Wenn du vom ersten Tag deiner Menstruation an zählst, liegen meistens 28 Tage dazwischen. Aber es kann auch ein bisschen länger oder kürzer sein.

7. Dusche dich einmal täglich und wasche dich gründlich, im Intimbereich aber am besten nur mit Wasser. Seife ist nicht gut.

8. Bei Bauchschmerzen hilft eine warme Dusche oder ein warmes Bad.

9. Eine Wärmflasche auf dem Bauch hilft auch.

10. Wenn es ganz schlimm ist, kannst du eine Schmerztablette nehmen. Viele Mädchen haben aber gar keine Beschwerden.

11. Notiere in deinem Kalender den ersten und den letzten Tag deiner Regel, dann kannst du es dir besser merken. Mit der Zeit weißt du dann auch, wann du mit deinen Tagen rechnen kannst.

So, das waren also 11 nützliche Tipps. Ich habe jetzt gar keine Bauchschmerzen mehr, allerdings ist mir schlecht von drei Stück Schokotorte.
Außerdem habe ich ein Zaubermittel entdeckt, um Abelchen ruhig zu stellen. Wenn man ihm den kleinen Finger in den Mund steckt, nuckelt er daran und ist mucksmäuschenstill. Mam und Alexander machen das jetzt auch immer so. Sie sind mir unendlich dankbar. Endlich Ruhe im Haus. Du kannst dir nicht vorstellen, wie viel Lärm so ein kleiner Kerl machen kann. Aber so richtig praktisch ist das mit dem kleinen Finger auch nicht, denn dann muss man die ganze Zeit bei ihm sein. Und das will er natürlich auch, schön nah bei jemandem sein und nicht allein im Bettchen liegen. Vielleicht kann ich ja in einem Laden für Partyartikel einen abgeschnittenen Plastikfinger kaufen, so eine Fingerattrappe, am besten mit Blut dran! Haha, allein die Vorstellung!

Heute Abend hab ich mit Thomas auf dem Dach gesessen. War total romantisch. Ich bin so verliebt in ihn! Er wollte auch zu mir ins Zimmer kommen, aber ich hab gesagt, das geht nicht.
Liebste Esther, ich geh jetzt in die Heia, denn es ist schon halb zwölf und ich falle gleich um vor Müdigkeit. Hoffentlich hält Abelchen sich heute Nacht zurück.

Tschüssitschau!
Rosa

Rosa fährt den Computer runter und starrt vor sich hin. Es war gar nicht so einfach, Thomas davon abzubringen, in ihr Zimmer zu kommen. Er wollte unbedingt, aber sie hat gesagt, sie fände es zu gefährlich, wenn ihre Mutter und Alexander zu Hause sind. Sie hat sich so gefreut, als er endlich wieder ans Fenster geklopft hat, dass sie ihm nach einer halben Stunde küssen erlaubt hat, kurz ihre Brüste anzufassen.

Aber eigentlich gefiel ihr das überhaupt nicht. Küssen und Verliebtsein findet sie schön, aber den Rest ... Das will sie noch gar nicht. Sie traut sich nicht, Esther davon zu schreiben, weil sie dann bestimmt wieder eine Predigt zu hören kriegt, gerade nach der Sache mit Sas ... Esther würde sagen, dass Rosa nie Sachen tun soll oder zulassen darf, die sie nicht wirklich will. Aber das ist ja gerade das Problem. Sie weiß nicht so recht, was sie eigentlich will. Sie will nicht, dass Thomas an ihr herumfummelt, aber sie will ihn auch nicht verlieren. Er ist so lieb zu ihr. Und er ist der Einzige, den sie jetzt hat. Sie hat Angst, dass er Schluss macht, wenn sie nicht mitspielt. Und sie kann ihn auch verstehen; er ist schon siebzehn, da gibt man sich nicht mehr mit Knutschen zufrieden.

Rosa hüpft ins Bett und zieht sich die Decke über den Kopf. Ganz schön kompliziert, eine richtige Frau zu sein. Vor allem, wenn man vierzehn ist und verliebt.

## *Randale im Vorgarten*

Rosa steht auf dem Platz neben Thomas, der einen Arm um sie gelegt hat und raucht.

Ein Stück weiter sitzen Govert und ein Junge namens Mark mit einem Ball am Straßenrand. Rosa kommt sich sehr lässig vor, wenn sie so neben Thomas steht. Sie hofft nur, dass ihre Mutter nicht aus dem Fenster schaut. Sie hat ihr noch nicht erzählt, dass sie einen festen Freund hat, denn ihre Mutter wäre bestimmt nicht begeistert. Thomas ist drei Jahre älter als Rosa, er raucht, trinkt und hängt in Kneipen rum. Womöglich würde sich Alexander auch wieder einmischen.

„He, Thomas, geht heut noch was? Oder hat dich deine kleine Miss Südholland schon im Griff?" Govert wirft Rosa einen spöttischen Blick zu.

Rosa würde am liebsten im Erdboden versinken. Andererseits will sie sich von dem doch nicht einschüchtern lassen! Schließlich geht sie jetzt mit Thomas! Sie nimmt Thomas die Zigarette aus den Fingern und zieht daran. Nur mit Mühe kann sie einen Hustenanfall unterdrücken. Wenn ihre Mutter sie jetzt sehen würde, wäre die Hölle los.

„Miss Südholland? Du meinst wohl Miss Universum!", entfährt es ihr und schon im nächsten Moment möchte Rosa sich für diese Bemerkung die Zunge abbeißen.

Die Jungs brechen in Gelächter aus. „He, Thomas, Sinn für Humor hat sie aber, die Kleine!", ruft Mark.

„Gut so, Schätzchen, zeig's ihnen", sagt Thomas und gibt ihr einen Kuss.

Govert grinst. „He! Schluss mit Pärchenterror! Geht jetzt noch was ab oder nicht? Wollen wir vielleicht noch ein bisschen kicken?"

„Yesss! Boersmalein ärgern!", ruft Mark. „Gute Idee, her mit dem Ball."

„Warum müsst ihr den Mann eigentlich immer ärgern?", fragt Rosa.

„Er hat uns mal den Ball zerschnitten und da haben wir ihm den Krieg erklärt", antwortet Thomas.

„Warum hat er das gemacht?"

„Weil wir Fußball gespielt haben. Und seine Garage ist nun mal das beste Tor."

Rosa zuckt die Achseln. Sie findet es blöd, aber sie traut sich nicht, etwas zu sagen, sonst macht sie sich wieder unbeliebt.

Verliebt schaut sie Thomas an. Sie kann es immer noch nicht fassen, dass sie seine Freundin ist. Er sieht so gut aus und er ist so cool.

„He, Kleine, geh mal an die Seite. Mädchen haben auf dem Fußballplatz nichts verloren", ruft Govert.

„Ich bin nicht klein, und zufällig kann ich sehr gut Fußball spielen!"

„Na, dann zeig mal, was du draufhast!", ruft Thomas und lacht.

Rosa nimmt Mark den Ball aus der Hand, legt ihn auf den Boden und tritt mit voller Wucht dagegen. In hohem Bogen fliegt er über Boersmas Gartentor.

Die Jungs brechen in Hohngelächter aus und Rosa wird knallrot.

„Er … ich glaube, er ist sowieso nicht zu Hause", stottert Rosa. Oh Mann, was ist sie für eine Idiotin. Warum muss sie immer so cool tun?

„Ich hol ihn schnell." Thomas nimmt Anlauf und springt über den Zaun.

„Wow! He, Govert! Das musst du dir angucken, Mann, das ist total abgefahren hier!"

Rosa wird übel. Hoffentlich machen die keinen Mist!

Govert stemmt sich hoch und lacht laut, als er über den Zaun schaut.

„Fett, Mann! Das sieht ja aus wie auf einer Gartenschau! Rosa, bist du sicher, dass Boersma ausgeflogen ist?"

„Äh, ja, ich habe ihn weggehen sehen … aber, was habt ihr denn vor?", fragt Rosa alarmiert.

Mark nimmt Anlauf und schwingt sich auch über den Zaun.

„He, Mann, fangen!", hört sie Thomas ausgelassen rufen. Da hört Rosa es auch schon Klirren.

„Ooooooohhh, sein Köpfchen, der Ärmste …!" Govert lacht sich schlapp.

„Hört auf!", schreit Rosa. Sie kann gerade noch rechtzeitig zur Seite springen, als ein Gartenzwerg über den Zaun
fliegt. Er zerspringt in lauter Scherben.

„Thomas, bitte lass das!", schreit sie. Aber die Jungs hören
nicht auf sie.

Rosa sieht nur einen Ausweg. „Thomas!", schreit sie mit
sich überschlagender Stimme. „Komm zurück! Boersma
kommt!"

Sofort ist es auf der anderen Seite des Zauns still. Rosa
dreht sich um und sprintet nach Hause. Meine Schuld, meine
Schuld, dröhnt es bei jedem Schritt in ihrem Kopf.

## *Noch einmal nächtlicher Besuch*

Rosa starrt auf ihr Geschichtsbuch. Sie kann sich nicht auf die Worte konzentrieren und schaut auf die Uhr. In einer Viertelstunde ist es halb acht. Märchenzeit.

Ihr wirkliches Leben ist alles andere als ein Märchen. In der Schule hat sie eine Fünf in Englisch und eine Vier in Niederländisch bekommen.

Rosa schaltet den Computer ein. Erst mal Mails checken. Na bitte. Post von Jonas. Endlich mal wieder.

**Von:** Jonas de Leeuw <jdl@xs22.nl>
**Gesendet:** Freitag, 17. September 18:10
**An:** Rosa van Dijk <rosa_vandijk@hotmail.com>
**Betreff:** Emmy!

Hi, alter Pirat,
lange nichts von mir gehört, was? Das kommt daher, dass ich auch verliebt bin. Du wirst es nicht glauben:

in Emmy. Bis über beide Ohren. Sie ist viel lieber und netter, als ich dachte, und jetzt sind wir unzertrennlich. Wir waren schon zweimal im Kino und ich hole sie jeden Tag auf dem Weg zur Schule ab, obwohl das für mich zwanzig Minuten Umweg bedeutet. Sie ist mein Traummädchen. Und sie kann wahnsinnig gut küssen. Ich bin jetzt schon ein echter Profi. Ich hoffe, du als meine Ex findest das nicht schlimm ...
Ich muss jetzt Schluss machen, das Telefon klingelt, es ist bestimmt Emmy.

Tschau-wau-wau!
Jonas, der glücklichste Mann der ganzen Welt

Rosa spürt die Tränen hinter den Augenlidern. Sie fühlt sich unendlich einsam. Niemand, mit dem sie reden kann. Niemand, der sie versteht. Sie schaut auf die Uhr. Halb acht.

Märchenprinz: Hallo, Blume, wie geht's?
Blume: Beschissen. Ich hab mit allem und jedem Krach, schlechte Noten in der Schule und Hausarrest.
Märchenprinz: Du Arme, ich würde dich ja gern aufmuntern. Soll ich dir ein paar Witze erzählen?
Blume: Nein, danke. Ich glaube, ich haue ab.
Märchenprinz: Bestimmt ins Märchenland. Oder in den Wald, um die Hexe in ihrem Pfefferkuchenhaus zu suchen.
Blume: Ich meine es ernst. Ich halte es hier nicht mehr aus. Ich habe andauernd Streit mit meinem Stiefvater. Ich hab hier keine Freundinnen und mein bester Freund

ist verknallt und lässt nichts mehr von sich hören. Es ist schrecklich. Ich habe das Gefühl, ich bin gar nicht mehr wichtig. Wenn es mich nicht gäbe, würde mich keiner vermissen ...

Märchenprinz: Ich würde dich vermissen.

Blume: Du kennst mich ja noch nicht mal.

Märchenprinz: Komischerweise habe ich aber das Gefühl, dich schon sehr lange zu kennen. Ich würde dich gern mal sehen.

Blume: Es soll gefährlich sein, sich über das Chatten zu verabreden.

Märchenprinz: Ja! Buhu! In Wirklichkeit bin ich Frankensteins Monster!

Blume: Und ich die Hexe, die dich verzaubern wird! Uaaah!

Märchenprinz: Lachst du jetzt?

Blume: Wie ein Bauer mit Zahnschmerzen, wie ein Kaninchen mit künstlichem Gebiss, wie ein kopfloses Huhn.

Märchenprinz: Ich lache aber.

Blume: Dann pass mal auf, dass du nicht vom Stuhl fällst.

Märchenprinz: Sorry, ich muss los.

Blume: He, was soll das denn jetzt? Ausgerechnet jetzt, wo's lustig wird. Ich wollte noch ein bisschen quatschen!

Märchenprinz: Sorry!

Blume: Musst du zu deiner Freundin?

Märchenprinz: Hab ich nicht, weißt du doch. Ich hab Liebeskummer.

Blume: 'tschuldigung, da hab nicht mehr dran gedacht.
Dreht sich in meinem Kopf grad alles nur um mich.
Märchenprinz: Macht nichts. Beim nächsten Mal hab
ich vielleicht eine Stinklaune und dann kriegst du's ab.
Hast du eigentlich einen Freund?
Blume: Ich glaube schon, aber ich weiß nicht, ob ich noch
will. Manchmal verstehe ich mich selbst nicht.
Märchenprinz: Geht mir auch oft so. Hör auf dein Herz.
Und sprich mit jemandem darüber.
Blume: Ja, Mama. Bist du eigentlich wirklich achtzehn?
Du klingst grad so erwachsen.
Märchenprinz: Klar, ich lüge dich doch nicht an. Ich bin
eben enorm vernünftig, haha. Kleiner Scherz! He, ich
muss jetzt wirklich los! Tschüss Blümchen, lass die Blät-
ter nicht hängen! Bis morgen, selbe Zeit, selber Schirm!
Tschüssitschaublümli!

Rosa seufzt und schaltet traurig den Computer aus. Blöder
Computer. Was soll das Ganze überhaupt? Ihr einziger Freund
ist ein Märchenprinz, der in einem Computer versteckt ist.
Ganz schön armselig.

Ob er sie wirklich sehen will? Vielleicht besser nicht. Denn
wenn sie sich träfen, würde er merken, dass sie gelogen hat.
Dass sie keine Schönheit mit dunklen, schrägen Augen und
Haaren bis zum Po ist, sondern ein wandelnder Wischmopp.
Und dass sie auch keine sechzehn ist. Blöd, blöd, blöd.

Unten hört sie Abelchen weinen. Am liebsten würde sie
sich jetzt in den Armen ihrer Mutter verkriechen und sie fragen, was sie machen soll. Aber Mama hat keine Zeit für sie.

Rosa schlüpft aus ihren Klamotten und zieht den Schlafanzug an. Fenster und Vorhänge macht sie zu. Sie legt sich ins Bett, rollt sich zusammen und macht die Augen zu so fest sie kann. Draußen auf dem Platz hört sie noch fröhliches Kindergeschrei, aber sie will damit nichts zu tun haben. Die Welt soll sie einfach in Ruhe lassen.

Ein Klopfen am Fenster lässt sie aufschrecken. Durch die Vorhänge kann sie erkennen, dass es draußen schon dunkel ist. Sie flitzt zum Fenster und öffnet es.

„He, Blue Eyes! Hast du schon geschlafen?" Geschickt klettert Thomas ins Zimmer. Er wuschelt ihr durchs Haar und drückt ihr einen Kuss auf den Mund. Sein Atem riecht wie immer um diese Zeit nach Bier und Zigaretten. Nicht besonders angenehm. Aber hey – was soll's! Die Hauptsache ist doch, dass er gerade bei ihr ist und offensichtlich noch nicht die Nase voll von ihr hat!

Schnell reibt sie sich den Schlaf aus den Augen. „Ja, ich hab schon geschlafen, ich war früh im Bett. Wie spät ist es denn?"

Thomas schaut auf die Uhr. „Halb zwei, Süße."

„Halb zwei! Und wo kommst du jetzt her? Hast du noch so lange gearbeitet?"

„Nee, natürlich nicht. War noch Tanzen."

Thomas macht ein paar Tanzschritte und stößt dabei einen Blumentopf von der Fensterbank.

„Pssst!", flüstert Rosa erschrocken. „Die schlafen alle."

„Ah, gut so", sagt Thomas, „dann sind wir wenigstens ungestört. Komm, setz dich neben mich, Schönheit!"

Schönheit, denkt Rosa. Er findet mich schön!

Thomas lässt sich aufs Bett fallen und zündet sich eine Zigarette an.

„Spinnst du? Wenn sie das unten riechen", zischt Rosa.

Thomas lacht und streckt die Hände nach ihr aus. „Oh, Blue Eyes, sei doch nicht immer so spießig. Die schlafen doch! Und wenn man schläft, riecht man nichts. Komm her!"

Schmetterlinge flattern in Rosas Bauch, aber sie weiß nicht genau, ob vor Nervosität oder vor Verliebtheit. Eigentlich will sie Nein sagen, aber sie traut sich nicht. Es ist schwer, Nein zu sagen. Sie will ihn nicht verlieren und … Er sieht so gut aus und ist so beliebt, er kann bestimmt jedes Mädchen kriegen, das er will.

Auf einmal schießt ihr die Sache mit Boersma wieder durch den Kopf. Sie hat ihn mit dem Fernglas beobachtet, als er gestern Nachmittag nach Hause kam.

Sie setzt sich aufs Bett, möglichst weit weg von Thomas.

„Weißt du … weißt du eigentlich, dass Boersma gestern in Tränen ausgebrochen ist, als er nach Hause kam und all die geköpften Gartenzwerge aufgereiht sah?" Rosa traut sich nicht, ihn anzuschauen.

Thomas brüllt vor Lachen.

„Er hat geheult? Cool, Mann! Geschieht dem alten Knacker ganz recht!"

Rosa schaut ihn entsetzt an.

Thomas sieht Rosas Blick und hört auf zu lachen.

„Kleiner Scherz! Du glaubst doch nicht, dass ich das ernst meine, Hühnchen? Ich hab ja noch versucht, Mark und Govert davon abzuhalten, aber die waren gar nicht zu bremsen.

Das sind ganz schlimme Jungs!"‚ sagt Thomas mit ernstem Gesicht. Dann prustet er wieder los. Er zieht Rosa an sich und nimmt ihr Gesicht in die Hände. „Jetzt sei doch mal nicht so ernst, kleine Blue Eyes. Was sind denn schon so ein paar Gartenzwerge? Das hier ist doch viel wichtiger …" Er gibt ihr einen Kuss aufs rechte Auge. „Und das …" Ein Kuss aufs linke Auge. „Deine schönen blauen Augen und dein Rosenmund."

Rosa spürt, wie sie innerlich ganz weich wird. Davon hat sie geträumt. Wahrscheinlich machen alle Jungs in Thomas' Alter ab und zu mal Blödsinn. Sie sollte sich wirklich nicht so anstellen. Thomas beugt sich über sie und drückt sie sanft nach hinten.

„Oh Süße"‚ flüstert er. „Ich bin total verrückt nach dir, weißt du das?" Rosa schmilzt dahin. Ja! Ja! Er ist verrückt nach ihr!

„Ich auch nach dir, Thomas."

Sie streicht mit den Händen über seine Haare. Sie sind voller Gel. Das fühlt sich nicht gerade romantisch an. Eher so, als würde man ein Stachelschwein streicheln. Rosa muss sich zusammenreißen, um nicht zu kichern.

Sie schauen sich an. Thomas hat braune Augen mit grünen Sprenkeln. Die schönsten Augen, die sie je gesehen hat. Rosa seufzt. Er drückt seinen Mund auf ihren und sie spürt, wie seine Hände an ihrem Hals entlang nach unten gleiten. Rosa versucht sich aufzurichten.

„Nein, Thomas, nicht!"‚ murmelt sie, aber er erstickt ihre Worte mit seinen Küssen. In dem Moment geht die Zimmertür auf. Alexander!

„Rosa, alles in Ordnung? Ich musste zur Toilette und es roch nach …"

Alexander bricht mitten im Satz ab. Völlig fassungslos starrt er sie an.

Rosa und Thomas fahren hoch.

„Was … was … das ist doch …! Rosa! Was soll das?" Mit zwei großen Schritten ist er bei Thomas und zerrt ihn vom Bett.

„Wer bist du? Und was machst du hier? Rosa, was hat das zu bedeuten?"

„Ich, ich … äh … er …", stammelt Rosa.

Wütend reißt Thomas sich los und zieht sein T-Shirt zurecht.

Alexander fasst ihn an den Schultern und schüttelt ihn.

„Was machst du hier? Wie kommst du hier rein?"

„Äh, ich äh …" Thomas wird knallrot. Sein Blick fällt auf die Zigarette, die auf dem Nachttisch vor sich hin glimmt.

Alexander folgt seinem Blick. „Aha, das war es also! Der Herr raucht hier seelenruhig eine Zigarette! Nicht zu fassen!" Alexander nimmt die Kippe und wirft sie aus dem geöffneten Fenster.

Rosa zieht sich die Decke bis zum Kinn. Das Herz klopft ihr bis zum Hals. Wie soll sie sich hier bloß rausreden?

„Rosa, was hat das zu bedeuten?", fragt Alexander drohend. Thomas starrt zu Boden und fummelt am Saum seines T-Shirts herum.

„Er … ääähhh …"

„Jetzt reicht es mir aber allmählich mit den Ääähhhhs! Raus mit der Sprache, ich will sofort eine Erklärung!"

„Ganz einfach! Er ist zu Besuch", sagt Rosa. „Und wir, äh … Thomas ist mein Freund … glaube ich."

Alexander sieht aus, als wäre er kurz vorm Platzen.

„Zu Besuch? Mitten in der Nacht? Dein Freund? Bist du noch ganz bei Trost, Rosa? Ihr hättet hier alles in Brand stecken können mit euren Kippen!"

Auf der Treppe sind Schritte zu hören.

„Alex, warum schreist du so? Gleich wacht Abelchen …"

Rosas Mutter entfährt ein Schrei, als sie Thomas sieht. „Hilfe, Alex, ein Einbrecher, halt ihn fest!"

Sie stürzt auf Rosa zu und nimmt sie in die Arme. „Schätzchen, ist alles in Ordnung? Hat er dir was getan?"

Thomas versucht sich unauffällig in Richtung Fenster zu bewegen.

„Ich bin kein Einbrecher, und … ich muss jetzt langsam mal wieder gehen. Es ist schon spät …"

Alexander fasst Thomas am Arm.

„Nichts da, Freundchen!"

„Moment mal", sagt Rosas Mutter. Sie steht auf und betrachtet Thomas. „Dich kenn ich doch."

„Äh, das kann sein, ich wohne in Nummer 12."

„Er ist mein Freund, Mama", flüstert Rosa kaum hörbar.

„Rosa! Du hast einen Freund? Warum hast du mir denn nichts davon erzählt?" Mit großen Augen schaut ihre Mutter sie an.

„Kann … kann ich dann jetzt gehen … ich … äh, ich muss morgen Früh Zeitungen austragen und …"

Thomas dreht sich um und macht Anstalten durchs Fenster zu verschwinden. Alexander zieht ihn wieder zurück.

144

„Nein, Freundchen. Es scheint mir eine ausgezeichnete Idee, dass du jetzt verschwindest, und zwar ein bisschen plötzlich! Aber nicht durchs Fenster. In diesem Haus gehen wir für gewöhnlich durch die Tür. Und morgen haben wir beide noch ein ernstes Wort miteinander zu reden, da kannst du dich drauf verlassen!"

Er schiebt Thomas zur Tür hinaus. Im Türrahmen dreht er sich um und schaut Rosa drohend an.

„Und wir auch, mein liebes Fräulein!"

**Von:** Rosa van Dijk <rosa_vandijk@hotmail.com>
**Gesendet:** Samstag, 18. September 14:32
**An:** Esther Jacobs <esther@xs42.nl>
**Betreff:** fuchsteufelswild

Hallo, Esther,
ich hab es soooo gründlich satt!! Ich hab Hausarrest.
An diesem Wochenende darf ich überhaupt nicht raus.
Den ganzen Tag hocke ich schon in meinem Zimmer.
Ich musste sogar allein hier oben essen. Alexander ist
ein echter Tyrann, ein Kinderschänder. Ich hasse ihn.
Er ist so gemein!
Ich bin total verliebt in Thomas und jetzt darf ich ihn
nicht mehr sehen. Nur weil er bei mir war, ohne dass sie
davon wussten. Ich musste mir eine ätzende Standpauke
von Alexander anhören und dann hab ich ihn angebrüllt.
Ich glaube, meine Mam findet es gar nicht schlimm, dass
ich mit Thomas gehe. Sie versteht mich meistens ganz
gut. Aber sie steht total unter seinem Pantoffel und

macht sich nicht stark für mich. Alexander sagt, Thomas
ist zu alt und hat einen schlechten Einfluss auf mich.
Bla bla bla.
Ich bin stinksauer. Sie können mir gar nichts verbieten,
ich bin schon vierzehn! Alexander hat gedroht, mir
den Computer wegzunehmen, wenn ich mich weiterhin
mit Thomas treffe und mich nicht benehme.
Idiot! Von jetzt an nenne ich ihn Alexander den Schreck-
lichen.
Ich glaube, ich haue hier ab. Ich würde viel lieber bei
meinem Vater wohnen. Aber er wohnt mit dieser Annemarie zusammen und die kenne ich kaum. Da kann ich
also auch nicht hin.
Oh Mann, ich bin so sauer, dass ich gar nicht weiter-
schreiben kann. Mail mir schnell zurück, wenn du da
bist, denn ich weiß gar nicht mehr weiter.
Rosa

Rosa wartet und wartet. Aber sie bekommt keine Antwort.
Es wäre auch ein Riesenzufall, wenn Esther gerade am Com-
puter sitzen würde. Anrufen kann sie auch nicht, denn das
Telefon steht unten und ihre Mutter und Alexander sind zu
Hause.

Rosa springt auf und schleudert ein Buch an die Wand.
Mist! Dieser verdammte Alexander! Sie vermisst ihren richtigen Vater so sehr. Der würde ihr nie im Leben so eine Strafe
aufbrummen.

Sie hat ihn ewig nicht gesehen. Erst in den Herbstferien
darf sie wieder zu ihm. Aber seltsamerweise ist sie im tiefsten

Innern auch auf ihn wütend. Warum ist er damit einverstanden, dass sie sich so selten sehen? Das kann nur bedeuten, dass er sie nicht richtig lieb hat.

Niemand liebt sie. Ihre Mutter nicht, die immer nur mit Abelchen beschäftigt ist, ihr Vater nicht, der weit entfernt lebt und in Annemarie verliebt ist. Selbst für Jonas ist sie nicht mehr wichtig ... Genauso gut könnte sie tot sein.

Rosa lässt sich aufs Bett fallen, drückt ihr Gesicht in den Bauch ihres Teddys und heult Rotz und Wasser.

Auf einmal wehen Musikfetzen zum offenen Fenster herein. Rosa wischt sich das Gesicht ab und putzt sich die Nase. Als sie den Kopf hinaussteckt, sieht sie, dass bei Thomas das Fenster offen steht. Von dort kommt die Musik. Sie zögert. Einerseits würde sie nach dem, was gestern Abend passiert ist, unheimlich gern mit ihm reden. Sie will ihm von dem blöden Alexander erzählen und von der Strafe, die sie bekommen hat. Sie will bei ihm sein und sich nicht mehr so allein fühlen. Er soll sie trösten und ihr sagen, dass sie lieb ist und wunderschön. Er soll ihr ins Ohr flüstern: „Rosa, ich liebe dich. Ich bin immer für dich da." Aber andererseits ist sie unsicher. Er will Dinge, zu denen sie noch nicht bereit ist, und davor hat sie Angst. Er hat sich einfach über ihr Nein hinweggesetzt. Er raucht und trinkt Bier. Und er war gemein zu Boersma, das war richtig mies.

Rosa geht zum Spiegel. Ihre Augen sind dick und rot vom Weinen. Sie spritzt sich ein wenig kaltes Wasser ins Gesicht. Jetzt ist die Musik auf einmal lauter. Es ist ein Lied, das ihr gefällt, und es ist wie ein Lockruf.

*Come on over,*
*come on over, baby ...*

Eine Welle der Aufregung durchströmt ihren Bauch. Ich gehe
zu ihm, denkt sie. Ich muss einfach zu ihm. Alexander kann
mich mal. Der merkt es gar nicht, wenn ich kurz weg bin. Ich
gehe übers Dach. Was Thomas kann, kann ich auch. Ja! Das
mache ich. Dann merkt er endlich, dass ich kein braves Mädchen bin und dass ich mich was traue.

Schnell sprüht sie sich Atemfrisch in den Mund und legt
ein wenig silbernen Lidschatten auf. Sie betrachtet sich aus
der Nähe. Ganz passabel. Blue Eyes macht sich aus dem
Staub.

## *Ein Unfall*

Mit zittrigen Beinen klettert Rosa aus dem Fenster. Sie schaut nach unten. Es ist doch ganz schön hoch hier. Wenn sie fällt, ist sie mausetot!

Sie presst sich dicht ans Dach und schiebt sich Schritt für Schritt durch die Dachrinne. Wenn nur niemand raufschaut, es ist noch nicht ganz dunkel. Noch ein paar Meter ...

*I was made for loving you, baby*
*I was made for loving you ...*

Thomas hat die Musik noch lauter gestellt. Er wird ganz schön überrascht sein, wenn er sie sieht ...

Nach einer kurzen Kletterpartie ist sie an seinem Fenster angelangt. Ihre Hände schwitzen und ihre Beine zittern, aber sie hat es geschafft.

Sie drückt das Fenster etwas weiter auf und wirft einen Blick ins Zimmer.

Sie kann gerade noch einen entsetzten Aufschrei unterdrücken. Thomas liegt auf dem Bett – in inniger Umarmung mit einem halb nackten dunkelhaarigen Mädchen.

Rosas Herz fängt laut an zu klopfen. Schnell zieht sie den Kopf zurück. Schwindel überkommt sie. Weg, sie muss so schnell wie möglich hier weg, bevor er sie sieht. In dem Moment rutscht sie mit dem rechten Fuß ab und fällt …

„Hiiiilfe! Thomas, Hilfe!", schreit Rosa, so laut sie kann. Mit beiden Händen klammert sie sich an die Dachrinne. Sie schaukelt hin und her.

„Thomaaas! Thomas, Hiiiilfe! Bitte komm schnell!"

Sie kann sich kaum noch halten, ihre Hände sind feucht, sie bekommt einen Krampf in den Armen. Die Musik ist zu laut. Er hört sie nicht!

„Thooomaaas!"

Aber ihre Stimme übertönt die laute Musik nicht. Rosa wagt nicht, nach unten zu schauen. Oh nein, sie will nicht sterben, sie hat es doch nicht so gemeint.

„Hiiilfe! Hilf mir!", schreit Rosa. Sie hängt jetzt reglos da. Ihr linker Arm fängt an zu zittern. Lange kann sie sich nicht mehr halten. Mit den Füßen tastet sie am Gemäuer entlang, aber sie findet nirgends Halt. Tränen laufen ihr über die Wangen. Es kann doch nicht sein, dass ihr Leben so endet! Oder … oder dass sie sich beide Beine bricht und im Rollstuhl landet? Nein, nein!

„Papaaa, Mamaaa … Alexander!", schreit Rosa mit sich überschlagender Stimme. Da hört sie unten jemanden rufen.

„Halt durch, halt durch! Mädchen, nicht loslassen, ich hole Hilfe!"

Die Stimme kennt sie, aber sie kann sie nicht zuordnen. Sie hört jemanden rennen, einen Schrei, eine Tür, die aufgeht und wieder zugeschlagen wird, dann noch mehr Stimmen.

„Rosa!" Das ist Alexander. „Nicht loslassen, ich komme!"

„Rosa! Liebling! Halt dich fest!" Das ist die Stimme ihrer Mutter.

Rosa beißt sich auf die Lippen. Sie kann nicht mehr, aber sie muss.

Festhalten. Der Krampf zieht sich von den Fingern bis zu den Schultern. Sie will nicht fallen, sie will nicht … sie will nicht … fallen …

Alexander erscheint im Fensterrahmen schräg über ihr. Er ist leichenblass und außer Atem. Neben ihm steht Thomas, mit wirren Haaren und schreckgeweiteten Augen. Alexander schwingt die Beine aus dem Fenster und lässt sich in die Dachrinne gleiten. Mit einer Hand hält er sich am Fensterrahmen fest, mit der anderen umfasst er Rosas Handgelenk. „Junge, steh nicht so dumm da rum! Ruf die Feuerwehr, sofort!", brüllt er Thomas an. „Ich kann sie nicht allein hochziehen! Sie ist zu schwer! Beeil dich!"

Rosa verliert jedes Zeitgefühl. In der Ferne erklingt eine heulende Sirene.

„Ich kann mich nicht mehr halten, ich kann nicht mehr!", schluchzt sie. „Ich hab einen Krampf! Oh, Alexander, zieh mich hoch! Ich will nicht sterben!"

„Ich kann nicht, ich kann meine andere Hand nicht loslassen!", schreit Alexander panisch.

Sie spürt, wie seine Hand, mit der er ihr Gelenk fast zu Mus drückt, anfängt zu zittern. Die Sirene ist jetzt ganz nah.

„Halt durch, Liebling", schreit ihre Mutter von unten. „Alexander, bitte lass sie nicht los!"

Rosa schaut über die Schulter nach unten. Inzwischen haben sich viele Leute auf dem Platz versammelt. Sie schreien und rufen durcheinander. Aus den Augenwinkeln sieht sie zwei Feuerwehrmänner, die mit einer Leiter in den Garten rennen.

„Halt durch, Rosa, nur noch einen kleinen Moment, nur noch ganz kurz!", schreit Alexander.

Rosa kann nicht mehr. Sie spürt, dass Alexanders Griff schwächer wird. Seine Finger rutschen ab.

Genau in dem Moment schließen sich ein Paar kräftige Arme um ihre Beine.

**Von:** Rosa van Dijk <rosa_vandijk@hotmail.com>
**Gesendet:** Samstag, 18. September 22:47
**An:** Esther Jacobs <esther@xs42.nl>
**Betreff:** Fast tot!

Hallo, Esther,
heute ist etwas Furchtbares passiert. Ich wäre fast gestorben, im Ernst!
Ich habe dermaßen Muskelkater in den Fingern, dass ich kaum tippen kann, und mein Handgelenk ist ganz blau.
Ich bin übers Dach zu Thomas geklettert, und dann hab ich durch sein Fenster gesehen, wie er mit einem anderen Mädchen rumgeknutscht hat. Ich hab mich so erschreckt, dass ich abgerutscht bin. Ich konnte mich gerade noch an der Dachrinne festhalten. Alexander und

die Feuerwehr und vor allem Herr Boersma haben mich gerettet. Er wohnt auf der anderen Seite des Platzes und hat mich an der Dachrinne hängen sehen. Thomas hat meine Hilferufe nicht gehört, weil er die Musik voll aufgedreht hatte. Noch nie im Leben hatte ich solche Angst! Es war wirklich ein Albtraum. Ich weiß gar nicht, wie ich das ausgehalten hab. Keine Ahnung, wie lange ich da gehangen hab. Bestimmt mindestens eine Stunde.
Es war der Horror!
Aber ... ich lebe noch. Ein Glück. Weißt du, in letzter Zeit war ich oft traurig, und dann dachte ich, dass ich genauso gut tot sein könnte. Aber jetzt weiß ich, dass das Quatsch war. Ich bin so froh, dass ich noch lebe! Aber es ist nicht einfach zu Hause, mit Alexander und so. Er war furchtbar wütend und Mama ist fast durchgedreht. Jetzt sitze ich hier in meinem Zimmer und unten fliegen die Fetzen. Sie schreien sich an. Meine Mutter gibt Alexander die Schuld daran, dass das passiert ist, weil er so streng zu mir ist und mir Hausarrest verpasst hat. Ich weiß nicht, ob ich möchte, dass sie sich so streiten. Vielleicht lassen sie sich scheiden und dann ist es meine Schuld, weil ich mich nicht mit ihm vertrage. Ich kann ihn manchmal zwar nicht ausstehen, aber das will ich nun auch wieder nicht. Er ist doch Abelchens Vater und meine Mutter liebt ihn.
In meinem Kopf herrscht das totale Chaos, ich kann nicht mehr richtig nachdenken. Wahrscheinlich habe ich einen ernsthaften Schock erlitten. So nennt man das doch? Ich kann mindestens einen Monat lang nicht zur Schule,

denn ich muss das erst mal verarbeiten. Sonst kriege ich
psychische Probleme. Jetzt werde ich auch noch albern.
Vor lauter Schreck.
Weißt du, wer das Mädchen in Thomas' Zimmer war?
Ich konnte es kaum fassen. Es war Karien aus meiner
Klasse!
Thomas, dieser Feigling, hat sich nicht hergetraut, als ich
gerettet war. Aus Angst vor Alexander, schätze ich, und
auch vor mir. Aber Karien kam gleich auf mich zugerannt.
Sie hat total geheult vor Schreck. Nachdem die Feuerwehrmänner mir eine ordentliche Standpauke gehalten
hatten, weil ich aufs Dach geklettert bin, ist Karien mit
zu mir gekommen und Boersma auch. Alexander hat
allen auf den Schreck einen Schnaps eingeschenkt, außer
mir und Karien natürlich. Als sie erfuhr, dass Thomas
auch mit mir gegangen ist, sprang sie auf und sagte:
„So ein mieser Typ. Ich hatte schon so ein Gefühl ...
Dabei hat er gesagt, ich wäre für ihn die Einzige und
er würde gar nicht nach anderen Mädchen gucken.
Ich mache sofort Schluss mit ihm. Der kann sich auf
was gefasst machen!"
Ihre Augen sprühten richtig Funken! Sie hat mir auch
erzählt, dass er sie immer Brown Eyes genannt hat,
und mich hat er Blue Eyes genannt! Wir haben uns fast
nicht mehr eingekriegt vor Lachen! Viel Fantasie hat
er nicht, dieser Möchtegern-Casanova! Ich mag Karien
richtig gern. Sie ist ehrlich und hat mich zum Lachen
gebracht, obwohl mir der Schreck noch in den Knochen
saß.

Ich mache natürlich auch Schluss mit ihm. Ich will ihn
nie, nie wieder sehen. Und ich bin bestimmt nicht so
wankelmütig wie Saskia, denn die geht ja wieder mit
Theo. Aber das weißt du bestimmt schon längst.

Bestimmt kriege ich jetzt mindestens ein Jahr Hausarrest. Na ja, ich gehe erst mal schlafen, in meinem Kopf
dreht es sich und alles tut weh.

Tschüss,
Rosa

## Ein Liebesbrief mit Dornen

Rosa kaut an den Fingernägeln. Sie sitzt auf einer Bank im Park, neben ihr Thomas, der ihre Hand festhält und sie flehend anschaut. Sie könnte sich über sich selbst schwarzärgern. Sie hätte nicht kommen sollen, aber sie konnte nicht widerstehen. Von wegen nicht wankelmütig – einen Charakter wie ein Pudding hat sie.

Thomas hat ihr heute Nacht einen Brief auf die Fensterbank gelegt und daneben eine rote Rose. Es war ein echter Liebesbrief. Ihr allererster.

*Liebste Rosa,*

*ich bin so froh, dass du noch lebst.*
*Ich habe einen Riesenschreck bekommen. Die ganze Zeit sehe ich deine wunderschönen blauen Augen vor mir, sogar im Schlaf. Es ist unerträglich für mich, dass es aus sein soll.*

*Verzeih mir. Es tut mir furchtbar leid.*
*Morgen nach der Schule warte ich im Park auf dich.*
*Dein Thomas*

„Rosa, du musst mir glauben. Karien bedeutet mir überhaupt nichts. Ich liebe nur dich, wirklich!" Thomas nimmt Rosas Gesicht zärtlich in beide Hände und schaut ihr tief in die Augen.

„Aber ... aber warum hast du sie dann geküsst?"

„Das war bescheuert von mir, ich geb's ja zu. Karien ist schon eine ganze Weile hinter mir her. Sie hat mich verführt. Ich wollte das gar nicht."

Rosa macht sich los und wendet sich von ihm ab. Was soll sie jetzt tun? Ob er die Wahrheit sagt? Sie weiß es einfach nicht mehr. Thomas streichelt Rosas Wange. „Rosa, magst du mich noch ein klein wenig?"

Sie schaut ihn an und nickt.

Einen Charakter wie ein Pudding, den kriegt man also, wenn man verliebt ist.


Als Rosa an diesem Nachmittag nach Hause kommt, geht sie direkt in ihr Zimmer und verkriecht sich im Bett. Sie will weg sein. Schlafen. An gar nichts denken. Aber um halb acht steht sie doch wieder auf. Sie drückt sich selbst die Daumen, als sie den Computer einschaltet. Oh, wie sehr sie hofft, dass er da ist.

**Märchenprinz: Hallo, Blümchen, wie geht es dir?**
**Blume: Mein Leben ist ein einziges Durcheinander.**

Märchenprinz: Nur das Genie beherrscht das Chaos.

Blume: Nein, wirklich. Und du bist der Einzige, mit dem ich darüber sprechen kann.

Märchenprinz: Weil du mich nicht kennst?

Blume: Kann schon sein. Aber ich habe auch das Gefühl, dir alles sagen zu können. Du wirst mir keine Predigt halten, mich auslachen oder mir den Kopf waschen.

Märchenprinz: Erzähl es Onkel Prinz ruhig.

Blume: Es ist ziemlich kompliziert. Ich gehe noch immer mit diesem Jungen. Aber meine Mutter und mein Stiefvater haben es mir verboten. Weil er angeblich einen schlechten Einfluss auf mich hat und lauter so ein Quatsch. Aber ich bin total verrückt nach ihm, ich kann nichts dagegen machen. Er sieht so gut aus, er hat so schöne braune Augen und ist echt cool drauf. Er gibt mir das Gefühl, dass ich was wert bin, und ist unheimlich lieb, auch wenn er manchmal merkwürdige Sachen macht.

Und dann hab ich eine neue Freundin, sie heißt Karien und ist supernett. Sie war auch in ihn verliebt und er hat sie auch geküsst. Als ich das mitgekriegt hab, hab ich natürlich Schluss gemacht und sie auch. Seitdem sind wir Freundinnen. Aber jetzt habe ich mich doch wieder von ihm einwickeln lassen und wir gehen wieder miteinander, aber Karien weiß nichts davon. Kommst du noch mit?

Märchenprinz: Ja, klar, ich hab doch schon gesagt, dass ich ein Mega-Superhirn habe. Du gehst also heimlich mit ihm.

Blume: Ja. Ich hab das Gefühl, dass ich alle um mich
herum seit Wochen zum Narren halte. Ich muss alles
heimlich machen und die ganze Zeit lügen.
Märchenprinz: Wenn du dich selbst nur nicht zum Narren
hältst.
Blume: Wie meinst du das?
Märchenprinz: Bist du dir wirklich sicher, dass dieser Typ
gut für dich ist? Du sagst doch selbst, dass er manchmal
merkwürdige Sachen macht.
Blume: Das ist wieder so eine typische Erwachsenen-
Frage. Oje, meine Mutter kommt rein, ich muss aufhören! Tschüss! Bis morgen, ja?
Märchenprinz: Okay, tschüss!

Rosa legt sich wieder aufs Bett. Sie nimmt ihren Teddy und
rollt sich zusammen. Warum hat sie den Chat so plötzlich
abgebrochen? Schon wieder spürt sie Tränen aufsteigen. Sie
weiß es: Jasper, der Märchenprinz, hat Recht. Sie hält sich
selbst zum Narren. Ein kleines bisschen. Oder ein bisschen
sehr?

Bestimmte Dinge an Thomas will sie nicht sehen, weil es so
schön ist, verliebt zu sein.

Aber manches an ihm ist einfach voll daneben. Gestern hat
Thomas gesagt, er bräuchte dringend Geld. Er hat sie gefragt,
ob sie ihm etwas leihen könnte. Sie hatte fünf Euro dabei, ihr
Taschengeld für die ganze Woche. Als sie es ihm gab, musste
er lachen. Er umarmte sie und fragte, ob das ein Witz sei.
Er bräuchte viel mehr Geld, sagte er, aber er wollte nicht
sagen, wofür. Und er sagte, dass sie ihm helfen würde, wenn

ihr wirklich etwas an ihm läge. Sie könnte sich doch was von Alexander „leihen"!

Also klauen. Sie hatte ihm nämlich vor ein paar Tagen die Story von der Blondierung erzählt und von dem Geld, das sie ihrem Stiefvater gestohlen hatte, um Haarfarbe kaufen zu können.

Plötzlich muss Rosa auch an das Geld unter ihrem Kopfkissen denken, das plötzlich verschwunden war.

Mit Thomas stimmt etwas nicht, aber eigentlich will sie es gar nicht wissen. Sie will nur, dass das Verliebtsein nicht aufhört. Wozu er das Geld wohl braucht? Er trägt doch Zeitungen aus und arbeitet in der Imbissstube. Obwohl ... in letzter Zeit geht er gar nicht mehr dorthin. Aber sie kann ihn doch nicht im Stich lassen! Thomas hat gesagt: Wenn man jemanden gernhat, hilft man ihm. Das stimmt doch, oder? Oder nicht immer?

Manchmal kommt es ihr vor, als würde sie langsam im Sumpf versinken. Es ist, als würde eine Lüge automatisch eine weitere nach sich ziehen. Rosa fälscht ständig die Unterschrift ihrer Mutter unter Klassenarbeiten. Was sollte sie denn machen? Sie hatte lauter schlechte Noten. Und sie hintergeht Karien, die so nett zu ihr ist.

Sie muss mit Thomas Schluss machen.

Bei dem Gedanken fängt sie laut an zu schluchzen. Sie wird ihn so vermissen! Nein, sie kann es nicht. Sie sind so schön, die heimlichen Stunden mit ihm. Er ist so zärtlich zu ihr. Er sagt so liebe Sachen.

Sie wischt sich die Tränen ab, geht zur Treppe und lauscht. Alexander und ihre Mutter sitzen vorm Fernseher.

Undeutlich hört sie die Stimme des Nachrichtensprechers. Wie immer, Alexander und ihre Mutter schauen sich jeden Abend die Nachrichten an.

Rosa schleicht sich nach unten.

## *Thomas' wahres Gesicht*

„Hier, zwanzig Euro."

Thomas gibt ihr einen Kuss. „Super, du bist ein Schatz. Hatte er nicht mehr?"

Rosa schüttelt den Kopf. „Das würde auffallen. Ich hab so schon Schiss. Wenn er es merkt …"

Sie schämt sich so sehr. Sie ist eine Diebin. Das ist schon das dritte Mal diese Woche. Einmal dreißig Euro von Mama und zweimal zwanzig von Alexander. Sie hat einen dicken Kloß im Hals. Und sie hat nicht das Gefühl, dass Thomas diese Tatsache irgendwie interessiert.

„Wofür brauchst du das Geld denn?"

„Was glaubst du?" Thomas nimmt ein Päckchen Tabak und fängt an, sich eine Zigarette zu drehen. Dann zieht er ein kleines Plastiktütchen aus der Hosentasche. Darin sind fest zusammengepresste getrocknete Blätter. Er zerkrümelt ein wenig davon und verteilt es auf den Tabak.

„Nimmst du Drogen?", fragt Rosa erschrocken.

Thomas klebt die Zigarette zu, steckt sie an und inhaliert tief. Dann bricht er unvermittelt in Gelächter aus. „Drogen! Nennst du ein bisschen Gras Drogen? Du verrückte Nudel! Mein braves kleines Mädchen!" Er versucht sie an sich zu ziehen, aber Rosa macht sich los.

„Warum tust du das?"

Thomas nimmt noch einen tiefen Zug und kneift die Augen zusammen.

„Warum? Weil es angenehm ist. Wenn du breit bist, sind alle harten Kanten weg."

„Und du dröhnst dich einfach zu!"

„Ja, genau. Und was soll daran verkehrt sein? Als wenn es so schön wäre auf der Welt. Stinkt dir nicht ab und zu mal alles?"

„Ja, sicher, aber dann nützt es doch nichts, sich zuzukiffen. Was soll das denn bringen? Wenn du nicht mehr breit bist, sind die Kanten wieder da und alles ist wieder genauso wie vorher. Oder noch schlimmer!"

„Mann, Rosa, du redest wie meine Mutter. Mach dich mal locker! Auch einen Zug, Blue Eyes?"

Er hält ihr die Tüte vors Gesicht. Rosa rümpft die Nase und schiebt sie weg.

„Bah, das stinkt."

Thomas wühlt in seiner anderen Hosentasche. Er holt ein Tütchen mit kleinen rosa Pillen hervor. „Guck mal, Blue Eyes, das hier stinkt nicht. Ecstasy. Davon schwebt man ganz wunderbar. Möchtest du lieber so was? Dann schonst du deine schöne saubere Lunge. Gönn dir doch mal ein bisschen Spaß im Leben!"

Rosa schiebt seine Hand weg.

„Wenn du das Spaß nennst! Ich geh nach Hause, mach's gut. Und ich heiße nicht Blue Eyes. Fällt dir nichts Originelleres ein, oder hat dir das ganze Mistzeug schon so das Hirn vernebelt?"

Sie dreht sich um und geht mit großen Schritten davon. Mit so was möchte sie nichts zu tun haben. Wie konnte sie nur so blöd sein? Wie konnte sie sich bloß in ihn verlieben? Sie ist ein Obertrottel, dass sie sich von seinen schönen Worten und seinen langen Wimpern hat blenden lassen!

Im Nu ist Thomas bei ihr und fasst sie am Arm.

„Hey, Fräulein, nicht so schnell! Was hast du vor?"

„Hab ich doch gesagt, ich geh nach Hause. Lass mich los."

Thomas verstärkt seinen Griff.

„Ich lasse dich nicht gehen, ich liebe dich. Ich brauche dich, meine Liebste."

Rosa schaut ihn mit blitzenden Augen an. „Du bist verrückt! Brauchst du mich oder das Geld, das ich dir gebe? Oder die Drogen?"

Thomas lächelt und fährt sich durch Haar. Seine Pupillen sind ganz groß und glasig.

„Liebe Blue Eyes, was spukt dir da nur durch dein hübsches Köpfchen? Ich bin verrückt nach dir. Das weißt du doch. Du bist das Liebste, was ich habe."

Rosa spürt Tränen aufsteigen. Wie sehr sie sich nach diesen Worten gesehnt hat. Wie oft hat sie davon geträumt! Aber nicht so. Das ist keine Liebe. Sie geht weg und es kostet sie Mühe, nicht loszurennen.

„Rosa!"

Sie dreht sich um. Thomas hat den Joint im Mundwinkel und die Hände in die Seiten gestemmt.

„Du sagst kein Wort zu Hause, oder?"

„Nein!"

„Und wenn doch, erzähle ich ihnen, dass du Geld stiehlst. Und dass du dich immer noch mit mir triffst, und dann heißt es: Bye bye, Computer."

Rosa dreht sich der Magen um. Das ist also Thomas' wahres Gesicht.

Aber was ist ihres?

## *Treffen mit einer Fee*

Blume: Jasper, ich hau ab. Ich tu's wirklich. Ich weiß nicht mehr, was ich machen soll.
Märchenprinz: Was ist passiert?
Blume: Heftiger Streit. Er hat mich geschlagen!
Märchenprinz: Wer?
Blume: Mein Stiefvater.
Märchenprinz: Warum?
Blume: Ist doch egal. Alles geht schief. Ich kann mich selbst nicht leiden. Niemand kann mich leiden. Meine Freundin ist auch sauer auf mich. Sie ist dahintergekommen, dass ich noch mit dem Jungen gehe. Sie hat mich im Park gesehen. Und ich will mit ihm Schluss machen, aber ich traue mich nicht. Meine Verliebtheit ist zerplatzt wie eine Seifenblase. Ich hab sogar Angst vor ihm.
Mein Stiefvater hasst mich und meiner Mutter bin ich egal, sie hat viel zu viel andere Sachen um die Ohren.

Wahrscheinlich nehmen sie mir meinen Computer weg und dann habe ich dich auch nicht mehr.

Märchenprinz: Immer mit der Ruhe. Kann ich dir helfen? Märchenprinzen sind dafür da, Prinzessinnen zu retten. Und sie können Drachen töten!

Blume: Könntest du das bloß!

Märchenprinz: Ich kann es! Ich springe schon auf mein Pferd!

Blume: Ich wüsste nicht, was du tun könntest. Ich laufe einfach weg, das ist das Beste.

Märchenprinz: Aber wohin denn?

Blume: Ich weiß nicht. Vielleicht nach Den Bosch. Da wohnen Freunde von mir. Ich hab früher dort gewohnt.

Märchenprinz: In Den Bosch?

Blume: Ja. Ich haue gleich ab, bevor meine Mutter und mein Stiefvater zurückkommen. Ich hab meinen Rucksack schon gepackt. Wenn ich den nächsten Zug erwische, bin ich schon in vier Stunden da.

Märchenprinz: Tu das nicht. Bitte, das wäre ziemlich dumm.

Blume: Lass mich, du kannst mich doch nicht umstimmen, ich gehe so oder so.

Märchenprinz: Hast du denn Geld?

Blume: Nein, fast nichts.

Märchenprinz: Das ist echt eine idiotische Idee. Weglaufen ist keine Lösung, du flüchtest doch bloß.

Blume: Ja, ich flüchte. Ich will hier nicht mehr wohnen. Und keiner wird mich vermissen. Tschüss.

Märchenprinz: Dahlia!

Rosa schaltet den Computer aus. Ihre Augen sind geschwollen und brennen vom Weinen. Dass dieser Mistkerl von Alexander es schon wieder gewagt hat, sie zu schlagen. Eine richtig feste Ohrfeige. Und Mama stand daneben und hat nichts gemacht. Natürlich musste er irgendwann merken, dass sie ihn beklaut. Diesmal hat sie es auch wirklich dusselig angestellt. In seinem Geldbeutel war nur noch ein 50-Euro-Schein, und den hat sie genommen. Für Thomas. Weil er gedroht hat, sie zu verraten. Alexander hat sie auf frischer Tat ertappt. Und jetzt ist er zu ihrem Klassenlehrer, um mit ihm zu reden. Dabei ist heute Samstag! Und dann wird er mit Sicherheit erfahren, dass sie oft geschwänzt und sich selbst Entschuldigungen geschrieben hat. Und Unterschriften gefälscht. Sie sitzt richtig tief in der Patsche, so viel steht fest.

Rosa betrachtet sich im Spiegel. Ist sie das, dieses Mädchen mit den schwarz umränderten Augen und dem blassen, traurigen Gesicht? Sie wollte sich verändern, lässig und cool werden. Aber nicht so. Nicht unfair und verschlossen und in lauter Lügen verstrickt. Mit dem Kajalstift malt sie ein großes Kreuz durch ihr Spiegelbild.

Eine Stunde später sitzt Rosa im Zug und starrt nach draußen. Sie hat Esther und Saskia versucht anzurufen, konnte sie aber nicht erreichen. Esthers Mutter hat abgenommen und Rosa hat sich nicht getraut zu erzählen, was los ist. Aber Esther wird heute Abend zu Hause sein.

Rosa hat Bauchschmerzen vor Aufregung. Wenn gleich der Schaffner kommt, muss sie ihm eine Ausrede auftischen. Sie hat sich mindestens zwanzig verschiedene Geschichten ausgedacht, warum sie keinen Fahrschein hat. Vielleicht sollte sie sich lieber in der Toilette einschließen … Jedes Mal, wenn die Abteiltür aufgeht, erstarrt sie vor Schreck.

Ob Mama schon gemerkt hat, dass sie weg ist? Hoffentlich. Und sie hofft auch, dass Alexander und sie es bitter bereuen und sich furchtbare Sorgen machen. In Utrecht muss sie umsteigen. Am liebsten würde sie den nächsten Zug zurück nach Groningen nehmen, sich ihrer Mutter in die Arme werfen und ihr alles erzählen. Sagen, dass es ihr leidtut. Dass sie nie mehr so frech und hinterhältig sein wird und nie mehr auch nur einen Cent stehlen wird. Dass sie wieder die alte Rosa wird.

Rosa spürt, wie ihr eine Träne über die Wange läuft. Sie dreht den Kopf zum Fenster und versucht, sie unauffällig abzuwischen.

Im Abteil sitzen nur wenige Leute. Ihr gegenüber sitzt eine mollige, dunkelhäutige alte Dame in einem knallorangefarbenen Kleid mit rosa Blumen. Sie schaut nach draußen und summt ein Lied. Als sie merkt, dass Rosa sie ansieht, zwinkert sie ihr zu. Schnell guckt Rosa weg.

Wenn sie doch ein bisschen mutiger wäre. Wenn sie sich doch trauen würde, Thomas ins Gesicht zu sagen, dass sie nicht mehr mitmacht und nicht mehr mit ihm gehen will. Sie denkt an die Survival-Tipps, die sie Esther und Jonas geschrieben hat. Es scheint eine Ewigkeit her zu sein. Wie überlebe ich meinen ersten Kuss? Wie fragt man einen Jungen, ob er mit einem gehen will? Jetzt könnte sie Tipps gebrauchen, wie man am besten mit jemandem Schluss macht.

Was für ein Chaos. Ihre Schultern zucken.

Die alte Frau ihr gegenüber wühlt in ihrer riesigen zitronengelben Tasche herum und zieht ein Päckchen Papiertaschentücher hervor.

„Hier, mein Kind, putz dir mal schön die Nase. Was für ein Kummer! Kann ich etwas für dich tun?"

Rosa zieht die Nase hoch und nimmt das Päckchen an. Sie schüttelt den Kopf und versucht die Tränen zurückzuhalten. Die Frau tätschelt ihr freundlich die Knie. Sie trägt mindestens zehn Ringe an den Fingern.

„Wohin fährst du jetzt, Schätzchen?"

Rosa würde gern sagen: Das geht Sie nichts an, lassen Sie mich in Ruhe. Aber sie ist so traurig, dass sie am liebsten den Kopf in den Schoß der Frau legen und sich ausweinen würde. Natürlich tut sie das nicht. Sie beißt sich auf die Lippen, schaut nach draußen und versucht, normal auszusehen.

Die Schiebetür geht auf.

„Die Fahrkarten bitte!"

Oh nein!

Die Frau kramt umständlich in ihrer Tasche, während der Schaffner ihr zuschaut. Rosa sucht nervös in allen Taschen. „Ah! Hier ist sie ja!", ruft die Frau triumphierend. Sie lacht übers ganze Gesicht und zeigt dabei strahlend weiße Zähne und Grübchen in den dicken Wangen.

„Bitte sehr, Herr Schaffner!"

Ohne aufzusehen, stempelt der Schaffner die Fahrkarte. „Danke sehr. Den Fahrschein bitte, junge Dame!"

Rosa bricht der Schweiß aus. „Ich ... ich ..."

Der Schaffner zieht fragend die Augenbrauen hoch. Rosa spürt, dass sie knallrot anläuft.

„Kannst du sie nicht finden?", fragt die alte Dame streng. „Johanna, was habe ich dir gerade noch gesagt: Gib mir die Fahrkarte, bevor du sie verlierst." Sie schüttelt den Kopf und schaut Rosa tadelnd an. „Du bist eine richtige Schluderliese."

Rosa wird noch röter und beugt sich verlegen über ihren Rucksack. Sie spürt, dass sie fast einen Kicheranfall bekommt. Johanna ... wie die Frau bloß darauf kommt!

Der Schaffner wird ungeduldig. „Wird's bald, junge Dame, ich habe nicht den ganzen Tag Zeit!"

„Ich ... ich hab sie nicht mehr ...", stammelt Rosa. „Ich glaube ... ich hab sie auf dem Bahnhof verloren, glaube ich ... Als ich ... als wir zum Zug gerannt sind ..."

Seufzend holt die Frau ihre Geldbörse aus der Tasche.

„Woher kommst du und wohin willst du?", fragt der Schaffner und schaut sie misstrauisch an.

Die Frau zieht fragend die Augenbrauen hoch. „Ja, wohin wollten wir noch mal, Johanna?"

„Äh, nach Den Bosch, äh ... Oma, du bist in letzter Zeit aber wirklich ganz schön schusselig", sagt Rosa mit glühenden Wangen.

„Oma? Ist das deine Oma?", fragt der Schaffner argwöhnisch.

„Natürlich! Sehen Sie das denn nicht? Sie ist mir doch wie aus dem Gesicht geschnitten! Meine Enkelin hat die gleichen Locken wie ich, nur dass meine grau sind. Ich war früher auch blond!"

Der Schaffner wird knallrot.

„Wo sind Sie eingestiegen?", fragt er barsch.

Die alte Dame sieht Rosa fragend an.

„Schätzchen, jetzt sag nicht wieder, dass ich ins Altersheim muss. Erzähl diesem netten Herrn doch einfach, woher wir kommen."

Rosa beißt sich auf die Lippen, um nicht loszuprusten.

„Wir kommen aus Groningen, Oma. Und dort waren wir bei … bei Tante Milla zu Besuch."

„Tante Milla? Ich dachte, wir waren bei Truus! War das Milla?"

Die dunkelhäutige Dame sieht Rosa über den Brillenrand hinweg an. Plötzlich fängt sie auch an, mit dem Kopf zu nicken und mit den Händen zu zittern. „Schätzchen, du nimmst deine alte Oma doch nicht auf den Arm, oder?" Sie kneift Rosa in die Wange.

„Ist das Theater jetzt bald zu Ende?", ruft der Schaffner wütend. „Ich will einen Fahrschein sehen!"

„Regen Sie sich nicht auf, Herr Schaffner. Geben Sie mir einfach eine neue Rückfahrkarte, Groningen – Den Bosch." Die alte Frau öffnet ihr Portmonee, holt einen 50-Euro-Schein heraus und wedelt dem Schaffner damit vor der Nase rum. Sie zwinkert Rosa noch mal zu.

Als der Schaffner weg ist und sie ausgelacht haben, beugt sich die Frau zu Rosa und legt ihr eine faltige Hand aufs Knie.

„Lass mich raten, Johanna. Du bist von zu Hause weggelaufen, oder?"

Rosa kichert und nickt verlegen.

„Und du hast dir bestimmt schon hundertmal vorgestellt, wie sich auf deiner Beerdigung alle die Augen aus dem Kopf heulen, was?"

„Woher wissen Sie das denn?"

„Ach, ich war auch mal jung. Ich bin mindestens zwanzigmal von zu Hause weggelaufen. Mit knallenden Türen und viel Trara."

Rosa starrt sie mit großen Augen an. „Wirklich? Und wie lange sind Sie dann weggeblieben? Wohin sind Sie denn gegangen?"

Die alte Dame lacht. „Ach, wenn ich dir all diese Geschichten erzählen wollte, könnten wir bis Moskau fahren. Aber jetzt geht es um dich. Erzähl deiner Oma mal, was du vorhast."

„Ich fahre nach Den Bosch. Dort wohnen zwei Freundinnen von mir. Ich will nie wieder zurück nach Hause."

„Und kannst du bei denen wohnen?"

Rosa zuckt mit den Schultern. Die Frau hält ihr eine Rolle Pfefferminz hin. Dankbar steckt Rosa sich eins in den Mund.

„Ich weiß noch nicht, was ich mache. Ich bin einfach weggelaufen, ohne weiter darüber nachzudenken. Ich wollte weg sein, bevor mein Stiefvater und meine Mutter wieder nach Hause kommen."

„So, so ... ein böser Stiefvater. Ist er denn wirklich so schlimm?"

„Manchmal ... Aber ich bin auch ziemlich schlimm. Meine Mutter hat ein Baby von ihm, einen Jungen. Er heißt Abel." Seltsamerweise vermisst sie ihr Brüderchen plötzlich.

„Abel, was für ein hübscher Name." Die Frau schaut sie prüfend an. „Bist du eifersüchtig auf ihn?"

Rosa bekommt einen Schreck. Sie scheint wirklich Hellseherin zu sein!

„So schwer ist das nicht zu erraten", sagt die Frau, als sie Rosas erstaunten Gesichtsausdruck bemerkt. „Das ist doch ganz normal, dass du ein bisschen eifersüchtig bist. Das hätte deine Mutter sich auch denken können."

Rosa steigen wieder Tränen in die Augen und sie versucht, den Kloß in ihrem Hals hinunterzuschlucken.

„Sie hat gar keine Zeit mehr für mich ... sie kümmert sich nur noch um Abel. Sie hatte eine sehr schwere Geburt und musste eine Weile im Krankenhaus bleiben. Ich war die ganze Zeit allein zu Haus und musste sehen, wie ich klarkomme und ..."

Die alte Frau steht auf und setzt sich neben Rosa. Sie legt einen dicken, geblümten Arm um ihre Schultern. Sie riecht nach Maiglöckchen und Kräutern.

„Ach ... ach, mein Mädchen. Das ist ja auch schwer. Es ist nicht leicht, einfach zu sagen: Mama, ich brauche auch Zuwendung und Streicheleinheiten. Und ein neuer Vater ist auch kein Pappenstiel. Daran müssen sich beide Seiten erst mal gewöhnen."

„Er ... er ist nicht mein Vater ...", schluchzt Rosa. „Und er soll auch nicht so tun, als wäre er's ..."

„Lebt dein echter Vater noch?"

„Ja, natürlich! Meine Eltern sind geschieden. Er wohnt in Eindhoven."

„Warum fährst du denn nicht zu ihm?"

„Er ist ganz oft auf Geschäftsreise. Und ... und er hat eine neue Freundin."

Die Frau schüttelt den Kopf. „Ja, ja, so geht das heutzutage. Alle auf der Suche. Alle auf der Suche."

174

Rosa starrt nach draußen und zieht geräuschvoll die Nase hoch. Die alte Frau summt wieder das Lied. Rosa kennt es nicht, aber es klingt fröhlich und warm. Etwas Beruhigendes geht von der Frau aus, etwas Mütterliches. Groß, weich und sicher, denkt Rosa. Wie ein schönes warmes Bett mit Kissen, zwischen denen man sich verstecken kann. Ganz anders als bei ihrer eigenen Mutter.

„Ich bin auch auf der Suche", sagt Rosa schließlich. Sie wagt nicht, die Frau anzuschauen. „Ich bin auf der Suche nach mir selbst. Manchmal weiß ich einfach nicht mehr, wer ich bin und was ich wirklich will ..."

„Ja, ja, Schätzchen. Ich verstehe dich schon."

Rosa sieht die Frau an. „Vielleicht ist das jetzt unverschämt, aber Sie ... Sie sind doch schon ziemlich alt. Wissen Sie es? Was Sie wollen und ... und wer Sie wirklich sind? Oder ist das eine komische Frage?"

Die alte Frau lacht fröhlich. „Nein, Schätzchen, das ist gar keine komische Frage! Das ist die allerwichtigste Frage im Leben! Wer bin ich und was will ich?"

Sie ist wie eine Fee, denkt Rosa. Eine dicke, liebe Fee mit dunkler Haut. Warum kommen solche nie im Märchen vor?

„Manchmal denke ich, dass ich es weiß", sagt die Fee, nachdem sie eine Weile nachgedacht hat. „Meine Mutter hat mir beigebracht, dass man selbst bestimmen kann, wer man sein will. Man kann sich selbst jede Minute, jede Sekunde neu erfinden, weißt du? Wir sind die Erzähler unserer eigenen Geschichte, unseres eigenen Lebens."

Rosa schweigt einen Augenblick. Darüber muss sie nachdenken. Ist sie die Erzählerin der Geschichte ihres eigenen

Lebens? Sie kann sich also einfach verändern? Sie kann sein, wer sie sein will? Mutige Rosa? Hilfsbereite Rosa? Liebe Rosa? Ehrliche Rosa?

„Aber … aber wie macht man das denn?"

„Durch die Entscheidungen, die man trifft, mein Herz. Indem man kurz nachdenkt, bevor man etwas sagt oder tut. Das ist schwierig, ich weiß. Aber wenn du nachdenkst, wirklich nachdenkst über die Folgen deiner Entscheidungen, verändert sich eine ganze Menge, das wirst du sehen."

Rosa denkt an Alexander. Und an Thomas.

„Aber die anderen kann ich doch nicht verändern."

„Nein, das kannst du natürlich nicht. Und das sollst du auch nicht versuchen!" Die Frau bricht in Gelächter aus, als hätte Rosa einen guten Witz gemacht.

„Aber weißt du, Kindchen, ich werde dir ein Geheimnis verraten. Wenn du dich veränderst, wenn du andere Dinge sagst und tust, reagieren die anderen auch anders auf dich. Also verändern sie sich gewissermaßen mit dir!"

Die Frau sieht sie strahlend an. „Warum schaust du so ungläubig, Schätzchen? So einfach ist das!"

Jetzt muss Rosa an ihre neue Klasse denken und daran, was Karien zu ihr gesagt hat. Plötzlich würde sie Karien gern sehen und ihr alles beichten.

Rosa spürt neue Tränen aufsteigen, aber dieses Mal nicht vor Kummer. Es ist merkwürdig, aber sie ist froh und erleichtert, obwohl sie nicht die geringste Ahnung hat, wie alles weitergehen soll. Die Fee hat etwas in ihr verändert. Sie hat ihr Selbstvertrauen geschenkt.

Der Zug fährt jetzt langsamer.

„In Kürze erreichen wir Amersfoort. Nächster Halt: Amersfoort!", ertönt die Stimme des Schaffners aus den Lautsprechern.

Die alte Dame greift nach ihrer Tasche. Die angebrochene Rolle Pfefferminz gibt sie Rosa. Lächelnd drückt sie ihr die Hand und steht langsam auf.

„Danke ... vielen, vielen Dank ...", stammelt Rosa. „Auch für die Fahrkarte, ich weiß nicht, wie ich ..."

Die Frau schüttelt den Kopf und lächelt. „Gern geschehen, Schätzchen, keine Ursache."

Sie steht mühsam auf. Rosa sieht, dass sie klein ist, noch kleiner als sie, dabei wirkte sie so groß. Schnell springt Rosa auf und öffnet ihr die Tür.

„Tschüss ... Oma!", murmelt sie und gibt der Frau verlegen einen Kuss auf die weiche, dicke Wange. „Danke schön!"

„Tschüss, Johanna, mach eine schöne Geschichte aus dir!"

## *Der Märchenprinz*

Eine Stunde später steht Rosa auf dem Bahnhof von Den Bosch. Die Leute hasten an ihr vorbei. Unschlüssig schaut sie auf ihre Fahrkarte. Was soll sie machen? Sie könnte auf der Stelle zurückfahren, aber sie möchte so gern Esther sehen und ihr alles erzählen. Ob sie nun eine Predigt zu hören bekommt oder nicht. Und Sas möchte sie auch sehen.

Aber dann ruft Esthers Mutter bestimmt ihre Mutter an!

Plötzlich hört sie, wie jemand ihren Namen ruft. Sie schaut sich erstaunt um.

„Rosa!"

Sie traut ihren Augen kaum. Es ist Jonas und er kommt auf sie zugerannt. Fast hätte sie ihn nicht erkannt, er trägt keine Brille mehr und hat kürzere Haare.

Keuchend steht er vor ihr und fasst sie an den Schultern.

„Rosa! Was für ein Zufall! Was machst du denn hier?"

„Jonas!" Vor Freude fällt Rosa ihm um den Hals. Prompt fängt sie wieder an zu weinen.

„Rosa, was ist los? Warum weinst du? Du siehst so anders aus!"

„Ich, ich … bin … ich, du …" Sie kann die richtigen Worte nicht finden.

„Komm, setz dich kurz hin", sagt Jonas und zieht sie zu einer Bank.

„Soll ich dir was zu trinken holen? Oder ein Eis?"

Rosa schüttelt den Kopf.

„Ich bin weggelaufen, Jonas. Ich hatte so einen furchtbaren Streit mit Alexander und Mama!"

„Du auch?", fragt Jonas verblüfft.

„Wieso? Wer denn noch?", schluchzt Rosa. „Bist du etwa auch weggelaufen?"

Sie hört auf zu weinen und schaut Jonas mit verheulten Augen an.

Jonas fummelt verlegen an seiner Jeansjacke herum.

„Nein, ich bin nicht weggelaufen. Ich warte hier auf jemanden. Und die ist auch von zu Hause weggelaufen."

„Auf wen denn? Auf Emmy? Aber die wohnt doch hier in Den Bosch."

„Nein, äh, mit Emmy ist es aus, äääh … ich warte hier auf jemand anderen. Du kennst sie nicht."

Rosa wischt sich die Nase mit dem Ärmel ab.

„Warum tust du so geheimnisvoll? Komm, wir erzählen uns doch immer alles!"

„Auf ein Mädchen, das ich übers Internet kennengelernt habe, mit dunklen Haaren. Ich … ich … ich bin hier, um sie zu retten."

Rosa starrt ihn mit großen Augen und offenem Mund an.

„Äh … sie heißt nicht zufällig … Dahlia?"

Wie von der Tarantel gestochen springt Jonas auf.

„Oh nein, das darf doch nicht wahr sein … du bist doch nicht …"

„Und ob! Und dann bist du der Märchenprinz?"

Jonas fallen fast die Augen aus dem Kopf.

„Jasper! Achtzehn Jahre!" Rosa lacht laut auf. „Jasper, der Dichter!"

„Dahlia! Exotische Schönheit mit Haaren bis zum Po!", lacht Jonas. Doch plötzlich wird er ernst. „Und wieso Jasper, der Dichter? Fandst du meine Gedichte etwa nicht gut?"

Rosa steht auch auf und nimmt seine Hand. „Ich fand sie wunderbar, Jonas. Als ich sie gelesen hab, dachte ich: Wenn doch jemand für mich solche Gedichte schreiben würde. Waren sie für Emmy? Und wer hat dir solchen Liebeskummer bereitet? Und … und …" Rosa stolpert über ihre vielen Fragen. „Und warum hast du mir nie mehr gemailt? Ich wusste überhaupt nicht, was los war. Warst du sauer auf mich?"

Jonas setzt sich hin und fährt sich durchs Haar. Sein Gesicht färbt sich dunkelrot.

„Los, sag schon!"

„Ich … ich …" Jonas holt tief Luft und schaut sie unsicher an. „Für mich war es sehr schlimm, dass du unsere Beziehung beendet hast. Weißt du, ich … ich … Ach, schon gut." Verlegen wendet er das Gesicht ab.

Wieder nimmt Rosa seine Hand und drückt sie. „Sag schon, Jonas. Du sagst immer, dass man alles erzählen soll, dass man ehrlich sein soll. Und das hat der Märchenprinz auch gesagt."

180

Jonas schluckt. Sie sieht plötzlich, dass er lange gebogene Wimpern hat. Und schöne grüne Augen. Das war ihr früher nie aufgefallen.

„Wo ist eigentlich deine Brille geblieben?"

„Ich hab jetzt Kontaktlinsen."

„Steht dir gut! Aber jetzt sag schon!"

„Die ... die Gedichte waren für dich, Rosa. Ich war nämlich ... ich bin ... in dich verliebt. Ich bin gar nicht mit Emmy gegangen, das war erfunden. Und in Aisha war ich auch nicht richtig verliebt. Ich wollte dich nur eifersüchtig machen."

„Die Survival-Tipps", sagt Rosa und kichert. Plötzlich ist ihr froh und leicht zumute. Sie hat Lust, mit Jonas über den Bahnsteig zu tanzen und zu springen.

„Bist du wirklich in mich verliebt?"

Jonas nickt verlegen und schaut weg. Einen Moment lang weiß Rosa nicht, was sie sagen soll.

„Gerade im Zug habe ich eine Fee getroffen", sagt sie schließlich. „Es war eine dicke, weise Fee. Sie konnte meine Gedanken lesen."

Rosa streichelt Jonas über das wirre Haar. „Die Frisur hast du dir für Blume gemacht, was?"

Jonas nickt.

„Wie lieb von dir ..."

Er berührt vorsichtig ihr Haar. „Deine Locken sind ja ganz kurz, Rosa. Steht dir auch gut. Ganz anders. Macht dich älter."

Rosa wird rot. „Weißt du, die Fee hat gesagt, dass wir die Erzähler unserer eigenen Geschichte sind."

Jonas schaut sie verständnislos an.

„Sie meinte, dass wir selbst bestimmen, was in unserem Leben passiert. Wir machen es so schön oder schlimm, wie wir selbst wollen."

Jonas sieht sie erstaunt an. „Ich weiß nicht, worauf du hinauswillst, das ist doch selbstverständlich."

„Nicht so selbstverständlich, wie du denkst", sagt Rosa. „Mach mal die Augen zu." Sie rückt näher an Jonas heran. Jonas schließt gehorsam die Augen.

„Das ist ein Märchen. Du bist der Prinz und ich bin die Prinzessin. Der Prinz hat noch nie im Leben einen Kuss bekommen. Und die Prinzessin mag den Prinzen unheimlich gern und gibt ihm seinen ersten Kuss ..."

# J + R

Rosa, Jonas und Esther sitzen am Tisch. Esthers Mutter kommt mit einer großen Schüssel Pommes ins Zimmer.

„Aber ... wie habt ihr euch beim Chatten denn eigentlich gefunden? Das ist doch ein wahnsinniger Zufall!", sagt Esther aufgeregt.

„Eigentlich gar nicht", antwortet Jonas. „Ich hatte Rosa doch ein paar Adressen gegeben. Und in dem einen Chatroom bin ich selbst auch ab und zu."

Esther prustet los. „Der Märchenprinz und Blümchen ... Was für eine geniale Geschichte! Und dann bist du wie ein echter Prinz auf ein weißes Pferd gestiegen und zum Bahnhof geritten, um sie zu retten? Das halt ich ja nicht aus! Wie romantisch!"

Jonas nickt und wird rot. „Ich war auch sehr neugierig. Ich hab mich eigentlich nicht so recht getraut, weil ich ihr mein Aussehen ganz anders beschrieben habe und mich ein bisschen älter gemacht habe."

„Ich auch", sagt Rosa. „Aber das machen bestimmt alle im Chat."

Sie stößt Jonas unterm Tisch leicht mit dem Fuß an. „Ganz schön mutig von dir, Jonas."

Jonas wird wieder rot.

„Ihr seid ja verliebt!", ruft Esther.

Lachend unterbricht Esthers Mutter ihre Tochter. Sie sieht, dass es Rosa und Jonas unangenehm ist. „Rosa, ich hab gerade mit deiner Mutter telefoniert. Sie kommt dich gleich abholen. Sie sind dir nicht böse, nur sehr besorgt."

„Ach nein, das ist doch nicht nötig", sagt Jonas. „Ich bring Rosa mit dem Zug nach Hause. Dann kann ich mir auch gleich Abelchen, die kleine Sabbelkrabbe, ansehen! Bin gespannt, ob er Rosa ähnlich sieht."

Rosa schaut Jonas strahlend an. „Wow, das wär super, Jonas! Dann kannst du mir helfen, alles mit Alexander und Mama ins Reine zu bringen. Und auch mit Karien. Du kannst so was unheimlich gut."

Jonas wird rot.

„Mensch, ihr seid so süß!", sagt Esther mit einem breiten Grinsen. „Ich glaube, ihr passt richtig gut zusammen!"

Es klingelt. Esther rennt zur Haustür und kommt mit Saskia zurück.

Rosa springt auf und umarmt sie.

„Sas, du alte Punkmaus! Grüne Haare hattest du noch nicht, oder? Hast du auch noch ein paar neue Piercings?"

Sas schüttelt lachend den Kopf. Dann sieht Rosa, dass ein großer Junge hinter ihr steht.

„Und das ist bestimmt Theo, oder?"

„Ach was. Theo, wer war das noch mal? Das ist Mark. Mark, das ist Rosa, meine beste Freundin."

„Na, na, *meine* beste Freundin meinst du wohl!", sagt Esther lachend.

„Und meine!", ruft Jonas.

## *Tipps für Liebe auf Entfernung*

1. Es gibt verschiedene Möglichkeiten zu kommunizieren. Telefonieren ist meistens ziemlich teuer. Man kann auch:
a. ganz klassisch Briefe schreiben,
b. mailen,
c. chatten (z. B. mit MSN Messenger oder ICQ),
d. simsen.
2. Spar auf eine Kamera, die du auf den Bildschirm stellen kannst (Webcam). Wenn dein Freund oder deine Freundin auch eine hat, könnt ihr euch sehen.
3. Überrascht euch gegenseitig! Schickt euch ab und zu etwas Nettes per Post. Ein Gedicht, eine getrocknete Blume, ein schönes Foto oder einen Kissenbezug mit eurem Lieblingsparfüm! Kleine persönliche Dinge sind viel schöner als teure Geschenke.
4. Wenn du darfst, könnt ihr euch in den Ferien besuchen.
5. Wenn du dich in jemand anderen verliebst, solltest du es lieber sagen. Vereinbart, ehrlich miteinander umzugehen. Du

willst ja auch nicht zum Narren gehalten werden. Dasselbe gilt für deinen Freund oder deine Freundin.

6. Schaut euch gleichzeitig denselben Film im Fernsehen oder im Kino an und redet dann darüber. Dann ist es fast, als hättet ihr ihn gemeinsam gesehen. Oder lest gleichzeitig dasselbe Buch.

7. Schreib eine Fantasiegeschichte darüber, was ihr unternehmen werdet, wenn ihr euch wiederseht, und gib sie ihm/ihr zu lesen. Mach es extraromantisch! Es ist wundervoll, so einen Brief zu bekommen, und man lernt sich dadurch auch besser kennen.

8. Sei nicht traurig, wenn ihr euch nur selten seht. Das hat nämlich auch Vorteile: Das Verliebtsein hält länger an!

Band 2

## Wie überlebe ich meinen dicken Hintern?

Aus dem Niederländischen
von Sonja Fiedler-Tresp

Ravensburger Buchverlag

## *Miss Piggy*

**Von:** Rosa van Dijk [rosavandijk@hotmail.com]
**Gesendet:** Dienstag, 11. Mai 20:12
**An:** Jonas de Leeuw [jdl@xs22.nl]
**Betreff:** Piggy-Post

Hallo, Jone, du Clown,
wie geht's dir? Mir geht es nicht so besonders gut.
Ich habe superschlechte Laune und hasse mich selbst.
Bei uns in der Klasse hat jeder einen Spitznamen. Ich habe zuerst gedacht, dass ich keinen hätte, weil ich so unbedeutend bin.
Leider falsch.
Als ich gestern den Gang entlanggegangen bin, habe ich zwei Mädchen aus meiner Klasse flüstern hören: „Guck mal, was Miss Piggy heute wieder anhat!"
Und dann hat das andere Mädchen gegrunzt und sie sind beide in Gelächter ausgebrochen.

Ich hab mich umgedreht, um zu gucken, ob sie über jemand anderes reden, aber es war sonst niemand zu sehen.

Ich wurde rot wie eine Tomate und konnte gar nicht schnell genug wegkommen.

Es gibt eine ganze Reihe Unterschiede zwischen Miss Piggy und mir. Sie glaubt, dass sie bildschön und beliebt ist. Ich finde mich selbst schrecklich. Miss Piggy ist eine Schönheit im Vergleich zu mir. Sie hat eine Persönlichkeit. Ich habe keine Persönlichkeit oder zumindest habe ich sie noch nicht entdeckt. Ich bin zu dick, ich habe blonde, widerspenstige Locken und mein Gesicht sieht aus wie ein Streuselkuchen. Ich trage dämliche Klamotten und weiß nie etwas Lustiges zu erzählen.

Ich muss immer sehr laut über Miss Piggy lachen. Ich bringe niemals jemanden zum Lachen.

Eine Sache allerdings passt: Miss Piggy ist nicht klug, und das bin ich auch nicht. Wie hart ich auch arbeite, ich kriege nur Dreien und Vieren oder sogar noch schlechtere Noten.

Miss Piggy hat einen enorm großen Busen. Meine Brüste sieht man selbst dann noch nicht, wenn man sie unter ein Mikroskop legt. Darum gefalle ich keinem einzigen Jungen, denke ich. Mein einziger Verehrer ist Abel, mein Halbbruder, aber der ist erst elf Monate alt und zählt deswegen nicht.

Die meisten Mädchen aus meiner Klasse sind mit jemandem zusammen oder sie hatten zumindest schon mal einen Freund.

Wäre ich doch bloß so wie Karien. Ihr Spitzname ist Bambi, weil sie so schlank ist. Sie hat kilometerlange Beine und riesige braune Augen mit Wimpern bis zu den Augenbrauen. Sie ist wahnsinnig beliebt. Ohne irgendetwas dafür zu tun, schreibt sie Einsen und Zweien, ihr Freund ist der tollste Junge aus der Neunten und außerdem hat sie noch eine Warteliste, auf der mindestens zwölf Verehrer stehen.

Sie wird zu jeder Party eingeladen, sogar zu denen der höheren Klassen. Das Seltsame ist, dass sie die Einzige in der Klasse ist, die ein bisschen nett zu mir ist. Aber ich habe den Verdacht, dass sie einfach nur Mitleid mit mir hat. Oder sie tut es, weil sie besonders gut abschneidet, wenn wir nebeneinander herlaufen.

Meine Mutter und Alexander haben Stress im Beruf, miteinander und mit Abel, und sie haben nie Zeit für mich. Was soll ich tun?

Viel Gegrunze von Miss Piggy

Rosa lehnt sich zurück und liest die Mail durch. Was für ein Blödsinn. Nur Gejammer und Geseufze. Was soll Jonas nur von ihr denken, wenn er das liest? Sie sollte das Ganze lieber löschen.

Ihr Finger schwebt dicht über der Delete-Taste. Kann man eigentlich eine Mail an sich selbst schicken? Sie tippt ihre eigene Adresse ein, drückt auf Senden und wartet.

Nach ein paar Sekunden kommt die Mail an. Ha, das ist Klasse! So kriegt sie zumindest öfter mal Post.

Sie liest die Mail noch einmal durch. Dann geht sie auf Antworten und beginnt zu tippen.

**Von:** Rosa van Dijk [rosavandijk@hotmail.com]
**Gesendet:** Dienstag, 11. Mai 20:36
**An:** Rosa van Dijk [rosavandijk@hotmail.com]
**Betreff:** Me-Mail

Liebe Miss Piggy,
Es gibt verschiedene Möglichkeiten:
a) Lass den Metzger Hackfleisch aus dir machen.
b) Geh ins Kloster und werde Nonne.
c) Such dir einen guten Schönheitschirurgen.
d) Erfinde eine neue Rosa, eine, die jeder nett findet.

Die letzte Lösung erscheint mir am einfachsten. Hier sind einige Tipps dafür:
1. Halte Diät, nimm mindestens fünf Kilo ab.
2. Lass dir eine neue Frisur machen.
3. Leg dir ein anderes Outfit zu.
4. Beleg einen Kurs für Filmstar-Make-up.
5. Enthaare deine Beine (sie sind ein richtiger Urwald).
6. Zupf dir die Augenbrauen.
7. Lass dich piercen, das wirkt cool.
8. Mach etwas, mit dem du auffällst und wofür die Leute dich bewundern.

Viel Glück dabei, denn das wirst du sicher nötig haben.
Rosa

„Nur noch kurz tapfer sein, Miss Piggy."

Rosa steht vor dem Spiegel. Sie hat Tränen in den Augen. Sie hätte nicht gedacht, dass das Zupfen ihrer Augenbrauen so wehtun würde! Und wie viele Haare soll sie sich eigentlich ausreißen?

Sie schaut auf das Foto aus der Modezeitschrift, das sie an den Spiegel geklebt hat. Es sollten hübsche zierliche Bögen werden. Aber ihre Brauen sind inzwischen beinahe unsichtbar und die Haut unter- und oberhalb ihrer Augenbrauen ist knallrot. So macht sie sich total zum Affen. Sie überlegt fieberhaft. Es gibt verschiedene Möglichkeiten. Entweder klebt sie ihren Pony an der Stirn fest, sodass ihre Augenbrauen nicht zu sehen sind, oder sie zieht sie mit einem Augenbrauenstift nach. Oder sie setzt eine Mütze oder ein Cap auf. Aber das ist im Unterricht nicht erlaubt.

Ein Kopftuch ginge auch. Wenn sie sagt, dass sie ab jetzt Muslimin ist, muss sie es nicht abnehmen ...

Es klopft an der Tür.

„Rosa, was machst du so lange im Badezimmer?", ruft Alexander.

„Geht dich gar nichts an!", brüllt sie zurück. „Blöder Affenarsch!", fügt sie flüsternd hinzu.

„Rosa, ich muss zur Arbeit und ich habe mich noch nicht rasiert."

„Ich auch nicht", ruft Rosa.

„Was?" Alexanders Stimme klingt irritiert.

„War ein Witz."

„Ich lach mich tot. Aber jetzt mach hin, ich habe es eilig."

„Ja-ha."

Aber jetzt ist erst mal der Urwald an der Reihe. Rosa nimmt die Dose Rasierschaum und sprüht ihre Beine damit ein. Letzte Woche beim Sportunterricht wäre sie vor Scham fast im Boden versunken. Edith hat auf ihre Beine gezeigt und gerufen: „Hey, Mädels, guckt mal! Rosa hat Affenbeine!"

Brüllendes Gelächter. „He, Rosa, hast du schon mal von einem Ladyshaver gehört?"

„Oder von Rasierklingen?"

„Vielleicht wäre ein Buschmesser besser. Am Ende kriegst du in dem Urwald noch Läuse!"

Was für widerliche Kröten. Sie wusste nicht, was sie ihnen entgegnen sollte. Sie ist nur knallrot geworden und hat schnell ihre Hose angezogen.

Nur Karien hat Partei für sie ergriffen: „Mann, seid nicht so blöd. Lasst Rosa in Ruhe."

Leicht gesagt, wenn man solche Beine hat wie sie. Braun, schlank und superglatt.

Zum Glück haben sie sie danach in Ruhe gelassen. Alle haben weitergequatscht und gekichert und keiner hat sich mehr nach ihr umgedreht.

Das mit dem Kloster ist vielleicht doch keine so schlechte Idee. Nonnen müssen garantiert nie Sport machen. Und sie tragen diese fantastischen Schwesterntrachten, bei denen man nicht sehen kann, ob eine fünfundvierzig oder fünfundsechzig Kilo wiegt. Großartig.

Ihre Mutter klopft gegen die Tür. „Abel hat die Hose voll, mach mal auf."

„Geht nicht, ich bin beschäftigt", ruft Rosa. „Ich muss noch meine Haare waschen."

Schnell macht sie die Dusche an.

„Jetzt beeil dich aber, Rosa! Du bist schon fast eine Dreiviertelstunde im Bad! Was machst du denn bloß?"

„Ich repariere meine Fahrradlampe."

„Sehr witzig, hahaha. Beeil dich, bitte."

„Ja-ha! Immer mit der Ruhe. Ich bin fast fertig."

Rosa setzt das Rasiermesser an ihr Knie. Sie hat nicht die leiseste Ahnung, wie sie ihre Haare am besten abrasiert. Von oben nach unten oder von rechts nach links? Warum hat sie keine weise Mutter, die ihr Ratschläge erteilt? Sie kann sich genau vorstellen, was ihre Mutter sagen würde, wenn sie sie fragen würde: „Was? Deine Beine rasieren? Augenbrauen zupfen? Kommt nicht infrage, dafür bist du noch viel zu jung. Wenn du sechzehn bist, reden wir weiter." Pff, sechzehn, dann ist sie schon uralt.

Blutbäche vermischen sich mit dem Rasierschaum. Aber sie hat heute Sport, also muss sie durchhalten.

Au! Schon wieder ein Schnitt. So kann das doch nicht richtig sein? Es beginnt langsam, eher wie ein Verkehrsunfall auszusehen!

Sie spült ihre Beine ab und betrachtet das Ergebnis. Sie hat ganz genau acht Schnittwunden, aus denen dunkle Blutstropfen quellen. Aber ihre Beine sind auf jeden Fall glatt. Der Urwald ist gerodet.

Sie schüttelt die Dose Rasierschaum. Fast leer, dann kann sie sie genauso gut ganz leer machen. Mit großen, schwungvollen Buchstaben schreibt sie ein R auf die weißen Fliesen an der Wand. Dann ein O. Der Buchstabe S zerfließt ein bisschen und das A sieht eigentlich eher wie ein E aus. ROSE steht dort. Rosa betrachtet mit schräg gelegtem Kopf das Ergebnis. Mmmm … Rose. Cooler Name, besonders wenn man ihn englisch ausspricht.

Sie stellt sich auf die Waage. Sechzig Kilo. Viel zu viel. Heute fängt sie mit Abnehmen an.

„Rosa! Mach sofort auf! Jetzt!"

**Von:** Rosa van Dijk [rosavandijk@hotmail.com]
**Gesendet:** Mittwoch, 12. Mai 21:31
**An:** Esther Jacobs [esther@xs42.nl]
**Betreff:** Dinkel-Terror

Hallo, Es,
es ist zum Verrecken, ich habe schon wieder Stubenarrest. Es kommt mir inzwischen so vor, als ob ich ein zu „lebenslänglich" verurteilter Krimineller (Kriminellerin?) wäre und kein harmloses vierzehnjähriges Schulmädchen. Na ja, ganz unschuldig bin ich nicht. Ich zähl mal eben auf, was ich verbrochen habe:
Ich hatte eine große Klappe, habe heute Morgen eine ganze Dose Rasierschaum leer gesprüht, sodass sich Affenarsch mit normaler Seife rasieren musste, ich habe das Badezimmer anderthalb Stunden blockiert, sodass alle zu spät kamen, ich hatte wieder eine große Klappe, habe mich geweigert, den Tisch abzuräumen, habe aus Versehen (ehrlich) einen Teller fallen gelassen, war wieder unverschämt, habe die Tür so heftig zugeschmissen, dass fast der Putz von der Decke kam und so weiter und so weiter.

Und so ein richtiges Schulmädchen bin ich auch nicht.

Ich habe heute Sport geschwänzt (mit dem guten alten Ich-hab-meine-Tage-Quark).

Ich konnte nicht mitmachen, weil ich mir zum ersten Mal die Beine rasiert hatte.

Ich musste mit Blaulicht ins Krankenhaus, um die Blutung an der Schlagader stillen zu lassen. Nee, das war ein Witz, aber ich habe wirklich geblutet wie ein Schwein. Meine Mutter hat zum Glück noch nicht die (nicht mehr so weißen) Handtücher entdeckt, die ich ganz nach unten in den Wäschekorb gestopft habe.

Ein sehr unangenehmes Mädchen aus meiner Klasse hat nämlich während der letzten Sportstunde zu mir gesagt, ich hätte Affenbeine. Ich hab mich zu Tode geschämt.

Heute Morgen habe ich zum ersten Mal meine Augenbrauen gezupft. Das war überhaupt kein Erfolg.

Ich bin heute nach der Schule in einem Karnevalsladen gewesen, denn ich hatte eine fantastische Idee: falsche Wimpern! So schöne Filmstarmodelle. Aber leider gab es keine. Dafür hatten sie Muppet-Masken! Ich hab kurz darüber nachgedacht, mal mit Miss-Piggy-Maske zur Schule zu gehen, aber das traue ich mich dann doch nicht.

Ich habe Luftballons für Abelchen gekauft. Er fand sie ganz toll, vor allem, als ich sie mit Wasser gefüllt habe und er sie mit einer Gabel kaputt piksen durfte. Leider fand meine Mutter das weniger lustig, weil man im Wohnzimmer Wasserski fahren konnte, als alle Ballons hinüber waren.

Du fragst dich bestimmt, was ich vorhabe, mit der ganzen Bastelei an mir selbst. Ich hab beschlossen, mich neu zu erfinden, denn ich bin nicht zufrieden damit, wie ich aussehe und wie ich bin.

Ich finde, dass ich dick, hässlich, unauffällig und uninteressant bin, und das findet jeder um mich herum auch – meiner Meinung nach.

Ich hab beschlossen, dass ich etwas ganz Besonderes werde. Bewundert, berühmt und vergöttert. Sodass ich mich – wenn ich in die Stadt gehe – vermummen muss mit Bart, Sonnenbrille und Regenjacke. Weil ich sonst von einer Horde kreischender Fans angegriffen werde. Und ich habe natürlich drei schicke Bodyguards.

Apropos Stadt – weißt du schon, dass ich letztens mit Mama shoppen war und dass ein paar Bauarbeiter ihr hinterhergepfiffen haben anstatt mir? Obwohl sie schon neununddreißig ist. Beinahe uralt! Das kommt garantiert daher, dass sie unglaublich schlank ist, hohe Absätze trägt und einen knallroten Lippenstift benutzt. Und ich wirke daneben wie eine Art Krümelmonster, mit Pickeln und öden kindischen Klamotten.

Meine Mutter glaubt, dass ich immer noch ein Kleinkind bin. Hier sind Beispiele für das, was ich alles nicht darf:

1. mir Löcher in die Ohren oder in welche Körperteile auch immer stechen lassen,
2. hohe Absätze mit Netzstrümpfen tragen,
3. knallroten Lippenstift oder anderes Make-up benutzen,
4. meine Haare färben,

5. ein Facelifting machen lassen,
6. Geld für teure Klamotten ausgeben,
7. Bier trinken,
8. Cola trinken, denn die ist schlecht für meinen Magen,
9. Süßigkeiten mit Farbstoff naschen,
10. Weißbrot essen, nur steinhartes biologisches Turbo-vollkorn,
11. Zigarren oder Zigaretten rauchen, Tabletten schlucken. Nichts!

Mit viel Gejammer krieg ich ein Aspirin, wenn ich Kopf-schmerzen habe, denn die sind laut meiner Mutter auch schlecht für meinen Magen. Durch Alexander ist meine Mutter zu einem Gesundheitsfreak mutiert. Deshalb sehe ich so ungesund aus. Es gibt bei uns nur noch unglaublich widerlichen Öko-Fraß, weil Alexander das möchte. Brauner Reis mit Linsen, igitt! Kichererbsen mit Hirse und Endivien, bäh! Nie mehr einen leckeren knall-gelben Pudding oder weiches Brot. Es gibt sogar fast nie Süßigkeiten im Haus! Nur zähe dünne Dinkel-Kekse für Abelchen.
Weißt du, manche Dinge von der Liste brauch ich auch überhaupt nicht, aber es geht ums Prinzip: die Freiheit einer Vierzehnjährigen!
Sorry, dass ich so jammere. Wie geht es dir? Hast du schon dein Halbjahreszeugnis gekriegt?
Ich ja, und ich bin sehr vernünftig gewesen: Ich habe es gut versteckt. Wenn ich es meiner Mutter und Affenarsch zeige, kriegen sie einen Gemeinschaftsschlaganfall.

Meine Mutter drängt immer, dass ich gute Noten
brauche, weil ich später studieren soll und so. Sie ist
nur zufrieden mit Einsen und Zweien. Ich sag lieber
nicht, welche Noten ich eigentlich bekommen habe.
Alle zusammen ergaben ungefähr 25.
Davon abgesehen geht es mir hervorragend!

Küsschen von
Rose

(So heiße ich jetzt. Das gehört zu meinem neuen Image.)

## *Kacke an deinem Schuh*

„Ich brauche keinen Buchweizen und auch nicht so einen widerlichen Vegieknacker!"

„Das ist eine vegetarische Knackwurst. Ich dachte, dass du die lecker findest. Du kannst von so ein bisschen Spinat nicht leben. Du bist im Wachstum!"

„Ich habe keinen Hunger!"

„Du isst mindestens drei Löffel von dem Buchweizen", sagt ihr Stiefvater barsch. „Das ist gesund. Eher stehst du nicht vom Tisch auf. Notfalls bleibe ich den ganzen Abend hier sitzen."

Rosa sieht, dass ihre Mutter Alexander einen warnenden Blick zuwirft.

„Jetzt geht es aber los! Ich bin doch kein kleines Kind mehr!", ruft Rosa. „Und was mischst du dich da eigentlich ein? Du hast mir gar nichts zu sagen!" Sie schiebt ihren Teller von sich weg und steht auf. „Mama, darf ich das stehen lassen? Ich habe Bauchschmerzen …"

„Rosa, setz dich hin und iss deinen Teller leer", brüllt Alexander.

„Alex, beruhige dich doch", sagt ihre Mutter. „Wenn das Kind doch Bauchschmerzen hat …"

„Heleen, du lässt dich einwickeln", ruft Alexander böse. „Und du untergräbst meine Autorität. Eltern müssen an einem Strang ziehen. Geh auf dein Zimmer, Rosa!"

„Du bist überhaupt nicht meine Eltern!", schreit Rosa ihn an. „Zieh mit dir selbst an einem Strang!"

Rosa wirft die Küchentür hinter sich zu und läuft nach oben. Dann aber besinnt sie sich und rennt noch dreimal die Treppe rauf und runter. Das ist gut für die Figur. Sie hört, dass ihre Mutter und Alexander sich streiten und trampelt extralaut.

„Rosa, was machst du denn da? Abelchen schläft. Was soll denn das?", ruft ihre Mutter.

Rosa gibt keine Antwort, sondern rennt die Treppe hinauf in ihr Dachzimmer.


Als sie sich keuchend aufs Bett fallen lässt, hört sie, dass ihr Bruder tatsächlich zu heulen beginnt. Sie wartet kurz ab. Als keine Reaktion von unten kommt, schleicht sie die Treppe hinunter. Leise öffnet sie die Zimmertür. „Hallo, kleine Sabbelkrabbe", flüstert sie.

Ihr Bruder hört sofort auf zu weinen. Er zieht sich an den Gitterstäben seines Bettchens hoch und streckt ihr zwei mollige Arme entgegen. „Oos", ruft er strahlend.

Rosa lässt sich auf die Knie fallen und kriecht blitzschnell zur anderen Seite des Bettes. „kuckuck, Abelchen!"

Abelchen kreischt vor Freude und greift in ihre Haare.

„Au!", ruft Rosa. „Lass los, kleiner Schurke."

Mit einiger Mühe kann sie seine Hände aus ihren Locken lösen.

Sie zieht ihn hoch und schnüffelt an seiner Hose. „Igitt, Abelchen hat die Hose voll!"

Rosa legt das Baby auf den Wickeltisch und macht mit angewidertem Gesicht seine Windel auf.

„Oos, oos", kräht Abelchen fröhlich, während er versucht, einen Finger in ihr Auge zu bohren.

Rosa wirft die Windel auf den Boden, wischt Abels Po sauber und zieht ihm routiniert eine frische Windel an. Dann hebt sie ihn vorsichtig hoch und nimmt ihn mit nach oben in ihr Zimmer.

Von unten sind noch immer die wütenden Stimmen von ihrer Mutter und Alexander zu hören. Rosa drückt das Baby fest an sich und flüstert in sein Ohr: „Nicht hinhören, Abelchen, die dummen großen Menschen streiten sich wieder mal."

Rosa legt ihn auf ihr Bett. Sie nimmt ihren MP3-Player und legt sich neben ihn. Abelchen kräht und versucht, die Kopfhörer in die Finger zu kriegen.

„Willst du auch mal hören, Schnuckel? Dann komm her, das hier ist eine supercoole Nummer."

Vorsichtig setzt sie ihm die Kopfhörer auf die Ohren und dreht die Musik leiser. Ihr Bruder ist sofort still und schaut sie mit großen Augen an. Rosa lacht über seinen verblüfften Gesichtsausdruck. Sie legt ihr Gesicht auf seinen Bauch, bis das Baby fröhlich anfängt zu glucksen.

In diesem Moment stürmt Alexander ins Zimmer. Er hat nur einen Schuh an und den anderen hält er in der Hand. An diesem klebt ein Klumpen Baby-Kacke. Rosa hält sich kichernd die Nase zu.

„Hör sofort auf zu lachen, du ungezogene Göre. Punkt eins: Ich habe mich zu Tode erschreckt, weil Abel nicht in seinem Bett lag. Punkt zwei: Ich bin auf die schmutzige Windel getreten. Punkt drei: Du lachst mich aus!"

Rosa prustet los.

Jetzt bemerkt Alexander, dass Abel Kopfhörer auf den Ohren hat. „Und Punkt vier: Du machst das Kind taub! Bist du jetzt völlig verrückt geworden?" Er zieht schnell die Kopfhörer von Abels Ohren, der fängt vor lauter Schreck an zu heulen.

Rosa macht sich ganz klein. Manchmal hat sie Angst, dass Alexander seine Selbstbeherrschung verliert und ihr eine runterhaut. Das hat er schon einmal gemacht und sie wird es nie vergessen.

„Ein Monat Hausarrest!"

„Ich weiß noch was Besseres!", ruft Rosa. „Setz mich doch gleich auf Wasser und Brot und leg mich in Ketten!"

„Da bringst du mich auf eine Idee!", ruft Alexander wütend und stampft aus dem Zimmer, mit dem schreienden Baby über seiner Schulter. „Und wenn du dich nicht bald ordentlich aufführst, sperr ich deinen Computer weg!", ruft er aus dem Flur.

Rosa schmeißt die Tür hinter ihm zu, lässt sich auf ihr Bett fallen und bricht in Tränen aus.

**Von:** Esther Jacobs [esther@xs42.nl]
**Gesendet:** Donnerstag, 13. Mai 18:21
**An:** Rosa van Dijk [rosavandijk@hotmail.com]
**Betreff:** Sorgen & Tipps


Hi, Rose, du Aprikose,
vielen Dank für deine Mail.
Ich hab mich darüber erschrocken, ist dir das klar? Warum
bist du so trübsinnig? Warum willst du anders sein?
Du bist doch prima, so wie du bist. Echt, ganz ernsthaft,
ehrlich wahr!
Meiner Meinung nach fühlst du dich einfach ein bisschen
einsam. Das kann ich gut verstehen. Erst der Umzug,
dann lassen sich deine Eltern scheiden und jetzt hast du
auch noch Alexander Affenarsch an der Backe! Und an so
einen winzigen Halbbruder muss man sich auch erst mal
gewöhnen. Und garantiert vermisst du deinen super-
tollen Riesenschatz von Freundin Esi, die Resi!
Weißt du, was Sache ist? Wenn du immerzu denkst,
dass niemand dich nett findet, ist das irgendwann auch
so. Und dann wird es immer schlimmer. Du solltest also
besser an deinen Gedanken arbeiten – nicht an deinem
Äußeren.
Du musst positiv denken! Du stellst dich einfach jeden
Morgen vor den Spiegel und sagst hundertmal hintereinander mit einem fetten Smile: „Ich brauche nicht
anders zu sein, als ich bin, denn ich bin furchtbar nett,
lustig und hübsch, und jeder ist verrückt nach mir.
Heute wird ein großartiger Tag!"

Und dann musst du das natürlich auch glauben. Halleluja! Ich komm mir vor wie ein Pfarrer.
Hier übrigens ein paar Tipps, wie du überschüssige Haare loswerden kannst. Hab ich in einer Zeitschrift gelesen.

**Survival-Tipp 1 – Die idealen Augenbrauen**
Nimm nur die Härchen zwischen beiden Augenbrauen weg, wenn dort welche sind, und ein paar Haare an der Unterseite deiner Augenbrauen. Also nicht an der Oberseite und vor allem nicht zu viele. Deine natürlichen Augenbrauen sind die schönsten, also versuch nicht, etwas ganz anderes aus ihnen zu machen.
Du kannst auch zu einer Kosmetikerin gehen und es das erste Mal da machen lassen. Das kostet zwischen 5 und 10 Euro.

**Survival-Tipp 2 – Die glattesten Beine und Achseln**
Es gibt verschiedene Möglichkeiten:
*1. Enthaarungscreme*
Auftragen, kurz einwirken lassen und abspülen, fertig ist der Lack.
Nachteil: Es ist teuer und stinkt. (Ich persönlich finde das Zeug ein bisschen unheimlich. Stell dir vor, dass sich deine Beine auch nach und nach auflösen!)
Vorteil: Es ist einfach.
*2. Rasierklinge und Rasierschaum*
Sprüh etwas Schaum auf deine Unterschenkel und/oder Achseln. Verreib ihn gleichmäßig. Sorg dafür, dass du scharfe Rasierklingen hast. Einfache billige Einweg-

klingen funktionieren bestens. Die teuren Damendinger sind völlig unnötig.

Du kannst von oben nach unten, aber auch in umgekehrter Richtung rasieren, das ist egal. Mach es auf jeden Fall systematisch, also Bahn für Bahn. Spül zwischendurch die Klinge ab, sonst verstopft sie mit kleinen Härchen. Fühl, wenn du fertig bist, nach, ob du etwas übersehen hast. Gut abspülen. Das kannst du unter der Dusche machen oder, wenn du gelenkig bist, indem du dein Bein ins Waschbecken hältst (nur jeweils ein Bein, haha).

Wenn du fertig bist, mit Bodylotion eincremen.

Nachteil: Pass auf, dass du dich nicht schneidest. Nach etwa drei oder vier Tagen kommen wieder Stoppeln.

Vorteil: einfach, billig, schnell und schmerzlos (es sei denn du schneidest dich, natürlich).

Du kannst eine Einwegklinge ruhig ein paarmal benutzen.

*3. Ladyshaver*

Geht auch ganz leicht. Einfach rasieren, gegen die Wuchsrichtung. Nachteil: Ladyshaver sind teuer und sie sind nicht alle gleich gut. Mit manchen kriegt man die Beine nicht richtig glatt, einige tun weh.

Vorteil: Du kannst dich nicht schneiden.

*4. Epiliergerät*

Anstatt zu rasieren, zieht das Ding die Haare raus.

Nachteil: Du kommst dir vor wie in einer Folterkammer.

Vorteil: Die Haare wachsen etwas langsamer nach.

*5. Wachs*

Den Wachsstreifen auf die Beine kleben, kurz fest werden lassen und dann abziehen.

Nachteil: Es tut fürch-ter-lich weh! Wachsstreifen sind nicht billig. Es ist ein ganz schöner Aufwand.
Vorteil: Die Haare bleiben sehr lange weg.

Ich habe meine Beine auch noch nie enthaart, also habe ich sie mir mal genauer angeschaut: Igitt! Lauter schwarze Härchen! Deshalb hab ich dann einen dieser Wachsklebestreifen, die meine Mutter immer benutzt, ausprobiert.
Aaaah! Ich bin vor Schmerzen fast an die Decke gegangen. Die Dinger sind garantiert nicht von einer Frau, sondern von einem sadistischen Kerl erfunden worden. Jetzt habe ich ein teilweise enthaartes Bein. Es ist kein Mann, also auch keine Rasierklinge im Haus. Und die Geschäfte sind geschlossen. Was jetzt? Ich hab morgen Sport!
Mir geht es, abgesehen von dem gemarterten Bein, sehr gut. Meine Mutter ist allerdings häufig beruflich unterwegs. Sie hat unglaublich viel Erfolg mit ihren Kleiderentwürfen.
Hey, du darfst so viel jammern, wie du willst, klar? Dafür sind wir doch Freundinnen.

Also, halt die Ohren steif und lass den Kopf nicht hängen!
Viele Grüße von Esi

**Von:** Rosa van Dijk [rosavandijk@hotmail.com]
**Gesendet:** Freitag, 14. Mai 23:21
**An:** Esther Jacobs [esther@xs42.nl]
**Betreff:** Superschlank

Lieber Pfarrer (Pfarrereuse?) Esi,
herzlichen Dank für deine Tipps. Es ist schon furchtbar
spät, aber ich kann vor Hunger nicht schlafen.
Das mit dem positiv Denken funktioniert bei mir nicht.
Ich hab heut Morgen zu mir selbst gesagt, dass ich
lustig und hübsch bin und so weiter, und weißt du, was
mein Spiegelbild dann gemacht hat? Es hat ein Gesicht
gezogen und sich an die Stirn getippt. Haha.
Ich werde erst mal was gegen mein Gewicht unternehmen. Ich möchte mindestens fünf Kilo abnehmen. Wenn
ich sitze, habe ich Fettröllchen. Ich habe Modezeit-
schriften angeschaut, Fotomodelle haben kein einziges!
Und hast du schon mal die Mädels auf MTV gesehen?
Alle sind bildhübsch und superschlank und haben
wunderschöne flache braune Bäuche! So möchte ich auch
werden. Mit einem Bauchnabel-Piercing.
Du magst ja meinen, dass ich richtig bin, so wie ich bin,
aber das ist nicht so. Ich bin eine Blubberbombe, ein
Schwabbelpudding, ein Elefant. Miss Piggy ist klapper-
dürr im Vergleich zu mir.
Kennst du diese Rubrik in den Mädchenzeitschriften,
Vorher und Nachher?
Da siehst du ein total unauffälliges Mädchen mit
bleichen Wangen und Zottelhaaren, und dann wird es

gestylt und ist auf einmal ein strahlend schöner Filmstar, der jeden umhaut.

Das mache ich auch, bei mir selbst. Ich trau mich natürlich nicht zu so einer Zeitschrift, denn dann lacht mich jeder aus.

Alexander und meine Mutter haben in letzter Zeit furchtbar viel Krach. Oft meinetwegen, aber auch wegen Abel. Alexander ist sehr streng, während Mama mehr durchgehen lässt. Sie sind sich nie einig. Du hast echt Glück, bei dir zu Hause ist es schön ruhig, nur deine Mutter und du.

Ich werde übrigens die Enthaarungstipps an Affenarsch weitergeben.

Kannst ja dreimal raten, warum ich ihn so nenne!

Ich hab jetzt überall Schorf auf meinen Beinen, vom Rasieren, und ich kann die Finger nicht davon lassen.

So, jetzt trink ich noch mal ein leckeres Glas Wasser und dann versuche ich zu schlafen.

Tschüssi, Esi-Resi,

Grüße von deiner vollschlanken, augenbrauenlosen, glatt geschorenen

Freundin Rose!

## *Bad Rose*

Es ist erst halb fünf, aber Rosa kann nicht mehr schlafen. Ihr Magen knurrt. Sie knipst ihre Nachttischlampe an. Sie hat die Waage neben ihr Bett gestellt, weil sie neugierig ist, wie viel sie nach einem Tag Diät abgenommen hat.

Sie hält den Atem an und zieht ihren Bauch ein. Immer noch sechzig Kilo. Kein Gramm weniger! Wie geht das? Ihr ist schwindelig vor Hunger. Aber sie muss durchhalten.

Sie setzt sich an ihren Schreibtisch und beginnt zu grübeln.

Das Problem ist, dass alle Veränderungen so auffallen. Das ist auf der einen Seite natürlich die Absicht, aber auf der anderen Seite kriegt sie deshalb unter Garantie Ärger mit ihrer Mutter und Herrn A. A. Haare färben fällt aus, das ist schon mal schiefgegangen, und die Klamotten, die sie gerne haben möchte, kriegt sie von ihrer Mutter ja doch nie. So ein Hollywoodfummel wäre ein bisschen übertrieben. Aber sehr schön. Vor allem für die Premiere von dem Film, in dem sie die Hauptrolle spielt.

Kleidergeld wäre die Lösung, aber sie weiß schon, was dann kommt: „In diesem Oberteil siehst du aus wie ein Flittchen, Rosa, tausch es um! Nein, die Hose geht wirklich nicht. Was für eine schlechte Qualität!"

Und ein Piercing ... klingt ultracool, aber ihre Mutter bringt sie um, wenn sie es entdeckt. Sie darf es also nicht entdecken ...

Da muss sie sich etwas Schlaues einfallen lassen. Und wo soll sie es sich machen lassen? Durch eine Augenbraue? Fällt ziemlich auf und außerdem müssen dafür die Augenbrauen erst mal wieder nachwachsen.

Ein Nabel-Piercing ist schön, aber nur wenn man so einen superstraffen MTV-Bauch hat.

Ein Nasen-Piercing ist lästig, wie soll man dann in der Nase popeln?

Ein Zungen-Piercing geht natürlich auch ... Das sieht keiner, es sei denn, man streckt seine Zunge raus. Ein Mädchen aus ihrer Klasse hat eins. Rosa bekommt Gänsehaut. Brrr, sie darf nicht mal daran denken. Furchtbar störend beim Essen. Und beim Reden auch. Die Zunge von dem Mädchen war am Anfang total geschwollen und die ersten Tage hat sie gesprochen, als ob sie eine Kartoffel im Mund hätte.

Kartoffel ... Essen ...

Rosas Magen knurrt. Sie versucht, das Gefühl zu ignorieren. Es ist noch zu früh, um nach unten zu gehen und zu frühstücken. Eine halbe Scheibe Brot, ohne Butter und Belag. Dann noch eine halbe um zehn Uhr in der Schule und mittags eine ganze. Vielleicht ist es gut, wenn sie auch ein bisschen Sport macht. Laufen oder so.

Sie starrt auf ihren Computerbildschirm. Eigentlich müsste sie noch Mathe machen, aber dazu hat sie keine Lust. Sie kapiert es ja doch nicht, also kann sie es genauso gut sein lassen.

Rosa fängt an, auf einem Zeichenblock ihren neuen Namen ganz unterschiedlich aufzuschreiben.

Rose klingt stark. Rose … Red Rose … Bad Rose! Rose hat Hunger!

**Von:** Rosa van Dijk [rosavandijk@hotmail.com]
**Gesendet:** Montag, 17. Mai 5:11
**An:** Jonas de Leeuw [jdl@xs22.nl]
**Betreff:** Mordsspaß in Groningen

Hi, Jone, du Clown,
wie geht es dir? Mir geht es sehr gut. Ich hatte lauter Einsen in meinem Halbjahreszeugnis. Hier in Groningen ist es ganz toll. Ich hab viel Spaß und Massen von Freundinnen und Verehrern …

Blöd. Delete. Noch mal.

Hi, Jonas-Amazonas,
mir geht es nicht besonders. Darum hörst du so wenig von mir. Ich möchte für dich ein tolles, fröhliches Mädchen sein, aber das bin ich nicht. Ich bin ein dicker Fettkloß ohne Freunde. Ich hab nur trübsinnige, langweilige Dinge zu erzählen, darum schreib ich so selten.

Rosa drückt wieder auf Delete. Das war zwar ehrlich, aber was würde Jonas bloß von ihr denken? Früher hat sie sich alles zu sagen getraut und er fand nie irgendwas blöd. Aber ob das jetzt noch so ist? Früher dachte sie auch nie über bestimmte Dinge nach, und jetzt tut sie das ständig und wird völlig verrückt davon. Die Stimmen in ihrem Kopf wispern die ganze Zeit: Ob sie mich nett finden? Rede ich auch kein dummes Zeug? Bin ich zu dick? Fällt der Pickel sehr auf? Werden sie mich auslachen? Und so weiter und so weiter.

Rosa macht den Computer aus und kriecht zurück ins Bett. Sie nimmt sich ihren MP3-Player und dreht die Musik voll auf.

Nur kurze Zeit später wird sie mit einem Schrei wach. Sie ist nass geschwitzt und das Kabel ihres Kopfhörers hat sich um ihren Hals geschlungen. Sie hat geträumt, dass ihr die Kehle von einer großen schwarzen Gestalt ohne Gesicht zugedrückt wird, während sie selbst mit der Stimme von Edith aus ihrer Klasse ein sehr merkwürdiges Lied singt:

*Schlaf Kindlein, schlaf,*
*Rosa hat Beine wie ein Schaf ...*
*Einen dicken, fetten Po,*
*als Filmstar wär sie froh.*
*Schlaf Kindlein, schlaf.*

Schnell schaltet sie den MP3-Player aus.

Rosa schleicht nach unten. Es ist halb sieben und das Haus ist noch immer dunkel und still.

Rosa zögert. Ihr Magen fühlt sich widerlich leer an. Vielleicht ist etwas im Kühlschrank, von dem sie nicht noch dicker wird. Es steht nicht viel Leckeres drin. Ein altes Stück Käse, ein paar weich gewordene Karotten, Babynahrung. Und eine große Packung Schokoladenpudding.

Schokopudding macht fett! Aber sie muss doch was essen. Das hohle, leere Gefühl muss weg. Rosa nimmt eine Schüssel und gießt sie voll. Hmmmm ... es ist, als ob sie jetzt erst merke, wie lecker Schokoladenpudding schmeckt. Himmlisch süß und weich gleitet er ihre Kehle hinunter. Sie gießt die Schüssel ein zweites Mal voll und löffelt gierig. Dann kann sie nicht mehr aufhören, bis die Packung leer ist. Sie muss rülpsen und bekommt Gänsehaut. Brr ... es ist kalt in ihrem Bauch und ihr ist ein bisschen übel. Ein bisschen sehr übel eigentlich.

„Idiotin", murmelt sie vor sich hin. „Schlappschwanz. Ein ganzer Tag hungern für nichts und wieder nichts."

Sie geht mit einem unangenehm aufgeblasenen Gefühl in ihrem Bauch zurück in ihr Zimmer.

Jetzt muss sie wieder ganz von vorn anfangen.

**Von:** Jonas de Leeuw [jdl@xs22.nl]
**Gesendet:** Montag, 17. Mai 22:20
**An:** Rosa van Dijk [rosavandijk@hotmail.com]
**Betreff:** Ei, der Mai

Hallöle, Rosa,
warum hör ich so wenig von dir? Hast du etwa einen
schicken Groninger kennengelernt? Weißt du, ich würde

das gar nicht mal so schlimm finden. Ich wäre auch fast
gar nicht eifersüchtig.
Würdest du es schlimm finden, wenn ich mich in jemand
anderes verlieben würde?
Ich mag dich echt gern, nur dass du's weißt. Ich hab sogar
ein Gedicht für dich geschrieben.
Hier kommt es:

*Die Amsel singt*
*Die Welt erklingt*
*Denn es ist Mai*
*Nur für uns zwei.*

So geht es auch:

*Die Amsel singt*
*Die Welt erklingt*
*Wie wunderbar*
*Tralalala*

Das Problem ist, dass es so viele verschiedene Variatio-
nen gibt.
Erklingen ist wirklich kein besonders tolles Wort. Aber
woher weiß man denn eigentlich, wann etwas wirklich
gut ist?
Ich muss einfach noch ein bisschen üben. Ich habe nämlich beschlossen, später Dichter oder Schriftsteller zu
werden. Wer weiß, vielleicht werde ich sogar berühmt.
Weißt du schon, was du werden willst?

Bei uns im Bücherregal stehen ganz viele Bücher mit Gedichten. Wenn ich ins Bett gehe, nehme ich immer eins
mit.
Ich habe ein Gedicht gefunden, bei dem ich an dich
denken musste. Es ist aus dem neunzehnten Jahrhundert
und von einem Herrn Spanferkel geschrieben.
Achtung, hier kommt es:

*Vegetarier sind Leute,*
*die wünschen sich ein andres Heute.*
*Die verehren sogar Wanzen,*
*darum essen sie nur Pflanzen.*
*Sie haben Angst vor einer toten Kuh,*
*denn die macht ja nicht mehr Muh.*
*Tiere töten, um sie dann zu essen,*
*nennen sie von Gott vergessen.*
*Es ist so vornehm und so fein,*
*Vegetarier zu sein.*

Gut, oder? Ich musste laut darüber lachen und an dich
denken, weil du doch Vegetarier bist. Damals gab es
das also auch schon. Ich dachte, dass Vegetarier eine
Erfindung der Neuzeit wären, weil Menschen von Natur
aus Omnivoren sind, das bedeutet: Allesfresser. Gut,
was? Hab ich gerade in Bio gelernt. (Ich bin vor allem ein
Schokovor.)
Das Gedicht geht noch ein ganzes Stück weiter, über
geschmorte Bohnen bis zu einer ganzen Reihe schwieriger
Wörter. Ich glaube, dieser Mann mochte keine Vege-

tarier. Dass er Spanferkel hieß, ist übrigens ein Witz.
Er hieß: J. H. Speenhoff (1869–1945).

Grüße von
J. a. de Leeuw (1991–...)

PS: Das Geburts- und Sterbejahr der Verfasser steht immer dabei. Bei mir wird also auch ein Sterbejahr stehen!
Das macht mich auf einmal ganz nervös. Wie alt werde ich bloß? 50, 75, 107? Vielleicht nur 15! Hiiilfe!
Ich werde ein Gedicht über den Tod schreiben. Das kriegst du beim nächsten Mal, denn jetzt ist es schon furchtbar spät und ich muss für eine Erdkundearbeit lernen.

Rosa lacht. Jonas ist witzig. Sie ist verrückt nach ihm. Aber was meint er denn nun eigentlich mit dem Absatz über ihre Internet-Beziehung? Ob er wohl auf jemand anderes steht? Aber der Rest der Mail ist wahnsinnig lieb. Sie weiß selbst auch nicht genau, was sie für ihn fühlt. Ist es Verliebtheit oder einfach nur Freundschaft? Vielleicht doch eher Freundschaft. Und das kommt wahrscheinlich tatsächlich daher, dass sie ihn so selten sieht. Das letzte Treffen ist mindestens schon sechs oder sieben Monate her.

Rosa nimmt ihren Zeichenblock und beginnt darauf herumzukritzeln. Sie hat noch nie darüber nachgedacht, was sie später werden will. Ihre Mutter sagt, dass sie ganz schön was im Kopf habe und Anwältin oder Notarin werden solle, weil man damit viel Geld verdiene. Aber ihr Vater sagt immer, dass sie das machen solle, was ihr am meisten Spaß macht. Dass man, wenn man etwas mache, was man sehr gerne tut, automatisch gut darin werde. Und dass Geld nicht glücklich mache.

Was macht sie gern? Lesen. Aber damit kann man kein Geld verdienen. Und zeichnen. Sie hat Hefte und Zeichenblöcke voll mit Bildern. Malerin könnte sie werden. Aber kann man damit Geld verdienen? Herr Meyer, ihr Kunstlehrer in der Schule, läuft immer in zerfransten, mit Farbe beschmierten Klamotten rum. Er hat garantiert nicht viel Geld. Oder vielleicht ist gerade das Kunst?

Rosa holt tief Luft und seufzt. Wahrscheinlich ist sie gar nicht gut genug.

Sie beginnt wieder ihren neuen Namen zu zeichnen.

Rose. Bad Rose. Mit viel Farbe und Wölkchen drum herum. Es erinnert ein bisschen an die Graffiti, die man überall in der Stadt sieht.

Rosa setzt sich aufrecht hin. Graffiti. Das ist es!

Wenn sie das machen würde, würden ihre Klassenkameraden sie wegen ihres Muts bewundern, denn Graffiti sprühen ist verboten. Wenn die Polizei einen erwischt, wird man mit Sicherheit ins Gefängnis gesteckt. Rosa bekommt Gänsehaut. Sie sieht sich selbst schon da sitzen, mit zerrissenen Klamotten, Farbklecksen im Gesicht, in einer Ecke der Zelle. Dünn und sehr interessant. Zum Glück hat sie noch eine Sprühdose unter ihrem Pulli versteckt und damit peppt sie jetzt die Zelle auf. Rose lächelt in sich hinein und beginnt zu zeichnen. Bad Rose.

**Von:** Rosa van Dijk [rosavandijk@hotmail.com]
**Gesendet:** Montag, 17. Mai 23:40
**An:** Jonas de Leeuw [jdl@xs22.nl]
**Betreff:** Dichter und Holzklötze

Lieber Joni-Makkaroni,
danke für deine Gedichte und deine Mail, ich hab richtig
gute Laune davon gekriegt. Du wirst bestimmt ein guter
Dichter. Ich denke auch öfter mal ans Sterben, aber nur,
wenn ich mich sehr schlecht und erbärmlich fühle und
wenn meine Mutter und Alexander sauer auf mich sind
(das kommt leider ziemlich häufig vor).
Dann fantasier ich, dass ich bei meiner eigenen Beerdigung aufkreuze, dass ich als eine Art Wolke über dem
Sarg schwebe und dass ich dann sehe, wie furchtbar
traurig die Leute sind und wie sehr es allen leidtut, dass
sie so gemein und unfair zu mir waren. Und dass jeder
sagt, wie hübsch und klug und großartig und besonders
ich war.
Beknackt, was?
Dir kann ich so was ruhig erzählen. Hoffe ich. Letztens
hab ich mich nicht mehr richtig getraut zu schreiben,
was ich alles fühle und denke. Ich dachte, dass du mich
auslachen würdest oder mich dumm finden könntest.
Aber jetzt, wo du erzählt hast, dass du Dichter werden
möchtest, denk ich, dass du mich vielleicht verstehst.
Dichter sind feinfühlige Menschen, nicht solche Holzklötze wie die Menschen, die hier im Haus rumlaufen.
Abelchen gehört natürlich nicht dazu, klar! Er ist so süß,

jaja! Er kann schon stehen, wenn er sich an etwas festhält. Das „etwas" bin meistens ich, aber dann darf ich
mich nicht bewegen, sonst purzelt er hin. Ich lache mich
die ganze Zeit über ihn kaputt. Ich werde ihm Geh-
Unterricht geben.
Ist dein Gedicht über den Tod schon fertig? Ich möchte
es gern lesen!

Grüße von
ROSE!
(So heiße ich zurzeit.)

PS: Ich würde es (glaube ich) nicht schlimm finden, wenn
du dich in jemand anderes verliebst. Du bist und bleibst
einfach meine beste Freundin und ich dein bester
Freund, in Ordnung? Beziehungen sind doch eigentlich
nur dummes Getue. Dass man nur einen Einzigen lieb
haben darf und so. Wenn man vierzehn ist, geht das
doch gar nicht. Nicht dass ich auf jemand anders stehen
würde! Ich habe zwar eine ganze Reihe von Verehrern,
aber ich verehre sie nicht zurück.

## *No fear*

Rosa steht im Schuppen. Hier herrscht ein ziemliches Durcheinander. Alte Fahrräder, ein Roller, Kartons, verrostete Gartengeräte, kaputte Möbel. Eine Ecke des Schuppens ist allerdings perfekt aufgeräumt.

Das ist Alexanders Teil. Die Geräte hängen wohlgeordnet an der Wand, es gibt Regale mit aufgeräumten Kästen voller Schrauben und Nägel. Alexander hasst Unordnung. Seine Werkzeugecke darf niemand außer ihm betreten. Rosa hatte einmal eine Zange ausgeliehen, um ihren Fahrradsattel höher zu stellen, und nicht zurückgebracht. Das gab schon ein kleines Donnerwetter.

Sie öffnet den Schrank mit den Malersachen. Hinter den sorgsam gestapelten Kisten stehen zwei Sprühdosen. „Autolack" steht darauf. Eine Dose mit schwarzer Farbe, eine mit Goldfarbe. Bingo! Rosa nimmt sie raus und stellt die Kisten ordentlich wieder zurück. Sie stopft die Sprühdosen in ihre Schultasche, zieht ihr Fahrrad zwischen den anderen Fahrrädern hervor und fährt zur Schule. Unterwegs betrachtet sie mit großem Interesse die Graffiti, die hier und da auf den Wänden zu sehen sind. Manche sind nicht mehr als ein schluderiges Autogramm, andere sind echte Kunstwerke. Rosa hält an einer Überführung an und schaut mit offenem Mund hoch. NO FEAR! steht dort mit riesigen Buchstaben in prächtigen Regenbogenfarben. Wie um Himmels willen kann da jemand hochkommen? Kopfüber an einem Seil hängend?

Rosa überquert die Schienen. Auf dem Rangierbahnhof stehen Züge, die vollkommen mit Graffiti bedeckt sind. Auf einer langen Mauer steht in prachtvollen Buchstaben vor einem dunkelblauen Sternenhintergrund: THE MAGIC IS IN THE DOING. Es scheinen geheimnisvolle Botschaften zu sein, extra für sie. Und da erst, weiter oben ...

„Tut mir leid, Fräuleinchen, aber du kommst nicht mehr rein. Es ist diese Woche schon das dritte Mal, dass du zu spät bist. Geh und melde dich bei Herrn Hopp."

„Aber ... aber ich kann nichts dafür!", ruft Rosa. „Ich hab mich unterwegs verfranzt, weil ich mir Open-Air-Kunst angeschaut habe und ... und dann stand ich mit dem Fahrrad im Stau und ich ..."

Der Hausmeister grinst. „Nein, ich lass mich nicht erweichen. Aber deine Geschichte ist originell, junge Dame."

Rosa flucht leise vor sich hin. Verdammt, das bedeutet morgen eine Stunde früher in der Schule sein und in den Büschen Müll sammeln. Bei einem Mal zu spät kriegt man eine Viertelstunde, zweimal innerhalb von einer Woche kostet eine halbe Stunde, dreimal eine Stunde plus Mülldienst.

Sie joggt die Treppe hinauf. Als sie oben ankommt, ist ihr schwindelig. Sie hat außer dem Schokoladenpudding heute Früh noch nichts gegessen.

Das Nervige am Diäthalten ist, dass sie die ganze Zeit ans Essen denken muss. Sie grinst. Sie wird einfach auf alle Mauern der Stadt Bilder von riesigen Sahnewindbeuteln und Schokoladentafeln sprühen. Das ist wahrlich originell. Aber dafür braucht sie natürlich andere Farben. Wo bekommt sie die eigentlich? Ob die echten Graffiti-Sprayer alle Autolack benutzen oder doch ganz andere Farbe? Sie muss diese Dosen erst mal ausprobieren. Sie greift nach ihrem Rucksack. Soll sie etwas an die Tür des Direktors sprühen? BAD ROSE zum Beispiel.

Nein, sie weiß was Besseres. „Herr Hopp ist ein großer Flop". Oder ein kleiner, das ist vielleicht noch besser ...

Rosa steht gerade kichernd vor der Tür, als diese plötzlich aufgestoßen wird.

„Soso, wen haben wir denn da, das Fräulein van Dijk. Hast du dich nicht reingetraut? Tja, dafür hast du auch allen Grund ..."

**Von:** Rosa van Dijk [rosavandijk@hotmail.com]
**Gesendet:** Mittwoch, 19. Mai 21:03
**An:** Esther Jacobs [esther@xs42.nl]
**Betreff:** Kunst


Hi, Esi,
mein Leben ist ein einziges Straflager und ich fürchte,
dass es noch schlimmer werden wird.

Morgen muss ich eine Stunde früher in der Schule sein und Müll aufsammeln, weil ich zum dritten Mal zu spät war. Das kam dadurch, dass ich auf dem Weg zur Schule Graffiti angeschaut habe. Wenn man genau hinsieht, entdeckt man allerlei verborgene Botschaften! Sehr interessant. Heute Morgen sah ich:

THE MAGIC IS IN THE DOING
NO FEAR
BE BRAVE
NO MORE LIES

Das passt alles auf mich. Ich möchte keine Angst mehr haben, sondern mutig sein, und das mit den Lügen war eine Warnung. Ich hatte meiner Mutter gesagt, dass ich in der Schule ganz gute Noten kriegen würde, aber sie hat heute Morgen mein Halbjahreszeugnis gefunden, weil sie unbedingt meinen Schrank aufräumen musste. Sie hat sich zu Tode erschreckt und wurde natürlich wütend. Ausnahmsweise waren sie und Alexander sich mal völlig einig. Ich wurde noch nicht zur Todesstrafe verurteilt, hab aber eine lange Strafpredigt zu hören bekommen, die von hier bis Tokio reicht. Dass es so doch wirklich nicht mehr gehe, und was denn eigentlich mit mir los sei, und dass ich undankbar sei und frech und widerspenstig und blablabla …
Morgen geht meine Mutter zu Hopp, dem Flop, unserem Direktor, mit dem ich auch schon ein sehr unangenehmes Gespräch geführt habe.

Ich denke, dass sie mich auf ein Internat schicken werden. Oder ins Jugendgefängnis. Oder sie verfüttern mich an die Krokodile im Zoo.

Nein, mal ernsthaft, was kann man eigentlich wirklich mit „schwierigen" Kindern machen?

Genau, überhaupt nichts! Ja, Hausarrest, aber was, wenn ich mich einfach nicht daran halte? Schlagen ist, soweit ich weiß, heutzutage verboten, und ich bin minderjährig, also kann ich nicht ins Gefängnis.

Ich probe den Aufstand.

Ich mache von jetzt an einfach, was ich will. NO FEAR! BE BRAVE!

Ich werde einen Freiheitskampf führen. Nicht Free Willy, sondern FREE ME. Ich habe keine Lust mehr, das zu machen, was die blöden Erwachsenen mir vorschreiben. Erster Akt des Widerstands wird ein Piercing sein. Ich werde denen schon zeigen, dass ich über mich selbst bestimmen kann. Ich darf mit meinem Körper machen, was ich will.

Ich habe übrigens schon ein halbes Kilo abgenommen, gut, was? Ich habe allerdings aufgehört, die Treppen schnell rauf- und runterzurennen, denn das macht alle ganz verrückt.

Ich habe mir vorgenommen, jeden Morgen vor dem Frühstück mindestens eine Stunde zu joggen. Du siehst, ich lebe nicht nur ungesund. Außerdem habe ich beschlossen, dass mein neues Hobby Graffiti-Sprühen wird. (Das ist übrigens absolut topsecret, also niemandem davon erzählen!)

Ich habe auf sieben Gehwegplatten ROSE gesprüht, um
zu üben. Das ging gut, es war halbwegs lesbar. Danach
bin ich ins Kaufhaus in der Stadt gegangen und wollte
auf die Innenseite der Klotür BAD ROSE sprühen. Allerdings war mittendrin die Farbe alle und deshalb steht
da jetzt nur BAD RO. Das ist ein bisschen blöd. Vielleicht
geh ich bald mal zurück, um es zu Ende zu bringen, gut
getarnt natürlich.

Es war ehrlich gesagt nicht so eine gute Idee, auf dem
Klo zu sprühen, denn die Farbe stinkt natürlich ganz
fürchterlich und man hört in so einem kleinen Raum auch
sehr deutlich Pssssss! Und das ist eindeutig ein anderes
Pssssss als das vom Pinkeln. Ein paar Frauen standen an
und ich habe sie flüstern gehört: „Was ist denn da los?
Ob da eine Drogensüchtige drin ist?" (Als ob die Pssssss
machen würde! Mit einer Spritze, klar!) „Wir müssen
jemanden vom Personal rufen!"

Ich bin natürlich ziemlich in Panik geraten.

Aber Graffiti ist Kunst. Und ich bin eine Künstlerin.

Eine Künstlerin im Geheimen. Rose, Secret Artist. Klingt
gut. Und es ist wichtig, denn man kann Botschaften hin-
terlassen, die die Menschen zum Nachdenken bringen.
Und natürlich einfach die Welt verschönern.

Als ich rauskam, hatte ich die Dose gut in meiner Schultasche versteckt und habe sehr freundlich und unschuldig zu den anständigen Damen gesagt: „Was Sie gehört
haben, war mein Deo. Vielleicht nehmen Sie sich ja ein
Beispiel an mir?" Und dann habe ich bedeutungsvoll die
Nase gerümpft.

BE BRAVE! Danach bin ich nicht mehr ganz so mutig
weggelaufen, denn eine Toilettenfrau mit drohendem
Gesicht nahte, komplett ausgestattet mit rosa Plastik-
handschuhen und mit einer Klobürste wedelnd.
Vielleicht sollte ich mich da lieber nicht mehr blicken
lassen. Ich habe in dem Laden sowieso noch nie was
gekauft, denn ich kriege kaum Taschengeld. Und im
Moment bekomme ich überhaupt keines, als Strafe für
meine Schandtaten. Wenn ich artig bin, bekomme ich
fünf Euro die Woche, aber was kann man da schon von
kaufen? Eine Portion Pommes und eine Cola. Hmmm ...
Pommes. Mir läuft das Wasser im Mund zusammen,
wenn ich daran denke.
Wie geht es dir?

Grüße von ROSE!

Rosa fängt an, ihre Hausaufgaben zu machen. Sie gähnt. Bah,
Geschichte. Das ist so öde! Warum denken die sich nicht was
Spannenderes aus, um Kindern etwas beizubringen? Wie
wäre es zum Beispiel mal mit einem lustigen Film zu jedem
Thema? Oder noch besser: eine Zeitreisemaschine.

„Heute besuchen wir die Ägypter. Nein, Jungs, nicht drän-
geln! Ihr reist ordentlich einer nach dem anderen und ich
sorge dafür, dass ihr mir nicht verloren geht. Und denkt dran:
Edelsteine mitgehen lassen verboten!"

Rosa kichert bei der Vorstellung. Das wäre richtig toll. Sie
hat Hunger. Das Abendbrot heute war wieder ein kulinari-
scher Hochgenuss: Hirse mit Käsesoße mit Klümpchen und

dazu Kürbis. Igitt. Zum Glück war Alexander nicht da und konnte nicht nerven und ihre Mutter war so beschäftigt mit Abel, dass sie nicht gemerkt hat, wie wenig sie gegessen hat. Und kein Nachtisch. Und keine Kekse. Ihr Magen knurrt. Aber sie muss stark sein. Pling! Macht ihr Computer. Post! Esther sitzt also auch am Computer.

**Von:** Esther Jacobs [esther@xs42.nl]
**Gesendet:** Mittwoch, 19. Mai 21:42
**An:** Rosa van Dijk [rosavandijk@hotmail.com]
**Betreff:** BE BRAVE, BE YOURSELF

Hi, Rosinchen,
ich hab mich über deine Mail kaputtgelacht, aber ich muss dir trotzdem was sagen. Ich hoffe, dass du deswegen nicht sauer wirst. Ich weiß nämlich nicht, ob ich die neue Rose wirklich so nett finde. Wenn ich ehrlich bin, kommt es mir vor, als ob du ziemlichen Blödsinn machst.
Warum bleibst du nicht einfach du selbst? Du brauchst dich überhaupt nicht zu verändern. Das hab ich dir ja schon mal gesagt.
Ich fände es viel mutiger, wenn du dich trauen würdest, du selbst zu sein, und dir die Meinung der anderen egal wäre.
Hör auf Oma Esi und lass den Quatsch.

Grüße und Küsse von deiner Freundin aus Den Bosch
Esther

Rosa schaltet ihren Computer aus.

Esther kann ganz schön spießig sein. Eine richtige Oma. Ihr schreibt sie lieber nicht mehr, was sie fühlt und tut. Moralpredigten kriegt sie zu Hause schon genug. Esther versteht sie einfach nicht. Niemand versteht sie. Sie ist ganz total allein.

Rosa kriecht ins Bett und zieht sich die Decke über den Kopf.

## *Nose*

Es dämmert und Rosa radelt einen schmalen Sandweg neben der Bahnlinie entlang. Sie trägt einen viel zu großen schwarzen Pullover von Alexander und ein Baseballcap. Sie ist schon eine halbe Stunde unterwegs und inzwischen weit weg von zu Hause. Rechts liegt eine Neubausiedlung, durch eine Reihe hoher Sträucher vom Weg getrennt. In Rosas Bauch kribbelt es vor Aufregung.

In ihrem Rucksack klappern zwei Spraydosen. Eine mit hellblauer Farbe, eine mit leuchtend grüner. Ihre Lieblingsfarben. Sie hat sie von dem Geld gekauft, das sie aus Alexanders Portmonee geklaut hat. Selbst schuld, der Geizkragen, denn in den nächsten achtzig Jahren kriegt sie kein Taschengeld.

Sie hat ihre Kopfhörer auf, die Musik dröhnend laut an, und sie ist auf der Suche nach einem passenden Platz zum Sprühen. Sie hat einen schönen Entwurf gemacht für BAD ROSE!

An der Bahnstrecke entlang stehen Stromkästen, die sind sehr praktisch. Man kann sie vom Zug aus sehen und sie sind schön glatt. Aber leider sind sie auch schon alle vollgesprüht.

Rosa steigt neben einem Kasten ab. Sie ist müde und hat keine Lust mehr weiterzufahren.

Sie betrachtet den Schriftzug, der daraufgesprüht ist. Er sieht gut aus, schöne Form und klasse Farben. NOSE! entziffert sie mit viel Mühe.

Sie zweifelt. Was soll sie tun? Nach Hause zurückgehen? Dafür ist sie nicht so weit gefahren.

Sie blickt sich um. Der Stromkasten ist nicht gut einsehbar, weil er hinter einer Reihe von Bäumen liegt. Die Straße weiter oben ist verlassen. Sie kann natürlich versuchen, einfach über die Zeichnung zu sprühen …

Rosa stellt ihren Rucksack auf den Boden, legt ihr Fahrrad in die Büsche und sprüht mit der grünen Spraydose. Sie weiß genau, wie sie es machen muss, denn sie hat das Motiv schon eine Million Mal zu Hause auf dem Papier geübt. Zuerst die Außenlinien eines großen eleganten R.

Sie hat befürchtet, dass es schwierig sein würde, im Dunkeln zu sprühen, aber glücklicherweise steht eine Laterne in der Nähe. Etwas brenzlig natürlich, denn so kann sie zwar den Kasten gut erkennen, aber ist auch selbst für jeden gut sichtbar. Hoffentlich kommt niemand vorbei! Aber schon bald vergisst Rosa jegliche Vorsicht. Sie geht völlig in ihrem Kunstwerk auf und in der Musik aus ihren Kopfhörern.

Über NOSE hinwegzusprühen ist gar nicht schwer. Ihr Name wird viel schöner.

Morgen können alle Leute …

Rosa bleibt fast das Herz stehen, als plötzlich ohne Vorwarnung ein Zug vorbeirast. Sie fällt vor Schreck gegen den Stromkasten. Nach ein paar Sekunden ist der Zug weg und sie rappelt sich wieder auf, mit wackligen Beinen und klopfendem Herzen. Vielleicht ist es doch vernünftiger die Musik auszumachen. Rosa atmet ein paarmal tief ein, damit sie aufhört zu zittern. Wenn sie gerade ein paar Schritte zurückgegangen wäre, um ihr Werk zu betrachten, hätte sie unter dem Zug gelegen.

Auf einmal wird sie hart am Arm gepackt. Rosa schreit laut auf. Sie dreht sich um und versucht, ihren Arm loszureißen, aber der Griff ist bombenfest.

Ihr gegenüber steht ein Junge. Er hat sich eine dunkelblaue Mütze tief in die Stirn gezogen und ist ungefähr genauso groß wie sie selbst. Seine dunklen Augen blitzen wütend. Das Auffallendste an seinem Gesicht ist seine recht große Nase.

Der Typ zeigt auf den Stromkasten. Dort steht nun ROSE.

„Was zum Teufel machst du hier?"

„Lass mich los! Du tust mir weh!"

Überrascht lässt er sie los. „Du bist ein Mädchen!"

„Ja, und? Dürfen die vielleicht keine Graffiti sprühen?"

Der Junge macht einen Schritt nach hinten und holt eine Packung Zigaretten aus seiner Jackentasche. Er steckt sich eine an und betrachtet Rosa abschätzig. „Na ja, man trifft nicht oft eins. Aber ich hab es schon kapiert. Anfängerin. Das ist dein Glück, Kleine. Niemand sprüht ungestraft über Nose hinweg. Das erste Mal, oder?"

„Wieso Glück? Was laberst du denn da? Ich mache weiter, und zwar solange es mir Spaß macht", antwortet Rosa mit

rauer Stimme. Sie geht fast in die Knie vor lauter Nervosität.
Sie muss hier weg, schnell. Wer weiß, was der Typ mit ihr vor-
hat. Er ist zwar nicht größer als sie, aber seinen kräftigen
Schultern und Armen nach zu urteilen auf jeden Fall stärker.

Ein Auto fährt vorbei. Eilig stopft sie die Sprühdosen in
ihren Rucksack und läuft zu ihrem Fahrrad.

„Moment, Moment, so einfach geht das nicht."

„Und ob", sagt Rosa. „Du hast mir gar nichts zu sagen.
Ich bin weg. Basta." Sie ist verblüfft, dass ihr die Worte so
leicht über die Lippen kommen.

„Vergiss es!" Der Typ läuft ihr nach und packt sie an den
Schultern. „Weißt du eigentlich, von wem das Kunstwerk ist,
das du beschmiert hast?"

„Welches Kunstwerk? Ich sehe hier nur ein Kunstwerk und
zwar meins."

„Verdammt! Du hast meins zerstört! Und weißt du eigentlich, wie gefährlich es hier ist? Hier in der Gegend treiben sich
eine Menge Chaoten rum, denen Mädchen wie du gerade
recht kommen. Und wenn die Polizei dich in die Finger kriegt,
dann gute Nacht."

„Pff, ich hab keine Angst. Und schon gar nicht vor dir."
Rosa reißt sich los und zieht ihr Fahrrad aus den Sträuchern.

„Ich an deiner Stelle würde hier in Zukunft abends nicht
wieder herkommen. Viel zu riskant. Und Graffiti sind nichts
für Weiber."

Rosa setzt ihren Rucksack auf und springt auf ihr Fahrrad.

Der Junge gibt sich keine Mühe mehr sie aufzuhalten.

Ihr Herz klopft bis zum Hals. Sie hat ganz schön Angst,
aber sie lässt es sich nicht anmerken.

„Wenn ich dich noch einmal erwische, dann ...", sagt der
Junge drohend und streckt seine Faust aus.

Rosa tritt so schnell in die Pedale, wie sie kann. Als sie ein
ganzes Stück weg und in Sicherheit ist, ruft sie über die Schulter: „Tschüss, Gonzo. Vor dir habe ich echt keine Angst!"

**Von:** Rosa van Dijk [rosavandijk@hotmail.com]
**Gesendet:** Donnerstag, 20. Mai 19:02
**An:** Rosa van Dijk [rosavandijk@hotmail.com]
**Betreff:** Me-Mail

Liebe Rose,
ich finde, dass du in dem Gespräch mit Hopp, dem Flop,
und deiner Mutter ziemlich stur warst. Es war vernünftig, einfach den Mund zu halten. Es war nicht vernünftig,
dich zu weigern, die Kopfhörer abzusetzen. Sie waren
wirklich sauer deshalb. Mir war ganz schön komisch
zumute.
Ich weiß auch nicht, ob es so schlau ist, noch mal für
Spraydosen Geld zu klauen. Stell dir vor, dass Affenarsch
es merkt. Und glaubst du nicht, dass so ein Piercing
furchtbar wehtut?
Der Urwald auf deinen Beinen fängt wieder an zu wachsen. Jetzt sieht es aus wie ein Stoppelfeld! Rasier bitte
um den Schorf herum, sonst gibt es wieder ein Blutbad.
Tust du noch was für die Klassenarbeit morgen?

Grüße von Rosa

PS: Ich hab noch mal drüber nachgedacht: Findest du nicht, dass Esther ein bisschen Recht hat mit dem, was sie schreibt?


**Von:** Rosa van Dijk [rosavandijk@hotmail.com]
**Gesendet:** Donnerstag, 20. Mai 19:24
**An:** Rosa van Dijk [rosavandijk@hotmail.com]
**Betreff:** Me-Mail

Hallo, Rosa,
du bist echt ein ganz schönes Weichei. BE BRAVE!
Erinnerst du dich?
Esther kapiert überhaupt nichts. Sie ist eine kleine Heilige.
Lass die großen Leute mal ruhig wütend werden. Die sind doch selber schuld! Sollen sie eben nicht so herrschsüchtig sein und die ganze Zeit so desinteressiert tun.
Alexander ist so gemein und unehrlich, dass ihm zur Strafe ruhig ein bisschen Geld fehlen kann. Er ist furchtbar reich und ich kriege nie was.
Für die Arbeit kann ich morgen Früh auch noch lernen.
Sei stark und lass dich nicht unterkriegen! Von niemandem, hast du gehört?
FREE ME!

Rose

**Von:** Rosa van Dijk [rosavandijk@hotmail.com]
**Gesendet:** Donnerstag, 20. Mai 20:30
**An:** Rosa van Dijk [rosavandijk@hotmail.com]
**Betreff:** Me-Mail

Hi, Rose,
du glaubst nicht, was ich im Internet alles über Piercings
gefunden habe. Nicht zu fassen, wo sich die Leute
so piercen lassen. Iiihhh! Manche Menschen sind echt
wandelnde Eisenwarenläden. Ich kapier nicht, wie
die auf dem Flugplatz durch die Sicherheitskontrolle
kommen. Und wenn ich ganz ehrlich bin: Ich hab keine
Ahnung, ob ich mich wirklich piercen lassen soll. Ich
finde es unheimlich. Das gibt bestimmt ein Blutbad.

Rosa


**Von:** Rosa van Dijk [rosavandijk@hotmail.com]
**Gesendet:** Donnerstag, 20. Mai 20:42
**An:** Rosa van Dijk [rosavandijk@hotmail.com]
**Betreff:** Me-Mail

Hi, Weichei,
stell dich nicht so an. An einem Ring durch die Augenbrauen ist noch niemand gestorben. Du musst für dein
neues Image schon was wagen.

Rose

## *Ein Pier-Piercing*

Rosa ist schon dreimal am Tattoo- und Piercingstudio vorbeigelaufen. Sie hat Puddingknie und Bauchschmerzen vor Nervosität. Der Laden sieht Angst einflößend aus, mit Fotos von Piercings an den seltsamsten Stellen. Manche noch schauriger als die, die sie im Internet gesehen hat. Sie hat auch nicht die leiseste Ahnung, was ein Piercing überhaupt kostet. In ihrer Tasche hat sie einen Zwanzigeuroschein. Auch von Alexander geklaut. Sie fühlt sich ziemlich schuldig. Zwanzig Euro sind furchtbar viel. Dann schiebt sie das Gefühl beherzt zur Seite. Soll er ihr eben nicht das Taschengeld streichen!

Rosa steht wieder an ihrem Fahrrad und rüttelt am Schloss. Sie sollte lieber nach Hause gehen.

Los jetzt, Rosa, erklingt Rose' Stimme in ihrem Kopf. Dies wird die erste Tat in deinem Freiheitskampf. Du bist doch kein Weichei! Du willst dich doch verändern! Wie war das? THE MAGIC IS IN THE DOING. Nicht denken, handeln!

Rosa holt tief Luft und geht in den kleinen Laden.

Hinter dem Tresen steht ein großer, dünner Typ. Er ist in ein Gespräch mit einem hellblonden, schlanken Mädchen vertieft. Sie schauen sich zusammen Fotos in einer Mappe an. Der Junge hat knapp über seinem Kinn einen Stecker und in seiner Unterlippe trägt er einen Ring mit einem blauen Stein. Auch zwischen seinen Augenbrauen hat er ein Piercing. Seine dünnen Arme sind voller Tattoos. Rosa schaut ihn mit offenem Mund an. Der Typ ist eine wandelnde Reklametafel für seinen Laden. Bestimmt hat er unter seinem T-Shirt noch viel mehr Tattoos!

Dann betrachtet sie das Mädchen. Es trägt ein bauchfreies schwarzes Top und über seinem Nabel glitzert ein Stein. Schön! In einem Nasenflügel blinkt auch etwas und auf dem Schulterblatt entdeckt Rosa ein kleines Tattoo. Sie geht einen Schritt näher an das Mädchen heran, um es besser sehen zu können. Es ist eine Rose. Wow! Das ist irre. Das wäre etwas für sie. Und vielleicht ist es auch ein gutes Zeichen.

„Kann ich dir helfen?", fragt der Typ hinterm Tresen und grinst. Zwischen seinen Vorderzähnen blinkt ein Glitzerstein.

Rosa nimmt ihren ganzen Mut zusammen und stammelt: „Ich ... ich möchte ein Pier-Piercing."

Der Junge mustert sie von oben bis unten. „Ein Pier-Piercing? Wie alt bist du?"

„Fünfzehn", lügt Rosa. Sie fühlt, wie ihr Gesicht rot anläuft.

„Dann brauchst du eine Einverständniserklärung deiner Eltern. Tut mir leid, du bist noch zu jung."

„Ich habe die Erlaubnis meiner Mutter!"

Der Junge schüttelt den Kopf.

„Ich darf wirklich. Ich möchte doch nur ein Piercing durch eine Augenbraue."

„Nee, sorry, Kleine, aber ich will kein Theater. Bring das nächste Mal Papa und Mama mit, dann sehen wir, was sich machen lässt."

„Ach komm, Joop, tu doch nicht so streng", sagt das Mädchen und zwinkert Rosa freundlich zu.

Hoffnungsvoll stellt sich Rosa gerade hin und schaut den Jungen bittend an.

Jetzt ist sie schon so weit gekommen und es klappt trotzdem nicht!

Aber wieder schüttelt der Junge den Kopf.

Rosa lässt die Schultern fallen und geht zur Tür.

„Warte", sagt das Mädchen. Sie zieht Rosa am Arm zur Schmuckauslage. „Ich weiß was. Ist das nichts für dich?"

„Rosa! Was um Himmels willen hast du getan?"

„Was meinst du?", fragt Rosa unschuldig.

Ihre Mutter zeigt mit weit aufgerissenen Augen und voller Grauen auf ihre Augenbrauen: „Das Ding in deiner Augenbraue!"

Rosa fasst lässig an den Ring. „Oh … das … irre, was?"

Aus den Ohren ihrer Mutter kommt Rauch und ihre Augen sprühen Feuer. Sie schüttelt Rosa heftig. „Ein Piercing! Bist du jetzt völlig durchgeknallt? Ich hab dir doch schon oft genug gesagt, dass ich so was nicht haben will!"

Alexander kommt in die Küche und fummelt an seiner schiefen Krawatte herum. „Was ist denn jetzt schon wieder los, hast du wieder …" Er stoppt mitten im Satz.

Rosa reckt ihr Kinn in die Luft und stemmt die Hände in die Hüften.

„Was ist das jetzt! Ein Piercing!", brüllt Alexander.

„Ich hab noch zwischen einem Knochen durch meine Nase und einer Kuhglocke geschwankt, aber das hier fand ich dann doch schöner", sagt Rosa mit unschuldiger Stimme. „Gefällt es dir?"

„Gefallen? Wovon redest du? Was ist bloß in dich gefahren, Rosa! Wir haben dir ganz deutlich gesagt, dass du so was nicht darfst. Nimm das Ding sofort raus!"

„Rosa, tu was Alexander sagt und nimm jetzt das abscheuliche Ding raus!", schreit ihre Mutter mit sich überschlagender Stimme.

„Und was passiert, wenn ich es nicht tue?", sagt Rosa und schaut wütend zu Alexander. „Haust du mir dann wieder eine runter, du Kinderschänder?"

Alexander wird bleich. Ihre Mutter stellt sich zwischen sie. „Rosa, halt deinen Mund, mach das Ding raus und geh in dein Zimmer."

„Hallo, es ist acht Uhr, ich muss in die Schule."

Rosa nimmt ihren Rucksack und geht zur Tür.

Alexander stürmt hinter ihr her und hält sie fest. „Ich möchte nicht, dass du so mit deiner Mutter sprichst. Nimm das Piercing raus, sonst …"

Rosa reißt sich los und wirft ihren Rucksack auf den Boden. „Okay! Es soll raus? Und jetzt sofort? Dann pass mal auf!" Sie greift nach dem Ring und zieht kräftig daran.

**Von:** Rosa van Dijk [rosavandijk@hotmail.com]
**Gesendet:** Montag, 24. Mai 22:23
**An:** Rosa van Dijk [rosavandijk@hotmail.com]
**Betreff:** Me-Mail

Hi, Rosa,
das war ein guter Witz mit diesem falschen Ring. Mama
wurde vor Schreck beinahe ohnmächtig. Affenarsch war
grün um die Nase.
Morgen musst du ihn in die Nase machen. Und übermor-
gen in deine Unterlippe. Kannst du gleich mal sehen, wie
dir das steht.
Es lebe der Freiheitskampf.
FREE ME!
NO FEAR!
Musstest du dir den Bauch wieder so vollschlagen?
Konntest dich wieder nicht beherrschen, was? Erst den
ganzen Tags nichts essen und dann heimlich fünf Brote
hintereinander, dick mit Butter und Nutella bestrichen!
Das ist doch nicht normal. Schwächling! Fettsack!
Miss Piggy! Das muss echt aufhören. Statt gertenschlank
zu werden, wirst du dick und fett von deiner sogenann-
ten Diät. Außerdem brauchen wir Geld für neue Farbe.
Sollen wir wieder ein paar Noses übersprühen?
Ich hab zwei in der Nähe der Schienen gesehen.

Grüße von Rose

**Von:** Rosa van Dijk [rosavandijk@hotmail.com]
**Gesendet:** Montag, 24. Mai 22:55
**An:** Rosa van Dijk [rosavandijk@hotmail.com]
**Betreff:** Me-Mail

Hi, Rose,
tja, dieser Witz hat mir wieder mal Stubenarrest und
Taschengeldentzug eingebracht. Alles zusammengerech-
net habe ich wahrscheinlich Stubenarrest bis ich fünfundsechzig bin und kriege erst wieder mit dreiundacht-
zig Taschengeld. Ich kann es mir nicht mehr merken.
Eigentlich fühle ich mich richtig beschissen. Ich bin
unverschämt und gemein und das will ich eigentlich
überhaupt nicht sein. Mama wurde fast ohnmächtig, weil
sie wirklich dachte, ich reiße meine Augenbraue kaputt.
Ich möchte einfach nur, dass sie mir zuhört und dass sie
mich respektiert. Und dass ich machen kann, was ich
will. Mama weiß meiner Meinung nach nicht mehr, was
sie mit mir anfangen soll, und das finde ich ziemlich
erbärmlich.
Wenn ich Mutter wäre, würde ich mit meiner Tochter
ganz anders umgehen. In einer Zeitschrift habe ich einen
Artikel über Kindererziehung gelesen und darin standen
jede Menge kluge Sachen, finde ich.

**Survival-Tipps für Eltern von Jugendlichen**
1. Hören Sie sich in Ruhe an, was Ihr Kind zu sagen hat.
Unterbrechen Sie es nicht.
2. Fragen Sie, wie es sich fühlt.

3. Werden Sie nicht sofort wütend und beginnen Sie nicht gleich zu schimpfen.

4. Nehmen Sie die Wünsche Ihres Kindes ernst!

5. Bestrafen nützt nichts, reden schon.

6. Geben Sie ihrem Kind genug Freiheiten. Zeigen Sie deutlich, dass Sie ihm vertrauen.

7. Geben Sie ihm so viel Taschengeld, wie es braucht.

8. Und genügend Kleidergeld.

9. Und viel Anerkennung und Liebe.

(Die letzten drei habe ich mir übrigens selbst ausgedacht!)


Ich hoffe natürlich, dass Mama das auch gelesen hat. Aber ich traue mich nicht, ihr den Artikel einfach so unter die Nase zu halten. Ich habe Angst, dass sie es nicht begreift und böse wird.

Ich will eigentlich auch kein Geld mehr klauen. Ich will kein Dieb sein. Und ich will auch keinen Ärger mit diesem Nose haben. Er hat sich zwar echt fies verhalten, aber er sah eigentlich ganz nett aus.

Aber ich will Graffiti sprühen!

Ich habe in der Tat ein halbes Kilo zugenommen, anstatt abzunehmen. Hilfe, meine Diät macht mich dick! Ich kann nichts dagegen machen. Wenn ich so wenig esse, werde ich zittrig und kann an nichts anderes mehr denken als an leckere Sachen.

So wie Toast mit dick Butter und Nutella drauf. Was für ein Mist. Wie soll das enden? Jetzt fühle ich mich wieder dick und fett und schlabberig. Ich hasse mich selbst.

Und du musst mit diesem sturen Getue aufhören, Rose.
Ich möchte zwar anders werden, aber nicht jemand, den
ich nicht mag.

Verzweifelte Rosa


**Von:** Rosa van Dijk [rosavandijk@hotmail.com]
**Gesendet:** Montag, 24. Mai 23:14
**An:** Rosa van Dijk [rosavandijk@hotmail.com]
**Betreff:** Me-Mail

Du bist ein FETTES, SCHLAPPES WEICHEI!
Very bad Rose

## *Noch mehr Zoff*

„Rosa, jetzt hör endlich mal auf mit diesen Verrücktheiten! Du willst doch nicht wirklich so in die Schule?"

„Warum nicht?"

„Weil du aussiehst wie eine wahnsinnig gewordene Kuh."

„Na, herzlichen Dank. Und wessen Tochter bin ich?"

Ihre Mutter sieht sie verzweifelt an. „Rosa, was soll ich mit dir machen? Warum bist du so?"

Sie sitzen zusammen in der großen Küche und ihre Mutter hat Abelchen auf dem Schoß. Über ihrer Schulter liegt ein Geschirrtuch und sie hält das Baby ein Stück von sich weg, weil sie ein Kostüm für die Arbeit anhat. Sie sieht schön aus, nur müde, findet Rosa. Aber sie sagt es nicht.

„Du sollst mir einfach nicht so viel verbieten."

„Aber du willst auch so merkwürdige Dinge."

„Das findest du. Aber ich bin nicht du. Ich möchte Geld für Klamotten. Ich möchte selbst entscheiden, was ich trage und wie ich aussehe."

Ihre Mutter schreit auf. Abel wischt gerade seinen Mund, der gelb ist von seinem Früchtebrei, an ihrer weißen Bluse ab. Sie springt auf und gibt Abelchen Rosa. Hektisch läuft sie zum Wasserhahn, um den Fleck auszuwaschen. „Auf keinen Fall. Du kriegst erst Kleidergeld, wenn du sechzehn bist und nicht früher. Du würdest doch nur Süßkram davon kaufen. Oder Schund."

„Du tust so, als ob ich ein kleines Kind wäre! Ich bin vierzehn. Jeder in meiner Klasse bekommt Kleidergeld!" Rosa fühlt, wie Verzweiflung und Wut wieder in ihr aufsteigen. Da versucht sie einmal, ruhig und freundlich zu bleiben, und dann klappt es nicht.

„Du bist so unpraktisch, Rosa. Du kommst garantiert mit Sachen nach Hause, die nicht passen, und mit Kleidern in schlechter Qualität und …"

„Du hast einfach kein Vertrauen zu mir", schreit Rosa mit Tränen in den Augen. „Du behandelst mich wie ein kleines Kind! Und du fragst nie, warum ich etwas will! Es interessiert dich nicht die Bohne!"

Doch praktisch, so eine Liste.

Abelchens Unterlippe beginnt zu zittern.

Rosa sieht es und drückt ihn an sich. „Tut mir leid, Abeldibabel. Ich bin nicht böse auf dich, hörst du!"

Ihre Mutter läuft eilig aus der Küche und ruft: „Wo ist jetzt diese Mappe mit meinen Aufzeichnungen? Ich bin schon furchtbar spät!"

Rosa holt tief Luft. Rose, nimm dich zusammen. Beherrsch dich. Nicht wieder schreien. „Ist unser Gespräch damit zu Ende?", fragt Rosa so ruhig, wie sie kann.

„Welches Gespräch?"

„Über das Kleidergeld! Siehst du, du hörst mir nicht mal zu. Dabei ist es furchtbar wichtig!"

„Es ist wichtiger, dass ich rechtzeitig bei meiner Besprechung bin. Tut mir leid, Rosa. Ich muss mich beeilen!" Und schon ist ihre Mutter weg.

**Von:** Jonas de Leeuw [jdl@xs22.nl]
**Gesendet:** Dienstag, 25. Mai 19:02
**An:** Rosa van Dijk [rosavandijk@hotmail.com]
**Betreff:** Der tote Tod

'tschuldige, dass ich erst jetzt zurückschreibe. Ich hatte drei Klassenarbeiten hintereinander. Und ich musste dichten.
Ich finde es ziemlich verrückt, dass du nun auf einmal anders heißt. Für mich bleibst du einfach Rosa, klar? Stell dir mal vor, dass ich mich auf einmal Jone nennen würde. Obwohl ... klingt doch ganz stilvoll. Eigentlich ein ziemlich guter Name für einen Dichter.
Mein Gedicht über den Tod ist fertig. Ich kann nichts mehr daran machen, aber durch diesen toten Dichter muss ich ständig über den Tod nachdenken.
Glaubst du, dass es so was wie Wiedergeburt gibt? Ich frage mich schon manchmal, wo man war, bevor man geboren wurde, und wohin man geht, wenn man tot ist. Und ob man dann noch mal neu geboren wird. Es kann doch eigentlich nicht sein, dass man einfach so da ist und dann nie mehr? Und warum ist man ausgerechnet der,

der man ist? Einfach nur zufällig? Und warum bin ich dann zufällig ich? Und nicht Brad Pitt? Oder Bill Gates? Vielleicht erinnert sich Abelchen ja noch daran, wo er herkommt, der ist ja gerade erst gekommen. Aber der kann es uns leider nicht erzählen. Haben sie wirklich praktisch geregelt! Ich glaube, dass ich später Philosoph werde.

*Wo kommen wir her?*
*Und was ist unser Ziel?*
*Frag das nicht mich,*
*denn ich weiß gar nicht viel.*

Gut, was? Das ist einfach so aus der Tastatur gepurzelt. Ich weiß übrigens doch ganz schön viel, das war nur wegen des Reimes. Ich denke, dass ich ein Naturtalent bin.
So, und hier kommt jetzt das Tod-Gedicht:

*Das Rätsel*

*Das Schiff fährt fort*
*wie der Tod in der Nacht.*
*Ist da wohl jemand,*
*der dort wacht?*
*Gibt es Zukunft?*
*Bleibt was hier?*
*Oder ist es für immer vorbei mit mir?*

Schön, oder? Vor allem das mit dem Schiff. Ich sehe es
genau vor mir.
Ich bin richtig stolz auf mich. Vielleicht schick ich es
sogar an einen Verlag. Oder an eine Zeitschrift. Ja, das
ist eine gute Idee.
Für eine Gedichtsammlung brauche ich natürlich noch
mehr.
Ich mach mich gleich an die Arbeit.
Weißt du noch Themen?


Grüße von Jone (Dichter-Philosoph 1991–...)


**Von:** Rosa van Dijk [rosavandijk@hotmail.com]
**Gesendet:** Dienstag, 25. Mai 19:59
**An:** Jonas de Leeuw [jdl@xs22.nl]
**Betreff:** Krakerlake


Ich finde deine Gedichte echt total schön. Ich würde sie
gerne alle lesen, wenn ich darf.
Ich glaube nicht an Wiedergeburt. Vor allem, weil meine
Mutter daran glaubt. Wie ich das sehe, hängt das mit
dem Öko-Essen zusammen. Sie glaubt sicher, dass sie,
wenn sie Fleisch isst, nach ihrem Tod als armseliges
Ferkel auf einer Biofarm wiedergeboren wird. Oder wenn
man sich schlecht benimmt als Kakerlake und dann:
kraaaak!, tritt jemand auf dich drauf und dann ist man
eine Krakerlake. Sie sagt immer: Man bekommt, was
man verdient.

Uff, puh, he! Ich verdiene also eine nervige Mutter und sie ein schwieriges Kind.

Ich finde Wiedergeburt unheimlich.

Ganz was anderes: Ich habe ein paar Fragen an dich, die auch mit dem Leben zu tun haben (wehe, du lachst!):

1. Findest du mich zu dick?
2. Wie stehst du zu Piercings?
3. Was hältst du von Graffiti?

Grüße von
Rose

# *Karien*

„Miss Piggy wird eingebildet!"

„Sie fühlt sich zu gut für uns."

„Grunz, grunz."

Rosa tut, als ob sie völlig in ein Buch vertieft sei, aber durch die Tränen in ihren Augen kann sie kaum entziffern, was dort steht. Blöde Weiber, merken die denn nicht, dass sie gar nicht eingebildet ist, sondern furchtbar unsicher?

„Hey, Rosa, wie geht's?"

Rosa schreckt hoch, sie hat Karien überhaupt nicht kommen sehen.

„Du stehst hier so allein."

Rosa zuckt mit den Schultern. „Ich gucke gerade noch mal Französisch durch. Ich hab nicht gelernt."

Karien zeigt mit dem Kopf zu den Mädchen, die eifrig flüstern und in ihre Richtung starren. „Du darfst die nicht weiter beachten. Je heftiger du reagierst, desto lustiger finden sie es."

Rosa räuspert sich. „Das macht mir nichts aus. Sollen die doch."

„Hast du vielleicht Lust, heute Mittag mit mir in die Stadt zu gehen?"

Rosa schaut überrascht auf. Karien fragt sie, ob sie mitmöchte? „Hm, ja, okay", sagt sie so gleichgültig wie möglich. „Um was zu tun?"

„Ich muss ein paar Klamotten kaufen. Und Pommes essen oder so."

Rosas Magen knurrt. Pommes ... Wenn sie mitgeht, kann sie der Versuchung sicher nicht widerstehen. Aber ... dies ist das erste Mal, dass Karien fragt, ob sie mitwill.

Rosa nickt zögernd. „Einverstanden, ich komm mit."

Rosa bemerkt, dass Karien sie mit einem mitleidigen Blick bedenkt, bevor sie weggeht. Oder kommt ihr das nur so vor?

Dann hört sie im Kopf Esthers Stimme: Denk positiv!

Rosa richtet sich auf und flüstert: „Ich bin furchtbar lustig, nett und hübsch und darum hat mich Karien gefragt."


„Findest du, dass mir das steht?"

Rosa und Karien stehen zusammen in der Umkleidekabine. Karien hat ein kurzes, blau-weiß gestreiftes Top an. Darunter einen süßen BH mit Blümchen. Rosa schämt sich. Sie trägt noch nicht mal einen BH. Laut ihrer Mutter ist das nicht nötig. Aber sie traut sich auch nicht mehr, enge T-Shirts anzuziehen.

Karien hat ein Piercing, entdeckt sie. Einen kleinen goldenen Ring durch ihren Bauchnabel. Und einen perfekten flachen braunen Bauch.

Rosa wird rot. „Sieht cool aus."

„Warum probierst du nicht auch was an? Das hier zum Beispiel steht dir bestimmt super."

Karien hat einen ganzen Stapel Tops mit in die Umkleidekabine genommen.

Rosa wühlt verlegen in ihren Locken. „Ach nein, das passt mir nicht."

„Doch, bestimmt, zieh es einfach mal über."

„Und ich hab zurzeit außerdem nicht genug Geld für neue Klamotten."

„Wer sagt denn eigentlich, dass man dafür Geld braucht?", flüstert Karien und macht eine bedeutungsvolle Geste.

Rosa bekommt einen Schreck. „Was meinst du? Meinst du, dass …"

Karien nickt mit einem strahlenden Lächeln im Gesicht. Sie nimmt eine Schere aus ihrem Etui. „Nur ein kleiner Schnitt und weg ist das Sicherungsding. Und das kleine Loch näht man einfach zu. Davon sieht man nichts mehr."

Rosa bricht der Schweiß aus. Sie soll Klamotten klauen? Und wenn man erwischt wird … Sie schaut sehnsüchtig auf das Oberteil. Es ist wirklich sehr süß – und teuer.

„Zieh es doch mal an", sagt Karien. „Oder hast du etwa Schiss?"

Rosa schluckt. Wenn sie nicht mitmacht, ist sie dann bei Karien unten durch?

Stell dich nicht so an, sagt die Stimme von Rose in ihrem Kopf. Es ist eine Ehre, dass sie deine Freundin sein möchte. Und außerdem kaufen dir deine Eltern dieses Teil nie im Leben! Los jetzt, Pappnase! Sei nicht so ein Schisser!

Aber dann bin ich eine Ladendiebin, antwortet Rosas leise Stimme. Und stell dir vor, sie erwischen uns!

Puh!, hört sie da Rose' Stimme protestieren. Du nimmst doch auch Geld von Alexander. Wo ist der Unterschied? Wer möchtest du sein? Die dumme Rosa, die nichts macht und sich nichts traut, oder die coole, starke Rose, Kariens Freundin, die von jedem bewundert wird?

Karien wedelt mit ihrer Hand vor Rosas Augen und sagt leise: „Hallo? Ist jemand zu Hause? Du stehst rum wie ein Zombie. Hast du ein Problem damit?" Sie schaut Rosa argwöhnisch an.

Rosa lacht. „Ach Quatsch, natürlich nicht. Gib mir mal das Oberteil." Sie dreht sich um, zieht blitzschnell ihren Pulli aus und das Top an.

„Siehst du, steht dir super!", sagt Karien begeistert.

Rosa wird rot und zieht ihren Bauch so weit ein, dass sie beinahe keine Luft mehr kriegt. „Findest du nicht, dass ich dafür zu dick bin?", fragt sie unsicher.

„Quark, wie kommst du denn darauf? Gib her." Bevor Rosa etwas sagen kann, hat Karien schon einen Schnitt in den Saum des Oberteils gemacht und das Sicherungsetikett geht ab. „Los, mach schon, Klamotten drüber und weg sind wir", flüstert sie. „Hier, zieh meins auch schnell noch drüber. Unter deinem weiten Sweatshirt sieht man das ja nicht. Bei mir fällt es zu sehr auf."

Rosa spürt einen Stich in der Magengegend. Das ist also der Grund, weshalb Karien sie dabeihaben wollte.

Karien hält ihr das Top unter die Nase. „Was ist denn nun?" Sie lacht freundlich.

Nein, das ist bestimmt nicht so. Positiv denken. Schnell zieht Rosa das zweite Oberteil an und ihr Sweatshirt darüber.

Ganz in Ruhe hängt Karien die anderen Tops zurück und geht langsam nach draußen. Rosa folgt ihr mit zitternden Knien.

„Ein Kinderspiel", sagt Karien strahlend. „Die zwei Teile tun denen gar nicht weh. Der Laden macht doch ein Schweinegeld mit seinen Klamotten. Auf geht's, höchste Zeit für was Leckeres."

„Machst du das öfter?", fragt Rosa.

„Hmmm ... regelmäßig. Wenn ich etwas sehr Schönes sehe. Von dem bisschen Kohle, die ich kriege, kann ich solche Sachen nicht bezahlen."

„Und was erzählst du dann deinen Eltern?"

„Dass ich es geliehen habe. Oder geschenkt gekriegt. Und du?" Karien schaut Rosa von der Seite an.

„Was meinst du?"

„Du willst mir doch nicht erzählen, dass du noch nie was geklaut hast, oder?"

„Nein ... na ja. Ich nehme ab und zu Geld von meinem Stiefvater. Mein Taschengeld ist für die nächsten vierzig Jahre gestrichen, weil ich in letzter Zeit alles falsch mache."

„Pff, Eltern! Ihr Wille ist Gesetz und wir haben nichts zu melden. Sie kapieren einfach nicht, dass wir auch eine eigene Meinung haben." Karien hakt sich bei Rosa ein. Rosa fühlt sich gar nicht wohl. Scheu blickt sie sich um, ob ihnen auch niemand folgt.

Eine Gruppe Jungs läuft vorbei. Einer davon pfeift ihnen nach. Rosa sieht, dass ihre Blicke zwischen Karien und ihr hin- und hergehen, um dann doch bei Karien hängen zu bleiben.

Karien bemerkt es auch. Sie streckt ihre Brust raus und lacht ziemlich laut. Rosa weiß auf einmal nicht mehr, ob sie eigentlich wirklich so gern mit ihr befreundet sein möchte. Aber Karien ist beliebt und das ist schon viel wert. Und macht es denn einen Unterschied, ob sie zu Hause ab und zu Geld mitgehen lässt oder Klamotten in einem Laden?

In der Pommesbude hängen vier Jungen an der Theke. Karien kennt sie offensichtlich, denn sie fängt gleich begeistert an, sich mit ihnen zu unterhalten.

„Einmal Pommes mit Majo", sagt sie zu dem Mädchen hinter der Theke. „Und dazu noch eine Dose Cola."

Rosa merkt, wie ihr Magen knurrt. Stark sein, stark sein, sagt sie zu sich selbst. Ich bin wahnsinnig hübsch und nett und ich werde gertenschlank, wenn ich jetzt keine Pommes esse.

„Was nimmst du, Rosa?"

„Ich ess nichts, ich hab keinen Hunger."

„Ach komm, ich lad dich ein."

Rosa zögert. Die Stimmen in ihrem Kopf kommen wieder.

He, Schwächling! Du machst doch Diät!, knurrt Rose.

Ich werde beinahe ohnmächtig vor Hunger. Ich muss was essen!, jammert Rosa.

Dickwanst! Schlappschwanz!

Karien stößt sie an. „Willst du jetzt was oder nicht?"

„Dasselbe wie du."

„Okay. Noch einmal Pommes", sagt Karien zu dem Mädchen hinter dem Tresen.

Rosa sieht aus den Augenwinkeln, dass die Jungen sie neugierig betrachten.

„Ist das deine Freundin, Karien?", fragt ein gut aussehender Junge mit blond gefärbten Haaren.

„Jupp", sagt Karien, während sie ihre Cola-Dose aufmacht. „Das ist Rosa."

Rosa wird rot. Aber die Jungen zeigen bereits kein Interesse mehr an ihr und wenden sich wieder Karien zu, die fröhlich und schön in ihrer Mitte erstrahlt.

Als Rosa nach Hause kommt, geht sie gleich auf ihr Zimmer. Zum Glück ist noch niemand zu Hause. Sie zieht ihren Pulli und Kariens Oberteil aus und stellt sich vor den Spiegel. Wenn sie ihren Bauch einzieht, steht ihr das Top tatsächlich gut.

Aber sie ist dick. Viel zu dick. Sie kneift in ein Fettröllchen. Himmel. Miss Piggy. Sie hat ein komisches, volles Gefühl in ihrem Magen. Viel zu viele Pommes gegessen, und dann die Majonäse ... Zusammen mindestens hunderttausend Kalorien. Rosa hasst sich selbst.

Sie ist ein Schwächling. Sie zieht das Top aus und stopft es ganz weit hinten in den Kleiderschrank. Das von Karien steckt sie in ihren Rucksack. Dann geht sie zum Klo und steckt sich den Finger in den Hals.

Wenn du so schwach bist, dass du dich nicht beherrschen kannst, muss das jetzt sein. Wer schön sein will, muss leiden, sagt Rose' strenge Stimme in ihrem Kopf.

**Von:** Rosa van Dijk [rosavandijk@hotmail.com]
**Gesendet:** Mittwoch, 26. Mai 20:11
**An:** Esther Jacobs [esther@xs42.nl]
**Betreff:** Freunde

Hi, Esther,
wie geht es denn so?
Ich hatte ganz schön Stress. Ich zieh im Moment ziemlich
viel mit Karien, einem Mädchen aus meiner Klasse, rum.
Wir gehen in die Stadt und so. Ich darf ihre Klamotten
ausleihen und ich kann richtig gut mit ihr lachen.
Mit meinen Noten läuft es immer noch nicht besonders.
Ich kann mich nicht konzentrieren. Wenn ich versuche zu
lernen, schweifen meine Gedanken immer ab und dann
fange ich an zu zeichnen. Ich habe in Mathe eine 4 minus
gekriegt. Das kommt auch daher, dass ich Diät mache,
denn ich habe nachts so einen Kohldampf, dass ich nicht
schlafen kann.
Zum Glück fragt Mama fast nie, wie es in der Schule
läuft. Sie arbeitet sehr hart, sie ist jetzt Chefredakteurin
bei ihrer Zeitschrift und muss oft auch abends weg. Und
ich hab Affenarsch am Hals. Ich bleibe meistens in meinem Zimmer und setz meine Kopfhörer auf. Dann stört
er mich nicht. Ich hab unseren alten Fernseher gekriegt
und amüsier mich damit ganz gut.
Das einzig Schöne im Haus ist Abelchen. Er kann schon
laufen! Ich habe es ihm beigebracht. Er ist sooo lieb!
Und weißt du, was sein erstes Wort war? Oos! Nicht
Mama und Papa. Manchmal, wenn Mama nicht da ist,

darf ich ihn ins Bett bringen und das ist wahnsinnig gemütlich. Lieder singen findet er am schönsten. Es ist ihm ganz egal, dass ich falsch singe. Er klatscht in seine Hände und schaukelt hin und her und dann schmilzt mein Herz dahin.

Was ich am liebsten mache, ist zeichnen. Dann vergess ich alles um mich herum. Jonas hat mir ein Gedicht über den Tod gemailt. (Er hat vor, Dichter zu werden, und ist mit seinem ersten Gedichtband beschäftigt.) Zu dem Gedicht habe ich eine Zeichnung gemacht. Ich hab sie eingescannt und schicke sie dir. Wie findest du sie? Sag ehrlich, okay?

**Von:** Jonas de Leeuw [jdl@xs22.nl]
**Gesendet:** Mittwoch, 26. Mai 21:02
**An:** Rosa van Dijk [rosavandijk@hotmail.com]
**Betreff:** Dichter und dichter

Hi, Röslein rot,
vielen Dank für die Zeichnung, ich finde sie wirklich fantastisch! Sag nicht immer, dass du nicht zeichnen kannst! Du hast furchtbar viel Talent! Möchtest du meinen Gedichtband illustrieren? Dann können wir im Team arbeiten und werden zusammen berühmt.
Ich hab ein Gedicht an eine Zeitschrift geschickt und bin unglaublich neugierig, ob sie es veröffentlichen.
Es ist ein Liebesgedicht:

*Deine Haare sind so sacht*
*wie ein Schmetterling in der Nacht*
*So wie der Himmel voll Licht*
*ist meine Liebe für dich*
*Es gibt da nur ein Problem*
*das sind die Jungen, die mit dir geh'n*
*Also muss ich für immer warten*
*und dich verehren*
*in Gedanken statt in Taten*

Schön, oder? Meinst du, dass sie es nehmen? Machst du
mir dazu eine Zeichnung?
Ich hab auch eins über Einsamkeit verfasst. Traurige
Gedichte zu schreiben, finde ich schön, da kriege ich so
ein angenehmes Kribbeln im Bauch.

*Die Welt ist so groß*
*und ich bin mittendrin*
*Ich schreie, ich ruf*
*doch kann ich drauf hoffen*
*dass jemand mich hört*
*Oder hat es gar keinen Sinn?*

Ich habe schon 23 Gedichte fertig. Es geht voran. Wenn
ich 100 habe, schicke ich sie an einen Verlag. Dann
werde ich der jüngste Dichter der Welt und komme ins
Fernsehen und in die Zeitung.

Gruß von Jone

# *Moon*

„Lass mal sehen, Rosa."

Rosa legt schnell den Arm über ihre Zeichnung. Darauf ist nicht das Stillleben zu sehen, das auf einem Tisch in der Mitte des Kunstraums steht, sondern eine Illustration für Jonas' Gedicht.

Schnell dreht sie das Blatt um. Das Stillleben, das sie in der Klasse zeichnen sollen, hat sie schludrig und schnell skizziert. Wer interessiert sich schon für einen angenagten Apfel, ein paar Bananen, eine Gurke und einen Blumenkohl? Das ist garantiert Herrn Meyers Einkauf fürs Abendessen.

„Nein, ich möchte gern die andere Zeichnung sehen. Die, mit der du gerade beschäftigt warst."

Rosa wird rot. „Die ... die ist missglückt, Herr Meyer."

„Absolut nicht. Ich habe sie kurz gesehen, als ich hinter dir stand, und ich fand sie gelungen."

Nimmt er sie jetzt auf den Arm? Aber Herr Meyer sieht sehr ernst aus. Er schaut sie hinter einer schwarzen Brille aus hellblauen Augen an. Er ist eigentlich noch gar nicht alt, bemerkt Rosa auf einmal. Vielleicht Ende zwanzig.

Verlegen dreht sie das Blatt wieder um und setzt sich gerade hin. Sie hört die Mädchen hinter sich flüstern.

„Streberin!"

„Arschkriecher!"

Die Zeichnung hat sie mit Holzkohle gemalt. Eine Wüste unter einem dunklen Sternenhimmel, und auf einem hellen Fleck in der Mitte sitzt, ganz klein und verlassen, eine in sich zusammengesunkene Figur.

„Sie hat garantiert ein Selbstporträt gezeichnet", flüstert das Mädchen rechts von ihr, das halb auf der Bank liegt, um das Bild auch sehen zu können. „Was für eine Wichtigtuerin!"

„Ja, es erinnert an ein Ferkel", zischt ihre Nachbarin.

„Jetzt benehmt euch doch nicht so kindisch", sagt Herr Meyer böse und dreht sich zu den anderen Mädchen um. „Kümmert euch um eure eigenen Angelegenheiten, meine Damen. Eure Zeichnungen entsprechen noch lange nicht den Anforderungen." Er wirft noch einen Blick auf Rosas Bild und geht dann weiter.

Nach der Stunde hält Herr Meyer sie auf.

Rosa wird rot und blickt scheu um sich. Die Lästermäuler sind zum Glück schon weg.

„Darf ich noch mal einen Blick in deinen Zeichenblock werfen, Rosa?"

Sie zuckt verlegen mit den Schultern. „Es ist nichts Besonderes, Herr Meyer."

„Ich würde die Zeichnungen trotzdem gern anschauen. Ich bin einfach neugierig."

Mit zitternden Händen legt Rosa ihren Block auf den Lehrertisch. Sie wird sich unter Garantie bis auf die Knochen blamieren. In dem Block sind Zeichnungen, die sie nur für sich selbst gemacht hat. Und Skizzen für ihren Graffitinamen.

Sie schlägt den Block auf der Seite mit der Zeichnung von der Wüste auf.

„Das ist wirklich gut!", sagt Herr Meyer. „Da steckt viel Gefühl drin. Und auch … Einsamkeit." Er schaut Rosa durchdringend an. „Ist das ein Selbstporträt, Rosa? Fühlst du dich so?"

Rosa wird tiefrot und will den Block an sich reißen, aber Herr Meyer hält sie zurück.

„Nein, es ist eine Zeichnung zu einem Gedicht von … von jemandem", stottert sie.

„Darf ich den Rest auch sehen?"

Rosa holt tief Luft. „Ähm … na gut. Aber es sind vor allem Zeichnungen, die ich für mich gemacht habe, keine Schulaufgaben."

Der Lehrer blättert die Bilder aufmerksam durch. Bei den Graffitiskizzen stutzt er kurz. „Echt gut, diese Entwürfe. Machst du manchmal Graffiti?"

„N-nein, die … die zeichne ich nur zum Spaß."

„Ich hab früher gesprayt", flüstert Herr Meyer. „Bevor ich auf die Kunstakademie gegangen bin. Nicht weitererzählen, okay?"

„Ehrlich wahr?", fragt Rosa überrascht. „Hatten Sie auch einen Graffitinamen?"

Herr Meyer grinst und nickt. „Meiner war auch Englisch, genau wie deiner." Er nimmt sich ein Blatt und macht eine schnelle Skizze.

„Moon", buchstabiert Rosa. „Cool mit dem Mond da drinnen. Heißen Sie wirklich so?"

„Nein, ich heiße Samuel, aber meine Freunde nennen mich Sam. Moon ist mein Graffitiname. Der Mond hat etwas Magisches, findest du nicht? Ich habe oft bei Vollmond gesprayt, dann sieht man besser."

Rosa sieht ihn mit offenem Mund an.

„Hättest du nicht von mir gedacht, stimmt's?" Herr Meyer setzt seine Brille ab und Rosa sieht, dass er noch jünger ist, als sie dachte.

„Sie ... Sie sehen sehr jung aus. Diese Brille ..."

Herr Meyer grinst. „Die setze ich tatsächlich auf, um etwas älter zu wirken. Es ist nur Fensterglas drin. Sonst kann ich mich bei euch ja gar nicht durchsetzen. Das bleibt unter uns, ja?"

Rosa nickt.

„Ich bin dreiundzwanzig. Das hier ist meine erste Stelle als Lehrer."

Rosa lacht. Sie findet Herrn Meyer nett. Und eigentlich auch ganz gut aussehend, ohne Brille. Sie wird rot und schaut schnell in die andere Richtung.

„Du musst damit unbedingt weitermachen, Rosa?"

Herr Meyer zeigt auf ihren Zeichenblock. „Du hast echt Talent. Nimmst du Zeichenunterricht?"

Rosa macht ihren Block zu und steckt ihn wieder in ihren Rucksack. „Nein."

„Hättest du gern welchen?"

„Da ... da hab ich noch nie drüber nachgedacht."

„Wenn du willst, kann ich dich unterrichten. Hast du Lust dazu?"

Rosa zuckt mit den Schultern und weiß nicht, was sie sagen soll. Sie hat das Gefühl zu träumen. Ihr Herz schlägt bis zum Hals. Sie? Talent? Zeichenunterricht?

„Nun ... ähm, ja ... unbedingt, ja", stottert sie endlich. „Sehr, sehr gern!"

**Von:** Rosa van Dijk [rosavandijk@hotmail.com]
**Gesendet:** Donnerstag, 27. Mai 18:11
**An:** Jonas de Leeuw [jdl@xs22.nl]
**Betreff:** Sooooo froh!

Hi, Kollege,
das glaubst du mir nie! Dank deines Gedichtes bekomme ich Zeichenunterricht! Morgen Mittag fange ich an. Bei meinem Kunstlehrer aus der Schule. Er heißt Samuel Meyer und er ist supernett.
Er hat mich dabei erwischt, wie ich eine Zeichnung zu deinem Gedicht gemacht habe, und da wollte er auch die anderen sehen. Er findet, dass ich Talent habe! Das hat mir noch niemand gesagt! Meine Mutter nörgelt nur, dass ich immer meine Hefte vollkritzele und andauernd neue brauche.
Morgen Mittag nach der Schule gehe ich zu ihm, denn da habe ich schon um halb zwei Schluss. Spannend! Und er hat mir erzählt, dass er früher auch Graffiti gesprayt hat!

Ich bin echt superfroh und fühle mich geehrt, dass er mich, Rose van Dijk, ausgewählt hat! Ich kann es kaum glauben. Ich bin soooo froh!

Was macht deine Gedichtsammlung? Ist dein Gedicht schon veröffentlicht? Ich werde mal darauf achten, ob ich es entdecke. Ich drücke dir die Daumen. Das wird garantiert dein Durchbruch.

Jone, ich bin so froh, dass wir uns haben!

Küsschen
von deiner Freundin
Rose

„Es ist im vierzehnten Stock", ertönt Herrn Meyers Stimme durch die Sprechanlage. „Aber beeil dich, der Aufzug kommt gleich."

Rosa ist ein bisschen enttäuscht. Sie hat gedacht, dass er mindestens in einem besetzten Haus voller Künstler wohnen würde oder in einer verfallenen alten Villa.

Sie betritt den Aufzug und drückt auf den Knopf. Innen ist ein großer Spiegel. Rosa betrachtet sich unsicher. Sie sieht miserabel aus, mit Pickeln auf der Stirn und Ringen unter den Augen. Ihr Haar hängt in schlappen Locken hinunter. Sie schläft schlecht in letzter Zeit – vor Hunger, und wegen der zwei dummen Stimmen in ihrem Kopf. Böse Rose und ängstliche Rosa.

Aber jetzt braucht sie Rose. Denn wenn sie auf Rosa hören würde, würde sie vor lauter Aufregung sofort umdrehen und schnell zurück nach Hause fahren.

Sie klemmt ihre Zeichenmappe fest unter den Arm und betrachtet sich von allen Seiten. Sie trägt das geklaute Top. Es steht ihr gut, aber sie fühlt sich darin unwohl. Als ob sie in der Haut von jemand anderem stecken würde.

Ja, in meiner, sagt die Stimme von Rose in ihrem Kopf. Deiner neuen Haut. Du wolltest dich doch verändern!

Zieh mal deinen Bauch ein, Miss Piggy, und guck ein bisschen fröhlicher! Und, by the way, du hast da ein ziemlich großes Ding neben deiner Nase!

Rosa beugt sich gerade zum Spiegel, um den Pickel auszudrücken, als die Fahrstuhltür aufgeht.

„Hallo Rosa, schön, dass du da bist. Tee und Kekse stehen schon bereit."

Die Wohnung sieht überhaupt nicht so aus, wie sie erwartet hat. Es ist ein Penthouse, ein Apartment oben auf dem Dach. Es ist sehr hell, mit großen Fenstern und Blick über die ganze Stadt. Es gibt keine Wände oder Türen. In einer Ecke ist die Küche, in einer anderen, versteckt hinter einem Bücherschrank, steht ein Doppelbett. Hinter einem ganzen Urwald an riesigen Pflanzen sieht sie eine altmodische Badewanne auf Füßen.

Überall auf dem Boden liegen Bücherstapel. Vor dem Fenster steht ein langer Holztisch, der mit lauter Zeug bedeckt ist. In einer Ecke steht eine Staffelei, auf die eine Leinwand gespannt ist. Daneben steht noch ein Tisch voller Farben, Tuben und alten Lappen. Rosa geht auf das Bild zu.

Herr Meyer stellt sich neben sie. Er riecht frisch, nach Seife und Farbe. In den Händen hält er ein Tablett mit einer Kanne Tee und einer Schale Kekse.

Er hält seinen Kopf schief und betrachtet die Leinwand mit zusammengekniffenen Augen. „Na, wie findest du es?"

Rosa tritt einen Schritt zurück. Von der Leinwand sieht sie ein Junge verträumt an. Er ist nackt, seine Haut ist sehr weiß und er sitzt unter einem großen, knorrigen Baum. Sein Körper hat eine dünne, fast durchsichtige Farbe, aber der Baum besteht aus wilden, dicken Farbklecksen in violetten, blauen und grünen Tönen.

„Wunderschön, Herr Meyer. Es ist ... sehr besonders", stottert Rosa. „Die Luft und der Baum sehen unheilvoll aus, aber der Junge weiß es noch nicht. Er wirkt so friedlich ... als ob er träumt. Ich kriege ein ganz ... ein ganz komisches Gefühl dabei."

„Genau, das habe ich auch damit beabsichtigt. Ein Bild muss nicht wirklich schön sein. Wenn es nur etwas bei dir auslöst. Kunst muss dich ergreifen, sie muss Dinge ganz tief in dir zum Klingen bringen. Sie muss dich zum Nachdenken anregen."

Plötzlich raschelt etwas zwischen den Pflanzen.

„Was ist das?"

Samuel lacht und pfeift. Die Blätter bewegen sich und Rosa erhascht einen Blick auf etwas Blaues.

„Das ist Bierchen, mein Wellensittich, er wohnt da zwischen den Pflanzen."

„Er heißt Bierchen?", fragt Rosa kichernd.

„Ja. Wenn ich nach Hause komme, rufe ich immer: Bierchen? Und dann kommt er angeflogen und setzt sich auf meine Schulter."

„Ist er nicht im Käfig?"

„Nein, das finde ich jämmerlich. So, und jetzt setz dich hin, Rosa, nimm dir einen Keks und lass mich mal sehen, was du dabeihast.“

**Von:** Rosa van Dijk [rosavandijk@hotmail.com]
**Gesendet:** Sonntag, 30. Mai 11:12
**An:** Jonas de Leeuw [jdl@xs22.nl]
**Betreff:** Graffititipps für Anfänger

Hallo, Jone,
die Zeichenstunde war großartig, sag ich dir! Echt super-cool. Es war eigentlich kein Zeichenunterricht, sondern Graffitiunterricht. Herr Meyer hat mir genau erklärt, wie das alles geht. Nächstes Mal werde ich erst richtig mit dem Zeichnen anfangen.
Und was das Verrückteste ist: Ich darf seinen alten Graffitikram haben!!! Gut, was?
Sechzehn Spraydosen in allen möglichen irren Farben und eine ganze Reihe loser Caps! Riesig nett, oder?
Du weißt natürlich nicht, was Caps sind, stimmt's? Ich natürlich schon.

**Graffititipps für Anfänger**
1. Kauf gute Farbe. Es gibt Sprühfarbe, die extra für Graffiti gemacht wurde. Weil das Sprühen von Graffiti (meistens) illegal ist, sind die Spraydosen nicht leicht zu kriegen. Du kannst bei Leuten nachfragen, die Erfahrung mit Graffiti haben. Auf dem Waterlooplein in Amsterdam kriegst du auf jeden Fall welche. (Da haben du und ich

natürlich nichts davon. Man fährt ja nicht eben mal nach Amsterdam, um Farbe zu kaufen.)

2. Die Farbe muss gut decken, einen breiten Strahl machen können und die Sprühdose muss dir den passenden Druck liefern können.

3. Die Caps, das sind die Düsenaufsätze der Sprühdosen, sind sehr wichtig. Wenn dein Cap verstopft ist, kannst du nur schlecht oder gar nicht sprühen.

4. Die Caps kann man einzeln kaufen und austauschen. Sieh zu, dass du immer einen Vorrat davon hast. Sie sind nicht teuer.

5. Die Caps werden mit Düsen in verschiedenen Größen angeboten. Von sehr klein für die Feinarbeit bis ganz breit für große Flächen.

6. Denk an deine Lunge, die Farbe ist giftig. Atme sie nicht ein. Pass auch auf deine Augen auf.

7. Das Sprühen geht am besten auf glatten, nicht porösen Oberflächen.

8. In manchen Städten gibt es eine „Hall of Fame". Das ist ein Ort, meistens ein Platz, der von Mauern oder Zäunen umgeben ist, auf die man sprühen darf. Da kannst du auch andere Sprayer treffen.

9. Graffitisprayer haben eine Art Ehrenkodex. Es ist zum Beispiel absolut verboten, über das Werk eines anderen drüberzusprühen. (Oje, das hab ich schon gemacht!) Es verrät auch keiner den Namen der anderen, auch nicht, wenn man erwischt wird.

10. Graffitisprayer arbeiten oft in Gruppen. In diesen herrscht eine Art Rangordnung. Wer sich am meisten

traut und die schönsten Bilder macht, hat die meisten Rechte.

11. Jeder Sprayer hat einen Decknamen. Er sprüht also nie seinen echten Namen. Mein Graffitiname ist Rose.

12. Das Sprühen von Graffiti ist illegal und damit auch strafbar. Wenn du erwischt wirst, sitzt du echt in der Tinte. Du musst eine Strafe zahlen und/oder du kriegst einen Pädagogen an die Seite und musst Sozialstunden ableisten.

13. Sprühe nicht an gefährlichen Plätzen: zu nah an den Gleisen und in U-Bahn-Tunneln zum Beispiel. Auf diese Weise sind schon eine ganze Menge Unfälle passiert.

Beeindruckende Liste, was? Kann einen richtig einschüchtern.

Aber es ist so toll! Wenn du genau hinguckst, siehst du überall Graffitikunstwerke. Manchmal sieht man auch sehr schöne auf Bauzäunen und die sind nicht illegal, sondern im Auftrag angefertigt. Herr Meyer hat einmal ein sehr großes an die Wand eines Zoogeschäfts gemacht, hat er erzählt. Dafür wurde er sogar gut bezahlt. Die Welt wird ein Stück fröhlicher davon, finde ich. Und es gibt dir echt einen Kick, wenn du deine eigenen Graffiti irgendwo stehen siehst, irgendwo, wo jeder sie sehen kann.

Herr Meyer hat mir Fotos von seinen Graffiti gezeigt, sie sind echt total irre.

Ich kann die nächste Zeichenstunde kommende Woche kaum erwarten. Er ist echt so nett. Er ist der erste

Erwachsene, der mich nicht so behandelt, als wäre ich ein albernes Kind, sondern der ganz normal mit mir spricht. Er ist auch noch gar nicht so alt, erst dreiundzwanzig und gerade mit der Kunsthochschule fertig. Und – nicht eifersüchtig werden – er sieht auch richtig gut aus. Dunkles gelocktes Haar bis zu den Schultern und strahlend blaue Augen mit langen Wimpern. Wenn er lacht, hat er ein Grübchen in seiner rechten Wange.
Er hat auch einen Wellensittich, der Bierchen heißt und blau ist mit einem gelben Kragen. Der sitzt nicht im Käfig, sondern lebt in einer Art Zimmerpflanzenurwald. Am Anfang war er sehr scheu, aber als er sich ein bisschen an mich gewöhnt hatte, kam er raus und hat sich auf Herrn Meyers Kopf gesetzt!
Ich hab Mama nicht erzählt, dass ich Zeichenunterricht habe. Am Ende darf ich es wieder nicht oder so.
Ich bin echt so froh, Jo!

Bye, Rose

## *Wie überlebe ich meine Figur?*

**Von:** Esther Jacobs [esther@xs42.nl]
**Gesendet:** Dienstag, 1. Juni 14:02
**An:** Rosa van Dijk [rosavandijk@hotmail.com]
**Betreff:** Wie überlebe ich meine Diät

Hi, Rosinchen,
in der Zeitschrift von meiner Mutter stand ein Artikel übers Abnehmen. Superschlank im Bikini, klar, für den Sommer und so.
Was für ein Gesülze. Wusstest du, dass sich jede zweite Frau zu dick findet? Kein Wunder! In den Zeitschriften sieht man immer nur diese klapperdürren Mädchen, bei denen die Knochen an allen Seiten rausstehen. Auf MTV ist es das Gleiche. Wenn man sich damit vergleicht, wird man todunglücklich. In dem Artikel standen Tipps, wie man auf gesunde Weise Diät halten kann. Ich werde sie für dich abtippen.

Was du machst, ist echt gefährlich und bringt meistens auch nichts. Manchmal schon, aber dann endest du als Skelett.

**Survival-Tipps, um gesund abzunehmen**
1. Iss regelmäßig. Lass keine Mahlzeiten aus, denn dann kriegst du furchtbaren Hunger. Vor allem gut zu frühstücken ist sehr wichtig.
2. Du solltest lieber gut frühstücken, als viel zu Abend essen, denn nachts verwertet man das Essen langsamer.
3. Nach dem Abendessen solltest du lieber nichts mehr essen.
4. Beginn den Tag mit Obst, das ist sehr gesund. Von Obst wird man auch nicht dick. Himbeeren, Erdbeeren und Johannisbeeren sind superlecker und haben fast keine Kalorien. Joghurt mit Müsli oder Cornflakes sind auch gesund.
5. Iss so wenig fettreiche Kost wie möglich. Fett steckt vor allem in Junkfood, zum Beispiel in Snacks wie Erdnüssen, Chips und Kuchen (also leider in allem, was lecker ist).
6. Bewegung ist sehr wichtig. Wenn du normal isst, nicht so viel zwischendurch naschst und dich regelmäßig bewegst, kannst du beinahe nicht dick werden. Fahrrad fahren ist sehr gut, Laufen natürlich auch. Seilspringen funktioniert auch bestens!
7. Trink viel Wasser, das spült gut durch. Sorge dafür, dass du immer eine Flasche in deiner Tasche hast. Trink so wenig Limo oder Cola wie möglich.

8. Nimm keine Schlankheitsmittel ein, keine Abführmittel oder Diätgetränke. Die sind wirklich ganz furchtbar schlecht für die Gesundheit.

9. Wieg dich nur einmal pro Woche, sonst drehst du total durch.

10. Bei Mädchen schwankt das Gewicht im Laufe des Monats. Bevor man seine Tage hat, speichert der Körper mehr Wasser, wodurch man gut ein bis zwei Kilo schwerer sein kann. Das reguliert sich nach ein paar Tagen wieder von selbst. Darüber also keine Sorgen machen!

So, Rosinchen, ich hoffe, dass dir die Survival-Tipps weiterhelfen. Ich nehme im Moment auch Karotten mit in die Schule. Leider musste ich sie gestern in Französisch abgeben. Frau Legrand hat gesagt, dass sie keine Nagetiere im Unterricht duldet. Als ich meine Möhren nach der Stunde zurückhaben wollte, hatte sie alle aufgegessen. Tja!

Grüße von Es, dem Kaninchen

Rosa wischt sich die Tränen ab und schaut in den Spiegel. Ihr Gesicht sieht rot aus und ihre Augen sind verquollen. Sie spritzt sich etwas Wasser ins Gesicht und steckt sich das falsche Piercing wieder an die Nase. Bäh, was ist dieses Sich-Übergeben widerlich. Ihr Hals wird ganz rau davon und ihr ist schlecht. Aber sie hat heute Abend viel zu viele Makkaroni gegessen. Schon wieder so ein unbeherrschtes Gefuttere nach einem Tag fast ohne Essen. Sie hat sich dreimal einen Berg

Nudeln auf den Teller getan! Schnell putzt sie sich die Zähne, um den ekligen Geschmack wegzukriegen.

Am Anfang hat sie sich nur ab und zu mal den Finger in den Hals gesteckt, aber im Moment macht sie das beinahe jeden Abend. Und manchmal auch tagsüber, wenn sie sehr viel genascht hat. Aber es nützt was. Die Waage zeigt achtundfünfzig Kilo und ihre Hosen sitzen nicht mehr so eng. Wenn Esther wüsste, dass sie auf diese Art Diät macht …

Es klopft an der Badezimmertür. Rosa zuckt erschrocken zusammen.

„Rosa, was machst du?" Die Stimme ihrer Mutter klingt beunruhigt.

„Ich putze mir die Zähne", ruft Rosa mit dem Mund voller Schaum.

„Mach mal auf! Ich möchte kurz mit dir reden!"

Rosa guckt ins Klo, ob alles weggespült ist, und macht die Tür auf.

Ihre Mutter schaut sie prüfend an. „Dein Gesicht ist ja ganz rot!"

Rosa reibt sich die Wangen und zuckt mit den Schultern.

„Sag mal, hast du dich übergeben? Fühlst du dich nicht gut?"

Rosa zögert. Sie sollte jetzt besser nicht lügen. „Stimmt, ich musste mich übergeben. Mir ist auf einmal schlecht geworden. Ich habe was Falsches gegessen, denk ich."

Ihre Mutter streicht ihr über die feuchten Locken. „Du siehst nicht gut aus, Mädchen. Du hast Augenringe und bist blass. Ist sonst alles in Ordnung mit dir?"

Rosa nickt und läuft an ihr vorbei in ihr Zimmer.

Ihre Mutter geht ihr hinterher und setzt sich auf ihr Bett. Rosa sieht, dass sie sich mit missbilligendem Blick umschaut. „Du solltest mal aufräumen. Das ist hier ja ein richtiger Saustall."

„Es ist aber zufällig mein Zimmer und ich finde es so gemütlich."

Ihre Mutter seufzt. „Und dieses idiotische Ding in deiner Nase. Wann lässt du das endlich wieder sein?"

Wenn du wüsstest, was ich noch alles vorhabe, denkt Rosa. Es ist also wieder so weit. Die wievielte Predigt ist das diese Woche? Die zehnte? Und dabei ist heute erst Dienstag! Sie seufzt und setzt ihre Kopfhörer auf.

Ihre Mutter zieht sie ihr wieder vom Kopf. „Rosa, ich spreche mit dir. Warum blockst du immer gleich ab, wenn ich mit dir reden will? Ich finde es übrigens gar nicht gut, dass du den ganzen Tag mit dieser lauten Musik durch die Gegend läufst. Du machst dir noch die Ohren kaputt. Und besonders kommunikativ ist es auch nicht."

Irritiert legt Rosa die Kopfhörer weg. „Du hast immer irgendwas an mir herumzunörgeln. Das macht mich richtig krank."

Sie bemerkt, dass ihre Mutter rot wird. Unten fängt Abel an zu heulen.

„Tut mir leid, Schatz." Rosas Mutter steht auf und streicht ihren Rock glatt. „Ich hab in letzter Zeit so viel zu tun und du …"

„Und ich bin nicht die Tochter, die du dir wünschen würdest", bricht es aus Rosa heraus. Sie erschreckt sich selbst darüber.

280

Ihre Mutter kommt zu ihr und drückt sie an sich. „Das ist es nicht, Schatz. Ich liebe dich wirklich sehr. Aber ich habe so wahnsinnig viel Stress im Büro und dann Abel und … und es gibt Spannungen zwischen Alexander und mir."

„Lasst ihr euch scheiden?", fragt Rosa hoffnungsvoll. Im nächsten Moment fühlt sie sich schlecht. Alexander ist schließlich Abels Vater.

„Nein", sagt ihre Mutter seufzend. „Natürlich nicht. In jeder Beziehung gibt es Höhen und Tiefen, das heißt aber nicht, dass man sich gleich scheiden lässt."

Rosa schaut ihre Mutter prüfend an. Sie sieht an ihren Augen, dass es zwischen Alexander und ihr um mehr geht als ein paar Spannungen. Aber sie will nichts davon hören. Tief in ihrem Herzen hat Rosa ihrer Mutter nie verziehen, dass sie sich von ihrem Vater scheiden lassen wollte, den sie so wahnsinnig liebt.

„Sag mal, Rosa, kannst du nächste Woche auf deinen Bruder aufpassen? Alex und ich sind auf eine Feier eingeladen. Ich denke, dass du groß genug dafür bist, und Abel schläft inzwischen ja auch die ganze Nacht durch. Wenn irgendwas ist, kannst du jederzeit anrufen. Wie sieht's aus, tust du mir den Gefallen?"

Rosa denkt kurz nach. Ein Abend allein ist ja auch nicht das Schlechteste!

„Klar, gern."

Ihre Mutter gibt ihr einen Kuss auf die Stirn. „Du bist meine große Tochter und ich liebe dich, auch wenn ich so oft über dich meckere."

**Von:** Jonas de Leeuw [jdl@xs22.nl]
**Gesendet:** Mittwoch, 2. Juni 20:01
**An:** Rosa van Dijk [rosavandijk@hotmail.com]
**Betreff:** Romantisch

Hallo, böses Röschen,
wie cool, das mit dem Zeichenunterricht! Und alles dank
meines Gedichtes!
Danke für die Spraytipps. Ich achte mittlerweile viel
mehr auf Graffiti. Früher sind die mir gar nicht aufgefallen. Manche sind echt total verrückt. Wie würdest du
das finden, wenn ich der erste sprayende Dichter der
Welt werde? Oder dichtender Sprayer? Ich werde Graffiti-
gedichte auf Gebäude schreiben! Ja! Gute Idee! Ich
werde mir auch eine Spraydose kaufen. Sind die teuer?
Ich kann nicht schlafen, denn morgen kommt die Zeitschrift raus.
Und außerdem leide ich unter einem durchgeknallten
Dichter-Kopf. Ich denke die ganze Zeit in Reimen und
kann nicht mehr damit aufhören, auch wenn ich will. Ich
werde ganz hibbelig davon. Ich liege im Bett, das Licht
ist aus und hopp, da kommt schon wieder ein komplet-
tes Meisterwerk nach oben gesprudelt. Und so geht das
immer weiter. Darum bin ich ständig hellwach, auch
wenn ich todmüde bin.
Esther macht sich übrigens Sorgen um dich und sie
denkt, dass du sauer bist, weil sie dich kritisiert hat.
Oh, warte, da sprudelt gerade wieder ein Gedicht nach
oben:

*Oh, Mondschein, mit deinem sanften Licht,*
*sage mir schleunigst ins Gesicht,*
*dass mein Gedicht in hellem Schein*
*morgen wird zu lesen sein.*

Hahaha.
Dies ist ein ganz anderer Stil. Das kommt dadurch, dass
auf meinem Schreibtisch eine Sammlung mit Gedichten
aus dem neunzehnten Jahrhundert liegt. Darin habe
ich gelesen. Es sind auch Bilder drin. Die Dichter waren
alte Herren mit Schnurrbärten und Pfeifen. Teilweise
haben sie auch noch Anfang des zwanzigsten Jahr-
hunderts gelebt. Sie haben superromantische Gedichte
mit lauter merkwürdigen, selbst ausgedachten Wörtern
geschrieben. Gedichte, von denen man so ein seltsames
Gefühl in der Magengegend bekommt. Und sie handeln
alle von vergangener Liebe und dem Tod und so.
Eine tüchtige Portion Liebeskummer ist, wie ich das
sehe, sehr inspirierend für einen Dichter.

*Oh, Frau, brich mir das Herz!*
*Zeig dein gemeines Gesicht!*
*Dann schreib ich schnell mit Schmerz*
*ein wunderschönes Gedicht.*

Das hab ich mir selbst ausgedacht. Gut, was? Mein Vater
hat mir erklärt, dass Gedichtzeilen, die sich reimen, gleich
viele Silben haben müssen. Dann fließt das Gedicht
besser.

Eigentlich ist es nicht schlimm, an Schlaflosigkeit zu leiden. So wird meine Sammlung zumindest schnell fertig. Ein kleines Problem ist, dass die meisten morgens doch nicht mehr so großartig sind, wie ich beim Aufschreiben nachts dachte. Und manchmal kann ich nicht mal mehr lesen, was ich hingekritzelt habe.

Weißt du, was ich festgestellt habe? Beinahe alle Dichter waren Männer. Nur in der letzten Zeit gibt es mehr Frauen. Sie waren damals bestimmt noch nicht so emanzipiert. Die Frauen mussten für ihre unzähligen Kinder sorgen und die Männer saßen hübsch im Studierzimmer, lutschten an ihrer Pfeife und schrieben Gedichte.

Hier kommt ein Gedicht von der einzigen dichtenden Frau in der Gedichtsammlung, die ich gefunden habe. Es ist von Hélène Swarth (1859–1941).

*Frühlingskuss*

*Sind nicht die Rosen rot von Liebeslüsten?*
*Und zittert nicht im hellen Mondenschein*
*das hohe Schilfgras dort am Meer voll Pein,*
*wenn kühle Winde es dort schmachtend küssen?*
*Ist nicht für die Schmetterlinge Honigglück*
*in der Blume, die sie trinken müssen?*
*Und glitzert nicht so ganz ohne Entrüsten,*
*getränkt im Sonnenlicht, der Himmelsschlück?*

(Es geht übrigens noch weiter, aber das wird für dich vielleicht langweilig.)

284

Wow! Das Helenchen war bis über beide Ohren verliebt,
wenn du mich fragst. Ich fühl mich tief in mir auf einmal
ganz seltsam. Romantisch, was? Und was für verrückte
Sätze darin stehen. Wieso küssen kühle Winde das hohe
Schilfgras am Meer voll Pein? Und was ist ein Himmelsschlück? Weißt du das? Und was soll das heißen, er glitzert so ganz ohne Entrüsten? Offenbar geht so was alles
in Gedichten.
Ach ja, ich muss ja noch ernst gemeint auf deine Fragen
antworten.
*Wie stehst du zu Piercings?*
Ich finde sie historisch gerechtfertigt. Schon in der Vor-
zeit haben die Menschen ihren Körper geschmückt, auf
die verrückteste Art und Weise. Und guck dir mal die
afrikanischen Stämme an, die stecken sich Marmeladenglasdeckel durch die Lippen, ganze Baumstämme durch
die Ohren, sie verlängern ihren Hals, bis sie wie Giraffen
aussehen, und bemalen sich von Kopf bis Fuß mit Farbe.
Sie fügen sich sogar selbst Schnittwunden am Körper
und im Gesicht zu und reiben dann Asche hinein, sodass
es schöne künstlerische Narben gibt. Ich denke, dass dir
so ein Deckel durch die Unterlippe hervorragend stehen
würde. Nur mit dem Küssen ist es dann etwas schwierig.
Vielleicht solltest du ihn besser in dein Ohr stecken.
*Was hältst du von Graffiti?*
Die finde ich auch historisch gerechtfertigt. Die Urmen-
schen malten Bilder auf die Höhlenwände, die im Grunde
ihre Häuser waren. Vielleicht wurden sie sogar von
frechen Neandertaler-Teenagern gemacht, wer weiß das

schon! Und heute sagen wir, dass das Kunst ist. Vielleicht wurden die Teenager früher auch zur Strafe in eine Höhle eingesperrt, wenn sie eine Wand bemalt hatten mit Zeichnungen von Mammuts und Figuren mit Speeren! Oder sie mussten sie wieder sauber machen. Oder sie bekamen mit der Keule ihrer Mutter einen Schlag auf den Kopf!

*Findest du mich zu dick?*

Nein, Männer (ich also auch!) lieben das Runde und Weiche und keine mageren Heringe. Wenn man so eine Bohnenstange umarmt, kriegt man blaue Flecken, weil ihre Knochen so weit rausstehen. Weißt du, dass die Menschen früher dick schön fanden und dünn hässlich?

Viele Grüße von deinem
Jone


**Von:** Rosa van Dijk [rosavandijk@hotmail.com]
**Gesendet:** Mittwoch, 2. Juni 22:15
**An:** Jonas de Leeuw [jdl@xs22.nl]
**Betreff:** Free Me!

Hallo, Joni,
deine Idee, wie Höhlenmalereien entstanden sein könnten, finde ich super! Ich werde ein schönes Bild dazu anfertigen. Von einem Neandertaler-Teenie, der neben einer Felsenzeichnung von seiner Mutter im Bärenfell niedergeknüppelt wird.

Bald ist der große Tag. Rosa verändert sich selbst von einer Raupe in einen Schmetterling.

Nächste Woche bin ich einen Abend alleine zu Hause, denn meine Mutter und Alexander gehen auf eine Feier und ich bin zum ersten Mal offiziell die Babysitterin. (Ich verdiene fünf Euro damit, so viel kostet eine Sprühdose ungefähr.)

An dem Abend werde ich meine Haare violett färben. Ja, du hast richtig verstanden: violett, nicht goldblond oder kupferrot, sondern leuchtend violett. Heute Nachmittag gehe ich erst mal zusammen mit Karien zum Friseur, um mir eine coole Frisur schneiden zu lassen. Dafür habe ich, oh Wunder, sowohl Zustimmung als auch Geld bekommen. Zum Glück wissen Mama und Alexander nicht, was ich sonst noch vorhabe.

FREE ME!

Was können meine Mutter und Affenarsch dagegen tun? Sicher nichts, oder? Ich hab doch sowieso schon auf ewig Hausarrest und Taschengeld kriege ich auch schon lange nicht mehr. Es wird bestimmt ziemlichen Krach geben, aber da stehe ich drüber. Und außerdem werde ich bald noch etwas machen, aber das ist eine Überraschung (die ich sehr gut vorbereitet habe).

Ich lasse ein Passfoto von mir machen (mit Marmeladenglasdeckel) und dann schicke ich dir das, okay?

Tschüssili
Rose!

## *Rosas Verwandlung*

„Diese Farbe ist dauerhaft, junges Fräulein, man kann sie also nicht auswaschen."

„Das ist auch gut so!" Rosa legt die Schachtel auf den Tresen. Sie betrachtet sich in dem Friseurspiegel von allen Seiten.

Ihr Haar ist kurz und fransig und steht mithilfe von einem Kilo Wachs in alle Richtungen.

Karien stößt sie an. „Das steht dir echt supergut, ehrlich! Du siehst aus, als ob du mindestens sechzehn wärst. Cool."

Rosa strahlt. Sie bezahlt und stopft die Haarfärbung in ihren Rucksack.

„Und jetzt ins Piercingstudio", sagt Karien begeistert.

„Bist du sicher, dass sie es machen werden?", fragt Rosa unsicher, als sie vor dem Schaufenster stehen. „Werden sie nicht wegen meines Alters nerven?"

„Nein, werden sie nicht! Der Junge da ist ein Freund von mir. Komm!" Karien zieht sie hinein.

Kurz darauf sitzt Rosa auf einem Stuhl mit Bauchschmerzen vor Aufregung.

Los, mach, dass du wegkommst!, sagt eine ängstliche Stimme in ihrem Kopf. Wahrscheinlich ist die Nadel, mit der sie stechen, nicht richtig sauber und du bekommst irgendeine schlimme Krankheit davon. Und stell dir vor, dass Mama und Alexander merken, dass es dieses Mal ein echtes Piercing ist! Was dann?

Du bleibst sitzen, sagt Rose streng. Denk an FREE ME! Denk an die neue Rosa. Du willst doch nicht, dass Karien dich für einen Feigling hält?

„Keine Panik, Süße!", sagt Karien, als sie bemerkt, wie ängstlich Rosa aussieht. „Du kriegst echt nichts davon mit. Es geht so schnell! Schau, da ist Dave schon."

Ein großer Mann mit breiten tätowierten Schultern, einer kurzen Hose und weißem Muskelshirt kommt schwungvoll um die Ecke gebogen. Er hat eine ganze Ladung Piercings bei sich.

„Sie ist ein bisschen aufgeregt. Es ist ihr erstes Mal", sagt Karien.

Dave lacht, dass man seine weißen Zähne blitzen sieht, und zwinkert. „Soso, Mädchen, noch nie skalpiert worden? Das ist das Allerneueste, echt cool!", sagt er mit ernster Stimme. „Und man muss nie wieder zum Friseur!"

Karien hält Rosa auf, die mit bleichem Gesicht versucht aufzustehen. „Er macht doch nur Spaß! Das macht er immer. Er jagt den Leuten gern Angst ein."

„Soll ich sie festbinden? Oder lieber gleich Vollnarkose?", fragt Dave und lässt seine schwarzen Augen rollen.

„Aufhören, sofort!", sagt Karien lachend. „Sie will einfach nur ein Augenbrauen-Piercing."

Dave greift nach einer kleinen Plastiktüte mit einer langen Nadel und einer Klemme. Dann zieht er Einweghandschuhe an. „So, Kleine, jetzt sitz mal eben still und beiß die Zähne zusammen. Das haben wir gleich", sagt er und setzt die Klemme an ihrer Augenbraue an. Rosa krümmt sich.

„Kneif einfach in meine Hand, wenn es wehtut", flüstert Karien.

„I... ich ...", stottert Rosa ängstlich, als sie die Nadel näher kommen sieht.

„Still sitzen", sagt Dave streng. „Sonst ist es am Ende nicht an der richtigen Stelle."

„Au!", schreit Rosa, als sich die Nadel durch ihre Haut bohrt. Ein kurzer heftiger Schmerz schießt durch ihre Augenbraue.

Dave tupft mit einem mit Alkohol getränkten Wattebausch das Blut weg und steckt mit einem Handgriff einen Ring hindurch. „So, das war's. Ging's?"

„Ist es wirklich schon vorbei?", fragt Rosa mit zitternder Stimme.

Dave hält ihr einen Spiegel vor. „Ja, es sei denn, du willst noch irgendwo anders eins. Ein schönes Piercing in deine Zunge oder in deinen Nabel?"

„Nein ... nein, danke", sagt Rosa und steht auf. Ihr Beine sacken unter ihr weg.

Dave gibt ihr ein Faltblatt und ein Fläschchen. „Hier ist Chlorhexidin drin, das ist ein desinfizierendes Mittel. Auf dem Blatt steht, wie man das Piercing behandeln muss", sagt er. „Brav tun, was draufsteht, Kleine, sonst entzündet es sich und deine Augenbraue fällt ab." Er bricht fast zusammen vor Lachen über seinen eigenen Witz.

Rosa nickt mit besorgtem Gesicht und bezahlt. Ihre Hände zittern und ihre Augenbraue sticht.

„Cool, hey!", sagt Karien bewundernd.

Plötzlich wird es Rosa schwummerig und sie muss sich an der Theke festhalten, um nicht umzufallen.

„Geht es?", fragt Dave beunruhigt.

Rosa nickt bleich.

Karien nimmt ihren Arm und zieht sie mit nach draußen. „Hol mal eben tief Luft. Tut es so weh?"

„Nein, ich habe einfach nur Hunger", sagt Rosa.

„Soll ich dich nach Hause bringen?", fragt Karien.

„Nein, nein, es geht schon. Bis morgen." Rosa atmet noch einmal tief durch und steigt auf ihr Fahrrad. Sie hat es getan!

Als sie zu Hause ist, nimmt sie Daves Faltblatt und beginnt zu lesen.

**Tipps für die Pflege deines neuen Piercings**
Ein Piercing ist eine offene Wunde, die sich leicht entzünden kann. Pflege sie daher sorgfältig.
1. Trage über deinem Piercing keine enge Kleidung.
2. Sorge dafür, dass deine Hände sauber sind, wenn du dein Piercing berührst.
3. Fasse es nicht zu oft an.
4. Halte deine Haare von der Wunde fern.
5. Wenn du ein Piercing im Mundbereich hast, solltest du auf Küsse während des Heilungsprozesses verzichten.

6. Reinige die Wunde zweimal am Tag mit antibakterieller Seife. Wasche zuerst deine Hände und dann erst die Wunde.

7. Trage danach einige Tropfen Chlorhexidin auf die Wunde auf. Bewege den Stecker hin und her, sodass es auch in die Wunde hineinfließt. Das machst du 14 Tage lang. Wirf das Fläschchen danach weg, denn der Inhalt ist nicht länger haltbar.

8. Nicht schwimmen, bis die Wunde geheilt ist, Sport machen ist erlaubt, Sonnenbaden auch.

9. Wenn sich die Wunde entzündet, frage sofort einen Arzt um Rat!

Rosa berührt mit ihrem Finger die Augenbraue. Es tut noch ganz schön weh und die Wunde pulsiert wie verrückt. Aber ihr Trick hat funktioniert. Mama und Alexander haben nicht gemerkt, dass das falsche Piercing durch ein echtes ersetzt worden ist. Sie hat natürlich einen ganzen Sack voll Kommentare über ihre Frisur zu hören gekriegt, aber das hatte sie schon erwartet.

Ihre Mutter kommt in ihr Zimmer. Sie trägt ein schwarzes ärmelloses Kleid und hat sich ein tiefblaues Tuch mit einer Rosenbordüre um die Schultern gelegt. Ihre blonden Haare sind hochgesteckt und ihre Nägel knallrot lackiert. Sie duftet herrlich. Sie dreht sich auf ihren spitzen Pumps einmal um sich selbst. „Und, wie sehe ich aus?"

„Wunderschön", sagt Rosa ein bisschen neidisch. Ihre Mutter hat Massen von Kleidern und bestimmt zwanzig Paar Schuhe. Rosa nur drei Paar.

„Wo geht ihr hin?"

„Auf eine Filmpremiere. Ich soll die Hauptdarsteller interviewen. Und danach gibt es Champagner mit Häppchen."

In diesem Moment rumpelt Alexander ins Zimmer. In seiner Hand hält er einen schwarzen Pullover.

„Heleen, hast du eine Ahnung, wie das passiert ist? Guck dir das mal an! Ein riesiger grüner Fleck! Auf meinem teuren, neuen Pulli! Den kann ich wegschmeißen! Du bist aber auch nachlässig mit der Wäsche!" Er schmeißt den Pullover auf den Boden und stapft aus dem Zimmer.

Ihre Mutter hebt den Pulli auf. „Das bin ich überhaupt nicht gewesen!", sagt sie erstaunt. Sie reibt über den Fleck. „Das scheint Farbe zu sein. Wie seltsam …"

Rosa schaltet mit rotem Kopf den Computer an. Das ist der Pulli, den sie damals beim Sprayen anhatte. Die grüne Farbe ist draufgekommen, als sie gegen den Stromkasten gefallen ist.

„Ja, schönen Abend dann, Mama. Ich mach jetzt Hausaufgaben."

Ihre Mutter streicht ihr übers Haar, aber zieht ihre Hand schnell wieder zurück. „Himmel, das fühlt sich ja merkwürdig an mit all diesem Gel oder was das ist. Wasch das mal schnell aus. Gehst du rechtzeitig ins Bett, Schatz?"

Rosa seufzt und nickt. „Wann kommt ihr nach Hause?"

„Nicht später als zwölf. Nimm dir ruhig eine Tüte Chips oder so."

„Okay!", sagt Rosa.

**Von:** Rosa van Dijk [rosavandijk@hotmail.com]
**Gesendet:** Donnerstag, 10. Juni 20:12
**An:** Jonas de Leeuw [jdl@xs22.nl]
**Betreff:** Metamorfose (oder wie schreibt man das?)

Hi, Jone,
Ich bin allein zu Hause mit der Sabbelkrabbe. Mama und
Affenarsch sind ausgegangen.
Ich warte gerade darauf, dass die Farbe (leuchtend
violett) einwirkt. Dauert dreißig Minuten.
Ich frage mich mit einem Mal, ob ich nicht lieber eine
andere Farbe hätte nehmen sollen. Meine Mutter bringt
mich um, wenn sie es morgen sieht.
Das Marmeladenglasdeckel-Piercing ist gut gelungen.
Habe einen in meiner Unterlippe und auch einen in der
Oberlippe. Kann total schön damit klappern.

Liebste Grüße
Rose


**Von:** Rosa van Dijk [rosavandijk@hotmail.com]
**Gesendet:** Donnerstag, 10. Juni 20:24
**An:** Jonas de Leeuw [jdl@xs22.nl]
**Betreff:** Ups!

Hi, Jone,
Abelchen ist gerade wach geworden. Irgendwie ist etwas
violette Farbe in seinen Haaren gelandet, als ich ihn in

die Arme genommen habe. Ich hab probiert, sie auszuwaschen, aber er hat so laut zu schreien angefangen,
dass ich lieber damit aufgehört habe. Jetzt hat er eine
lilafarbene Locke auf der Stirn. What to do?
Musste siebzehn Lieder singen, bevor er wieder eingeschlafen ist. Die Einwirkzeit müsste jetzt rum sein.
Bei Abelchen auch, leider.
Ratsche, ratsche, ratsche, Rose sitzt in der Patsche.

Süße Grüße
Rose


**Von:** Rosa van Dijk [rosavandijk@hotmail.com]
**Gesendet:** Donnerstag, 10. Juni 20:58
**An:** Jonas de Leeuw [jdl@xs22.nl]
**Betreff:** Deep Purple

Habe mich gerade zu Tode erschreckt, als ich in den
Spiegel geguckt habe. Meine Haare sind jetzt absolut
leuchtend lila. Ich muss mich wohl noch daran gewöhnen. Wenn ich in den Spiegel schaue, denke ich: Huh!
Bin ich das? Aber es sieht absolut geil aus. Vor allem
mit den Deckeln. Hab mich auch an Mamas Make-up zu
schaffen gemacht. Du würdest mich nicht wiedererken-
nen. Ich mich auch nicht. Schade, dass mich niemand
sehen kann.

Rose, die Schöne

## *Hier kommt Rosa!*

Rosa steht vor dem Spiegel und betrachtet sich selbst mit großen Augen. Da steht ein Mädchen mit blassem Gesicht, es hat eine Stupsnase, ein Piercing in seiner Augenbraue und violettes Haar, das in alle Richtungen absteht. Seine hellblauen Augen sind schwarz umrandet und die Lippen knallrot.

Rosa trägt das gestohlene Top, eine alte Jeans und teure knallrote Turnschuhe von ihrer Mutter.

Sie lacht. Wow, sie hat es wirklich getan! Sie hat sich selbst neu erschaffen.

Aber wenn du morgen so beim Frühstück erscheinst?, flüstert Rosas Stimme. Mama wird hysterisch, wenn sie dich so sieht. Und in der Schule, was werden sie da sagen?

Ist mir doch egal!, antwortet die Stimme von Rose und streckt dem Mädchen im Spiegel die Zunge raus. Und Miss Piggy bin ich auch nicht mehr!

Rosa steigt auf die Waage. Sechsundfünfzig Kilo. Schon vier Kilo abgenommen.

Blöd ist bloß, dass sie von der Kotzerei Magenprobleme bekommen hat und dass ihr oft schwindelig und kalt ist. Noch zwei Kilo, dann hört sie damit auf.

Rosa geht in ihr Zimmer und schaut, ob Jonas ihr schon zurückgemailt hat. Keine neuen Nachrichten. Er ist wahrscheinlich nicht zu Hause. Und es gibt nichts im Fernsehen.

Sie setzt sich ans offene Fenster. Es ist ein warmer Abend. Zwischen den Bäumen auf der anderen Straßenseite geht der Mond auf. Rosa seufzt. Sie muss seit der Zeichenstunde oft an Herrn Meyer denken. An Samuel. An Sam. An Moon.

Sie schließt ihre Augen.

*Rose, ich möchte dich etwas fragen. Aber ... aber du kannst einfach Nein sagen, wenn du es nicht willst.*

*Was denn, Sam?*

*Rosa, du bist so schön, ich würde dich gerne malen.*

*Nackt?*

Rosa prustet los. Noch einmal.

*Rosa, ich ... möchtest du für mich Modell stehen?*

*Warum denn ich, Sam?*

*Du bist so schön. Deine blauen Augen, dein Mund, dein Haar. Deine tolle Figur. Ich hab wirklich noch nie so ein bildschönes Mädchen wie dich getroffen. Du erinnerst mich an eine Prinzessin aus dem Mittelalter. Ich zeichne dich zwischen den Ruinen einer Burg, deine Haare im Wind fliegend.*

*Okay, aber sie müssen lila sein. Ich bin eine Prinzessin mit violettem Haar. Und gern mit einem Piercing.*

*Ich mal dir lieber eine Krone mit Edelsteinen ... und einen Prinzen an der Seite.*

„Du …", flüstert Rosa. „Du bist mein Prinz …"

Sie öffnet ihre Augen und geht zum Spiegel. Sie betrachtet sich kritisch. Sie sieht nicht wirklich aus wie eine romantische Prinzessin. Prinzessin Punk. Prinzessin Piggy. Sie streckt die Zunge raus. Ob Sam die neue Rose gut findet? Sie sieht jetzt auf jeden Fall älter aus. Nicht mehr wie ein Baby.

Sie greift nach der Plastiktüte voller Spraydosen und stellt sie auf ihren Schreibtisch. Es sind tolle Farben und die meisten Dosen sind noch ganz voll. Wie unglaublich nett, dass er sie ihr gegeben hat. Sie beginnt zu zeichnen. Moon …

Dann hat sie eine Idee. Sie schaut auf ihre Uhr. Es ist elf. In etwa einer Stunde kommen ihre Mutter und Alexander zurück.

Sie schleicht in Abels Zimmer. Er liegt eingerollt in seinem Bett und schläft wie ein Murmeltier. Ein Murmeltier mit einer violetten Haarsträhne über der Stirn. Zärtlich und ganz sanft streicht sie über seine runden Wangen.

Rosa geht in ihr Zimmer zurück und stopft die Graffitisachen in den Rucksack. Sie legt ein paar Kissen unter die Bettdecke und nimmt eine Puppe vom Regal.

Rosa grinst. Es ist Minni, ihre Lieblingspuppe von früher. Sie hat lange blonde Haare und blaue Schlafaugen, die nicht mehr zugehen. Rosa legt die Puppe ins Bett und zieht die Decke über sie. Ein paar Haarsträhnen arrangiert sie auf dem Kissen. Zufrieden betrachtet sie das Ergebnis.

Rosa radelt an der Bahnlinie entlang. Der Mond steht voll am Himmel, es ist warm und riecht herrlich nach frisch gemähtem Gras.

Es ist eine Nacht für Abenteuer.

Und wenn Abelchen nun wach wird, was dann?, fragt eine Stimme in ihrem Kopf.

Der wird nicht wach. In den paar Minuten kann nichts passieren, antwortet Rose.

Aber wenn Mama zu spät kommt?

Die ist immer pünktlich.

Und wenn sie merken, dass du nicht im Bett liegst?

Das merken sie nicht.

Aber ...

Jetzt halt mal die Klappe, Weichei, sagt Rose streng.

Rosa holt tief Luft. Sie wird ganz verrückt von den zwei Stimmen.

Eine muss weg, aber welche? Ist sie Rosa, die Rosa, die sie immer war? Die träge, verlegene Baby-Rosa, langweilig und ohne Freunde? Oder will sie Rose sein, die fies und gemein ist und sich alles traut? Die sich nicht immer in ihr Schneckenhaus verkriecht, sondern den Mund aufmacht, wenn ihr was nicht passt? Die bewundert wird, weil sie so mutig ist? Sie hat Lust zu sprayen. Sprayen bei Vollmond. Moon ... Sam wird Augen machen, wenn er irgendwo seinen alten Graffitinamen stehen sieht. Aber in ihrer neuen Fassung.

I LOVE MOON.

Sie wünschte, sie wüsste, welchen Weg er jeden Tag zur Schule nimmt. Es könnte durchaus sein, dass er diesen Weg an der Bahn entlangkommt.

Jetzt noch einen passenden Platz finden. Das ist ziemlich schwierig, denn alle Bauzäune und Stromkästen sind schon besetzt.

Rosa bremst. Auf der anderen Seite der Gleise steht ein niedriges Gebäude. Sie traut ihren Augen kaum: frisch gestrichen, blütenweiß und glatt. Sie schaut sich um. Niemand zu sehen. Es sind keine Häuser auf der gegenüberliegenden Seite, nur ein Park.

Ideal!

Aber sie muss dafür über die Schienen. Der Schreck vom letzten Mal steckt ihr noch in den Knochen, als der Zug so nah an ihr vorbeigerast ist.

Besonders weit kann sie im Dunkeln nicht sehen. Soll sie wie die Indianer ihr Ohr auf die Schienen legen, um zu hören, ob ein Zug kommt? Lieber nicht. Sie legt ihr Fahrrad in die Büsche, guckt sich noch einmal um und springt über die Schienen.

Als sie ihre Spraydose schüttelt, hört sie auf einmal ganz in der Nähe etwas rascheln. Aus den Sträuchern neben dem Gebäude kommt eine große, hagere Gestalt, die ihre Mütze tief in die Stirn gezogen hat. Eine Zigarette baumelt im Mundwinkel. Die Gestalt hat die Schultern hochgezogen und ihre Hände in den Taschen des Sweatshirts vergraben. Rosa wird starr vor Schreck.

„He, du da! Bist du total verrückt geworden?"

Rosa lässt ihre Spraydose fallen und will davonlaufen.

Da stoppt sie. Sie kennt die Stimme von irgendwoher. Der Junge zieht seine Mütze ein Stückchen hoch. Es ist Nose! Was für ein Zufall. Ob er sie erkennt?

Rosa atmet aus und hebt schnell ihre Spraydose auf.

„Was hast du vor? Du willst doch hier nicht sprayen?"

„Pff … ich war zuerst hier, klar!", sagt Rosa. Sie sieht ihn nicht an und spricht etwas tiefer als normal. „Und ich sprühe nirgends drüber, also was geht es dich an?"

Nose seufzt. „Schon wieder ein Mädchen! Erst triffst du nie eins und dann beinahe jeden Tag."

„Bist du jetzt fertig? Ich würde gern mit meiner Zeichnung anfangen!"

„Das nennt man nicht Zeichnung, sondern Piece oder Tag. Anfängerin, stimmt's?"

Rosa dreht selbstsicher ein anderes Cap auf eine Spraydose. „Ganz und gar nicht."

„Deine Farbe ist gute Qualität." Nose schnippt seine Zigarette weg und kommt einen Schritt näher.

„Sag mal, kenn ich dich nicht irgendwoher?"

Rosa schüttelt ihre violetten Stacheln und will sich dem M widmen.

„Pass auf!", zischt Nose auf einmal. „Da bewegt sich was!"

„Ich lass mich nicht so leicht verarschen", sagt Rosa stur. „Du willst hier bloß dein eigenes Piece machen."

„,Ein Piece setzen' heißt das. Da läuft wirklich jemand. Ich bin weg."

Nose rennt los und springt mit großen Sätzen über die Schienen. Rosa schaut in die Richtung, in die er gezeigt hat. Sie kneift ihre Augen zusammen, denn sie kann in der Ferne nicht gut sehen. Dann sieht sie tatsächlich, dass sich etwas bewegt. Eine dunkle Gestalt … mit einem Hund an der Leine.

Sie steckt die Spraydose schnell wieder zurück in den Rucksack und rennt über die Gleise zu ihrem Fahrrad. Als sie sich umdreht, sieht sie, dass der Mann auch begonnen hat zu rennen. Wenn er nur seinen Hund nicht loslässt!

Rosa zieht ihr Fahrrad aus den Büschen.

„He, warte, nimm mich mit! Ich habe einen Platten!", ruft Nose. Er springt ihr in den Weg. „Ich bin durch Scherben gefahren, Scheiße!" Er setzt sich auf den Gepäckträger. Rosa hat Schwierigkeiten, ihr Fahrrad im Gleichgewicht zu halten.

„Schneller! Er hat den Hund losgelassen!", zischt Nose.

Rosa beugt sich vor und tritt, so schnell sie kann. Das Herz schlägt ihr bis zum Hals und ihre Augenbraue sticht jedes Mal, wenn sie über einen Huckel fahren. Hinter sich hört sie den Hund bellen.

„Schneller!", ruft Nose.

Rosa tritt in die Pedale, als ob ihr Leben davon abhinge. Sie ist in einem Vorort, den sie nicht kennt.

„In welche Richtung muss ich?"

„Da, nach links!"

Rosa fährt um die Kurve und Nose muss sich gut festhalten, um nicht runterzufallen.

„Okay, jetzt kannst du langsamer fahren, wir sind sie los."

Rosa hält an und steigt keuchend ab. Sie schwankt. Nose hält sie fest.

„Was hast du denn?"

„Schlechte Kondition", sagt Rose schnaufend. „Und du bist ganz schön schwer!"

Nose lacht. „Ja, danke, dass du mich gerettet hast. Ich steh in deiner Schuld. Normalerweise retten Prinzen Prinzessinnen, aber du bist ja emanzipiert, also machen wir das umgekehrt."

Rosa wischt sich den Schweiß von der Stirn. Sie ist völlig außer Atem.

„Zigarette?"

Rosa schüttelt den Kopf.

Sie betrachtet Nose heimlich, als er sich seine Zigarette anzündet. Er hat dunkelbraunes, lockiges Haar, Sommersprossen und große braune Augen. Wenn er lacht, sieht man, dass ihm eine Ecke von seinem linken vorderen Schneidezahn fehlt. Sie schätzt ihn auf ungefähr sechzehn, siebzehn.

„Das Gebäude war eine Falle, du dumme Nuss", sagt Nose grinsend.

„Eine Falle?"

„Ja, ein Köder für unerfahrene Sprayer wie dich."

„Haben sie die Wand absichtlich weiß angemalt?"

„Ja, und sie liegen in der Nähe auf der Lauer."

„Schade", sagt Rosa. „Es war so ein guter Platz."

„Ich weiß einen noch viel besseren", sagt Nose. „Und viel spannender. Aber auch nicht ganz ungefährlich. Nichts für dich. Wie heißt du eigentlich?"

Rosa zögert kurz. „Ich heiße Rose."

„Aber du hast doch ein M gesprüht?"

Rosa errötet. Sie ist froh, dass sie nicht mit I LOVE angefangen hat!

„Äh ... ich wollte ein anderes Wort sprühen. Mama ... I LOVE MAMA. Das ist ein Witz. Weil ... weil ich immer Krach mit ihr habe, verstehst du?" Rosa fängt richtig an zu stottern. Was für ein bescheuerter Unsinn.

Nose sieht sie prüfend an, aber dann lacht er los. „Du hast echt 'n Knall!"

„Hm, ja, danke für das Kompliment", sagt Rosa. „Ich würde gern mit zu dem guten Platz kommen. Wo ist es denn?"

„Ich geh zu den Zügen, die am Rangierbahnhof stehen, ein Stück weiter oben."

„Und da ist keine Polizei?"

„Doch, oft schon. Man muss einfach nur schlauer und schneller sein. Vor allem, weil die Bullen knallhart sind, wenn's um Sprayer geht. Die buchten dich ohne Pardon ein, wenn sie dich in die Finger kriegen."

„Ja, ich weiß", antwortet Rosa großspurig. „Brauchst du mir nicht zu erzählen. Ist dir das schon mal passiert?"

„Nee, mir doch nicht. Ich hab schon mindestens zweihundert Pieces und Tags gesetzt und ich bin noch nie erwischt worden. Gut, was?"

Rosa nickt bewundernd. Vorsichtig dreht sie an dem Ring in ihrer Augenbraue. Au, sie bekommt richtig Gänsehaut davon. Was für ein schreckliches Gefühl. Aber es muss sein, sonst wächst er fest.

„Du siehst anders aus als beim letzten Mal", sagt Nose. „Echt cool, deine Haare. Und das Piercing. Die Turnschuhe sind auch heiß."

Rosa erschrickt. Sie hat immer noch die Schuhe ihrer Mutter an. Voller Matsch natürlich. Und Farbe ist auch draufgekommen.

„Musst du nach Hause?"

Rosa schüttelt den Kopf.

„Wenn du willst, kannst du mitkommen. Kannst dem großen Nose bei der Arbeit zusehen."

Rosa fängt an zu lachen. „Wie heißt du wirklich?"

„Langweilig. Vincent."

„Gar nicht langweilig. Und warum ist dein Graffitiname Nose?"

Vincent guckt sie etwas verwundert an und zeigt auf seine Nase. „Ist die groß oder klein?"

Rosa schaut in sein Gesicht und grinst verlegen. „Äh … mittel, würde ich sagen."

„Lügnerin! Sie ist XL. Aber ich bin stolz darauf. Früher habe ich mich dafür geschämt, aber jetzt nicht mehr. Ich bin stolz auf meine Nase. Sie gehört zu mir. Darum heiße ich Nose. Kann mich auch niemand mehr damit ärgern. Gibt es bei dir was, für das du dich schämst?"

Rosa erschrickt vor seiner Direktheit und bekommt schon wieder einen roten Kopf. Sie zuckt mit den Schultern und wühlt in ihren lilafarbenen Haaren.

„Du brauchst nicht zu antworten. Ich bin immer zu offen und zu direkt. Damit handele ich mir oft Probleme ein."

Sie schweigen und schauen zum Mond, während Nose seine Zigarette raucht. Dann schnipst er sie weg und greift nach seinem Rucksack. „Wollen wir dann jetzt zusammen zum Rangierbahnhof fahren? In die Höhle des Löwen?"

In Rosas Bauch kribbelt es vor Aufregung.

Sie sieht ihn an und zögert.

Du hast ganz schön verrückte Sachen vor, ertönt es in Rosas Kopf. Mann, hast du sie eigentlich noch alle? Um zwei Uhr nachts mit einem wildfremden Jungen mitgehen! Geh nach Hause! Morgen schläfst du im Unterricht ein. Und du hast Französisch nicht gelernt!

305

Ist mir doch egal, sagt Rose' Stimme. Er ist nett. Er tut mir nichts. Er kann gut sprayen. Ich will es lernen.

Aber wenn Mama jetzt entdeckt, dass du nicht im Bett liegst … Und die Turnschuhe, sie bringt dich um!

Kann ich jetzt auch nicht mehr ändern. Morgen hab ich so oder so fetten Ärger am Hals. Außerdem hab ich jetzt endlich einen Freund gefunden. Ich finde ihn nett.

„Ich komme mit", sagt Rosa schließlich. „Unter einer Bedingung."

„Und die wäre?"

„Du fährst."

# *Gefängnis-Mail*

**Von:** Rosa van Dijk [rosavandijk@hotmail.com]
**Gesendet:** Freitag, 11. Juni 8:22
**An:** Jonas de Leeuw [jdl@xs22.nl]
**Betreff:** Jail-mail

Hi, Jonsen,
ich bin gerade aus dem Gefängnis entlassen worden, darum hast du seit zwei Jahren nichts mehr von mir gehört. Ich habe jetzt einen Vollbart und wiege nur noch dreißig Kilo. Alle meine Zähne sind ausgefallen und ich ernähre mich nur noch von Brei und Vanillepudding.
Du denkst natürlich: Die durchgeknallte Rosa redet wieder dummes Zeug, aber stimmt nicht. Ich bin todernst. Setz dich hin, zittere und beb. Ich hab wirklich eine Nacht eingesperrt in einer Zelle verbracht, zusammen mit Nose. Jetzt bin ich in mein Zimmer eingesperrt, bei Wasser und Brot, und darf ein halbes Jahr nicht mehr nach draußen.

Ich hab Eisenkugeln an meinen Knöcheln und trage einen gestreiften Pyjama.

Nein, ernsthaft. Meine Mutter und Alexander müssen nur noch darüber nachdenken, welche schreckliche Strafe sie mir jetzt wieder aufbrummen.

Pass auf: Ich bin gestern Abend nach dem Haarefärben getürmt. Ich hatte riesige Lust, meine neuen Spraydosen auszuprobieren, und habe mich zu Tode gelangweilt so ganz allein. Außerdem war Vollmond, was ein sehr guter Zeitpunkt ist für Werwölfe und Graffitikünstler.

Alex und Mama wollten nicht später als zwölf Uhr nach Hause kommen, und Abelchen schlief wie ein Murmel-tier, also konnte nichts passieren. Ich hatte Kissen und eine Puppe in mein Bett gelegt, sodass es so aussah, als ob ich schliefe.

Dann hab ich Nose getroffen, das ist ein total netter Typ, der auch Graffitisprayer ist. Nachdem ich ihn, und er mich, vor der Polizei inklusive wütendem Schäferhund gerettet hatte, war er mir so dankbar, dass ich mit ihm zum Güterbahnhof durfte. Er macht schon seit drei Jahren Graffiti und hat es voll drauf.

Wir haben einen Zug angesprüht. Das ist das Aller-gefährlichste, aber auch das Schönste.

Stell dir vor, dass ein Zug durchs ganze Land fährt, auf dem in prächtigen Buchstaben geschrieben steht: JONE IS GREAT! Oder ein Gedicht von dir? Gibt doch einen Kick, oder?

Nose war gerade am Sprühen und ich durfte ihm helfen und sollte gleichzeitig Wache halten. Ich musste aufpassen, ob Polizei kommt, und auch nach so einer Chaos-Clique Ausschau halten, die die Gegend unsicher macht. Die haben vor Kurzem jemanden ausgeraubt und zusammengeschlagen, hat Nose erzählt. Echt unheimlich. Die Typen hab ich zum Glück nicht gesehen und die Polizei leider auch nicht rechtzeitig.

Nose war schon beim E, als auf einmal drei wahnsinnige Hunde vor unserer Nase standen! Wir hatten sie absolut nicht kommen hören und haben uns natürlich zu Tode erschreckt. Wir haben nicht gewagt, uns zu bewegen. Nose hatte die Hand mit der Spraydose noch erhoben und er blieb auch so stehen, weil er Angst hatte, dass das Biest seinen Arm abbeißen würde, wenn er sich bewegte. Ich hatte Schiss, echt! Die Hunde knurrten und hatten lange gelbe Zähne und hochgezogene Lefzen und rote, blutunterlaufene Augen, ihre Ohren waren angelegt.

Dann kamen zwei Kleiderschränke von Polizeibeamten und legten uns Handschellen an. Wir mussten unsere Namen und Adressen angeben. Nose hatte vorher gesagt, dass wir, wenn wir geschnappt würden, falsche Adressen angeben sollten, aber ich war so unter Schock, dass ich aus Versehen meine echte genannt habe. Dann mussten wir in einem Bus mit aufs Revier. All unsere Spraydosen und Caps wurden uns weggenommen. Diebe!

Ich habe dann noch angefangen, eine Geschichte über Wandmalereien und Neandertaler zu erzählen, und dass Graffiti Kunst sind, aber sie wollten nicht zuhören. Wir mussten zusammen in eine Zelle, denn das Gefängnis war überfüllt.

Das war ganz schön unheimlich, denn es waren schon zwei Alkoholleichen in der Zelle. Sie stanken und sahen ziemlich runtergekommen aus, mit lila Säufernasen und vollgekotzten Klamotten und so. Igitt!

Dann haben die beiden ekligen Kerle Streit darüber gekriegt, wer auf dem Bett sitzen darf. Sie begannen sich zu schlagen und zu schubsen. Nose und ich haben gleichzeitig geschrien. So laut, dass die Wache kam.

Aber es war zu spät, denn Nose hatte schon ein blaues Auge kassiert, weil er den Ellenbogen von einer der Schnapsflaschen ins Gesicht gekriegt hatte. Nose war richtig mutig, er hat sich vor mich gestellt, um mich zu beschützen.

Die beiden Typen wurden aus der Zelle geschleppt und wir bekamen auf den Schreck eine leckere Tasse Automatentee und ein pappiges Brötchen. Dann hatten wir die Zelle für uns allein und es wurde noch sehr gemütlich. Nose hat mir alles über sich erzählt. Er hat zwei Brüder, sein Vater ist Pilot und seine Mutter Stewardess. Er ist absolut kein Krimineller oder so. Er geht aufs Gymnasium und seine Hobbys sind Graffiti, Zeichnen und Lesen. Er kann auch sehr gut Skateboard fahren.

Er macht immer Fotos von seinen Pieces (so heißen Graffitizeichnungen) und er will nächstes Jahr auf die Kunstakademie.

Nose sagt, die Welt sei ein großer Zeichenblock und jeder dürfe darauf zeichnen. Gut, oder? Das finde ich jetzt auch.

Wir haben riesigen Spaß gehabt und mussten so laut lachen, dass die Wache gucken kam, ob mit uns alles in Ordnung ist. Wir haben die ganze Nacht nicht geschlafen. Dann hatte der Spaß ein Ende.

Ich begann mich zu fragen, warum Mama mich nicht abholen kam, denn sie hatten angekündigt, dass sie meine Eltern anrufen würden. Aber meine Mutter hatte das Telefon rausgezogen. Das macht sie öfter, wenn sie müde ist. Um sieben Uhr hat sie es dann wieder eingesteckt.

Ja, und dann ging es los. Der Beamte, der sie angerufen hat, hat gesagt, dass sie sofort auf die Wache kommen müsste, weil ihre Tochter gesprayt hätte. Eine Viertelstunde später standen meine Mutter, Alexander und Abelchen mit einer violetten Strähne vor der Tür unserer Zelle. Totaaaal außer sich natürlich. Absolut doppelt und dreifach durchgedreht.

Sie hatten „gespritzt" verstanden und dachten, dass ich Drogen gespritzt hätte. Als sie mich sahen, bekamen sie zuerst kein Wort raus. Alexander wollte sagen: Das ist nicht unsere Tochter ... Ha! Er hat mich nicht einmal erkannt! (Als ich nach Hause kam, verstand ich, warum, denn meine Wimperntusche war verschmiert, weil ich doch ein bisschen geheult hatte. Ich sah aus wie Frankensteins Monster, leichenblass, mit lilafarbenem Haar und tief liegenden dunklen Augen. (Sehr interessant übrigens.)

Als Mama meine/ihre Schuhe sah, bekam sie noch einen Kollaps obendrauf.

Na ja, ich wurde also mit nach Hause geschleift. Glücklicherweise musste ich nicht aufs Gericht oder ein Bußgeld bezahlen, weil es das erste Mal war, dass sie mich erwischt hatten. Ich konnte mich nicht mal von Nose verabschieden. Ich hab echt einen Riesenanschiss gekriegt, aber es hat mir nichts ausgemacht. Worte tun nicht weh. Alexander hat auch noch beinahe den Ring aus meinen Augenbrauen gezogen, weil er dachte, es sei noch der falsche!
Sie wussten vor Erschütterung gar nicht mehr, was sie sagen sollten. (Hatte ich dir das von dem Piercing schon erzählt? Tat weh, echt! Hat mich beinahe umgehauen. Ein großer Typ hat ohne Betäubung eine riesige Nadel durch meine Augenbraue gejagt!)
Glücklicherweise sind Mama und Alexander noch nicht auf die Idee gekommen, meinen Computer wegzusperren, also kann ich noch mit der Außenwelt kommunizieren.

Grüße aus dem Knast
Rose

## *Blöde Kühe*

„Na, Miss Piggy, bist du in einen Farbtopf gefallen?"

„Und guck dir das Piercing an! Voll Panne!"

Rosa erstarrt.

Als sie heute Morgen zur Schule kam, war sie furchtbar nervös und gespannt. Sie hatte so sehr gehofft, dass ihren Klassenkameraden ihr neues Outfit gefallen würde oder sie sie zumindest ein bisschen bewundern würden, weil sie sich das getraut hatte.

Aber diese Reaktion hatte sie nicht erwartet.

„Miss Piggy macht auf Punk! Punky Piggy! Das kann man ja nicht mit ansehen!"

Rosa beginnt, bis zehn zu zählen, aber sie kommt nicht weiter als bis drei.

Wütend dreht sie sich um. „Jetzt hört endlich mal auf mit diesem Schwachsinn, ihr blöden Kühe! Ich hab euch doch nichts getan, oder etwa doch? Hört endlich auf mit diesem widerlichen Geläster!"

Die drei Mädchen erschrecken sich. So kennen sie Rosa nicht. Das Mädchen, das in der Mitte steht, erholt sich schnell. Es ist Edith.

„Du gehst uns eben auf den Keks mit deinem Getue und deinen lila Haaren."

„Guck halt weg!", schreit Rosa und verpasst ihr einen heftigen Stoß.

Edith schwankt und fällt nach hinten mit dem Kopf gegen die Heizung. Rosa bekommt einen Schreck. In ihrer Wut hat sie Edith viel heftiger gestoßen, als sie wollte.

„Du blutest, Edith! Da ist ein Loch in deinem Kopf!", kreischt ihre Freundin. Andere Schüler kommen neugierig angelaufen. Schnell bildet sich ein Kreis um Edith. Rosa steht außerhalb des Kreises. Ihr ist schwindelig und ihr Herz hämmert. Plötzlich hat sie das Gefühl, dass sie schwebt. Sie steht ganz allein, leichenblass, ihren Rucksack an sich gepresst, als wenn er ein Rettungsring wäre.

Sie hat das Gefühl, dass sie ohnmächtig wird. Dann fasst sie jemand fest am Arm.

Rosa bekommt einen Riesenschreck. Es ist Herr Meyer.

„Was ist passiert, Rosa?", fragt er freundlich.

Rosa kann nicht mehr an sich halten und bricht in Tränen aus. „Sie ha-haben gesagt … dass … sie ha-hassen mich!" Sie sieht, dass ein paar andere Jungen und Mädchen aus ihrer Klasse sie von oben herab ansehen. Der Hausmeister kommt angeschossen, bahnt sich einen Weg durch die Schüler und hilft Edith auf. Er betrachtet ihren Kopf. „Du hast großes Glück gehabt", sagt er. „Nur ein kleines Loch. Komm mal eben mit in mein Zimmer, dann tun wir Eis drauf."

Der Kreis öffnet sich, um die beiden durchzulassen.

Rosa verbirgt ihr Gesicht in den Händen. Ihre Schultern zucken vom Heulen.

„Ich würde Fräulein van Dijk zum Direktor bringen", sagt der Hausmeister mit vielsagendem Blick zu Herrn Meyer.

„Blöde Miss Piggy", zischt ein Mädchen im Vorbeigehen. „Ich hoffe, dass sie von der Schule fliegt."

Als Rosa mit Herrn Meyer mitgeht, sieht sie Karien. Sie unterhält sich mit Ediths Freundinnen und wirft ihr einen kalten Blick zu.

„Sie ... sie quälen mich so", schluchzt Rosa, als sie in Herrn Meyers Büro sitzt. „Und ich weiß nicht warum. Ich bin einfach anders! Ich sehe anders aus, rede anders, benehme mich anders. Ich ... ich versuche alles, um dazuzugehören, aber es ist nie richtig. Ich will nicht mehr! Ich will nicht mehr in die Schule! Ich will nicht zu Herrn Hopp! Er ... er ..."

Herr Meyer legt ihr seine Hand auf den Rücken. „Jetzt beruhige dich. Du musst nicht zu Herrn Hopp. Du kannst hier sitzen bleiben, bis du wieder ein bisschen ruhiger bist. Ich habe nächste Stunde ohnehin keinen Unterricht."

„Aber ich", schluchzt Rosa. „Ich habe ... ich schreibe eine Französischarbeit."

„Ich gehe kurz zu Herrn Dirks und sage ihm, dass du nicht kommen kannst." Herr Meyer gibt ihr eine Packung Taschentücher und streicht ihr über das Haar.

Rosa stockt der Atem. Er fasst sie an! Er streicht ihr über das Haar!

„Was ist denn genau passiert?"

„Ich hab es einfach nicht mehr ausgehalten", schnieft Rosa. „Und Karien ..." Sie fängt wieder an, heftig zu weinen.

„Was ist mit Karien?"

„Karien war meine einzige Freundin. Aber ... und ... seit ein paar Tagen sitzt sie die ganze Zeit mit ... m-mit diesen doofen Tussen zusammen und tut ... und tut so, als ob sie mich nicht sieht ... Und ich weiß überhaupt nicht, was ich falsch gemacht habe!"

Herr Meyer setzt seine Brille ab und reibt sich die Augen. „Ich weiß nicht, ob du darüber so traurig sein musst, Rosa. Diese Karien ist nicht ganz ... wie soll ich sagen ... Ich finde nicht, dass sie eine passende Freundin für dich ist."

Rosa wischt sich über die Augen. Ihr Taschentuch ist schon vollkommen schwarz von der verlaufenen Wimperntusche.

„Das Fräulein van Dijk, ich hab gehört, dass du hier bist."

Rosa schrumpft in sich zusammen. Herr Hopp!

Sie sieht ihn mit rot verweinten Augen an.

„Dir ist doch klar, dass ich einen Bericht schreiben muss. Komm bitte mit in mein Büro, junge Dame."

„Nein", sagt Rosa und schlägt die Hände vors Gesicht.

„Lass sie doch, Ed. Sie ist noch ganz durcheinander. Ich rede mit ihr", sagt Herr Meyer.

„Das ist nett gemeint, Samuel, aber ich möchte mich lieber persönlich mit Rosa unterhalten. Gewalt kann hier an der Schule nicht toleriert werden."

Rosa springt auf. „Quälen aber schon, oder was? Dagegen tun Sie nichts!"

Herr Hopp schaut sie erstaunt an. „Worte verletzen nicht", sagt er kühl. „Ein Stoß gegen die Heizung schon."

„Oh, Worte verletzen nicht", kreischt Rosa. „Glauben Sie das? Sie dumme, aufgeblasene Qualle! Sie kapieren überhaupt nichts!" Sie rennt aus dem Büro, aus der Schule. Einfach weg.

**Von:** Rosa van Dijk [rosavandijk@hotmail.com]
**Gesendet:** Montag, 14. Juni 16:03
**An:** Rosa van Dijk [rosavandijk@hotmail.com]
**Betreff:** Me-Mail

Rose,
ich will, dass du weggehst. Ich hab Angst. Ich weiß überhaupt nicht mehr, wer ich selbst bin. Ich werde noch ganz gestört von deinem Gequatsche in meinem Kopf.

Rosa

**Von:** Rosa van Dijk [rosavandijk@hotmail.com]
**Gesendet:** Montag, 14. Juni 16:12
**An:** Rosa van Dijk [rosavandijk@hotmail.com]
**Betreff:** Me-Mail

Rosa,
Ich kann nicht weggehen, denn ich bin du.

Rose

PS: Du brauchst Geld für neue Spraydosen.

Rosa seufzt. Manchmal hat sie Angst, dass sie dabei ist, verrückt zu werden. Diese Stimmen in ihrem Kopf ...

Da ist auch eine Mail von Jonas!

**Von:** Jonas de Leeuw [jdl@xs22.nl]
**Gesendet:** Montag, 14. Juni 15:34
**An:** Rosa van Dijk [rosavandijk@hotmail.com]
**Betreff:** Der Durchbruch eines Dichters

YESYESYES! Hast du es gesehen? Ich habe den Durchbruch geschafft. Ich bin berühmt! Ich steh drin!
Sie haben mein Gedicht abgedruckt! YESYESYES!

Jone,
(1991–...; international bekannter Dichter, Sprüher,
Schrubber und Philosoph)

PS: Ich habe gestern von meinem Taschengeld zwei
Sprühdosen gekauft. Ich dachte, dass es meinem Vater
gefallen würde, wenn ich einen Text auf das Garagentor
sprühe, denn er mag Gedichte auch gern.
Als ich am Anfang des zweiten Satzes war, kam er von
der Arbeit nach Hause. Ich war den ganzen Nachmittag
damit beschäftigt, das Garagentor wieder sauber zu
schrubben.

PPS: Weißt du, was komisch ist? Seit mein Gedicht veröffentlicht ist und ich also berühmt bin, habe ich keinen
Dicht-Kopf mehr. Ich denke nicht mehr in Versen, son-

dern in normalen, altmodischen Gedanken. Heute hab
ich die ganze Nacht durchgeschlafen. Heute Morgen
stand kein einziges Gedicht in meinem Notizblock.
Seltsam, was? Ich bin erst beim achtundsiebzigsten und
brauche also noch zweiundzwanzig.

PPPS: (Was bedeuten eigentlich die ganzen P?)
Wie kam dein neues Outfit in der Schule an? Hattest du
jetzt auch deinen Durchbruch?

Grüße von deinem Freund, dem berühmten Dichter.

PPPPS: Ist die echt wahr, die Geschichte mit dem Gefängnis? Warst du wirklich eine Nacht eingesperrt? Oder
veräppelst du mich? Dann hab ich ja eine echte Ganovin
zur Freundin! Eine Schwerkriminelle! Wow!

Rosa reibt sich die Augen. Sie ist vollkommen leer geweint.
Durchbruch, ja das kann man wohl sagen. Aber auf die ver-
kehrte Weise.

Wie schön für Jonas. Er klingt so glücklich. Sie hat das Gefühl, dass sie zehn Jahre älter ist als er. Er macht sich überhaupt keine Gedanken darüber, wie er ankommt oder wer er
ist. Er hat ganz sicher nur eine Stimme in seinem Kopf. Die
fröhliche, verrückte Stimme von Jonas de Leeuw.

Da ist auch eine Mail von Esther, gestern losgeschickt.
Schon wieder eine – und noch immer nicht zurückgeschrie-
ben.

**Von:** Esther Jacobs [esther@xs42.nl]
**Gesendet:** Sonntag, 13. Juni 21:11
**An:** Rosa van Dijk [rosavandijk@hotmail.com]
**Betreff:** Tipps für schwer erziehbare Eltern

Hi, Rosinchen,
du hast vermutlich viel zu tun für die Schule und so, weil
du noch immer nicht geantwortet hast. Ist nicht schlimm.
Echte Freundinnen können ein bisschen Mail-Ruhe schon
mal aushalten.
Geht es dir gut?
Mir ja. Ich bin zum ersten Mal in meinem Leben von
einem Jungen gefragt worden, ob ich mit ihm ausgehe.
Er heißt Jan und wir waren – lach nicht – bowlen. Er ist
Jugendmeister im Bowlen von Nord-Brabant, wie findest
du das?
Hast du eigentlich immer noch so viel Zoff mit deinen
Eltern? Dann hätt ich was für dich ...

**Survival-Tipps für schwer erziehbare Eltern**
(Was Eltern NICHT tun sollten)
1. Predigten, Ermahnungen und Drohungen bewirken
das Gegenteil und gehen zu einem Ohr rein und zum
anderen hinaus. Gähn! Reden ist besser als Befehlen!
2. Zu viele gute Ratschläge, Lösungen und Empfehlungen
sind gut gemeint, können aber auch schaden. Man
nimmt dem Kind die Chance, allein zurechtzukommen,
Eigeninitiative zu entwickeln und selbstständig zu
werden.

Jeder tut Dinge auf seine eigene Art und Weise. (Jedes
Kind hat das Recht auf seine eigenen falschen Entscheidungen. Ha! Gut, was! Hab ich mir gerade selbst ausgedacht.)
3. Verurteilungen, Kritik und Schuldzuweisungen sind
allesamt schlecht für das Selbstvertrauen von Kindern.
Sie bekommen davon einen Minderwertigkeitskomplex.
So wie die Eltern das Kind einschätzen, so wird das Kind
sich selbst einschätzen. Wenn man ihm ununterbrochen
sagt, dass es schlecht ist, wird es das auch von sich
denken. Zum anderen bringt häufiges Kritisieren Kinder
dazu, Dinge vor ihren Eltern geheim zu halten.
4. Ständiges Bestrafen nützt nichts, es macht Kinder nur
böse und hasserfüllt.

Eltern müssen auch erzogen werden. Sie sind wirklich
nicht perfekt.
Meine Mutter gibt mir zum Beispiel immerzu (sogenannte) gute Ratschläge. Ich werde noch ganz krank
davon. Als ob ich nicht selber denken könnte. Das liegt
wahrscheinlich daran, dass ich ein Einzelkind bin und sie
mich vor allem und jedem beschützen will. Ich neige
dann immer dazu, mich erst recht nicht an die Ratschläge
zu halten. Sie sagt zum Beispiel, dass ich absolut keinen
Alkohol trinken darf, bevor ich achtzehn bin, weil es die
Gehirnzellen kaputtmacht. Während sie sich selbst jeden
Abend eine halbe Flasche Wein zum Essen genehmigt!
Sie hat garantiert nicht mehr viel Gehirn übrig. Ich hab
beim Bowlen ein Bier mit Jan getrunken. Ich fand es

ziemlich grässlich und musste die ganze Zeit davon auf-
stoßen. Einmal kam es mir sogar wieder zur Nase raus!
Die Kugel ist auch die ganze Zeit quer über die Bahnen
von anderen Leuten gerollt, aber das lag vielleicht auch
mehr an mir als an dem Bier. Ich konnte nichts dagegen
machen, aber ich hab mich schlappgelacht. Jan fand es
nicht lustig. Er hat mich auch nicht geküsst, als wir uns
verabschiedet haben. Umso besser! Was soll man mit
einem Jungen, mit dem man keinen Spaß haben kann?

Schreibst du irgendwann mal zurück?
Grüße von Bierbiene Esi

Rosa grinst. Esther klingt schon ein bisschen wie eine Oma,
aber sie meint es wirklich gut. Und obwohl Rosa nichts mehr
von sich hören lässt, schreibt sie ihr trotzdem weiter. Sie sollte
die Survival-Tipps für Eltern eigentlich ihre Mutter und Alexander lesen lassen. Aber das traut Rosa sich nicht. Sie geht
die Punkte noch einmal durch. Predigen, Beschuldigen, Dro-
hen, Verurteilen, das machen die beiden doch ständig. Und in
der Tat, viel Selbstvertrauen hat sie nicht mehr. Und unsicher
ist sie immerzu.

Sollte es also vielleicht doch nicht allein an ihr liegen? Machen ihre Eltern auch etwas falsch? Aber sie geben ihr an
allem die Schuld.

Rosa muss schon wieder heulen. Sie ist todmüde und hat
Halsschmerzen. Sie geht ins Bad, zieht sich aus und stellt sich
auf die Waage. Fünfundfünfzig Kilo. Fünf Kilo abgenommen.
Rosa guckt in den großen Spiegel und kneift sich in die Haut

über ihrem Bauch und an den Hüften. Sie ist immer noch ziemlich dick. Es muss noch mehr weg.

Sie geht zum Klo und steckt sich würgend den Finger in den Hals. Genau richtig. Sie muss schlank und schön werden. Miss Piggy muss sterben.

Rosa stellt die Dusche an und lässt das Wasser auf ihren Kopf niederprasseln.

Die Stimmen von Alexander und ihrer Mutter gellen in ihrem Kopf: Du bist unverantwortlich und unzuverlässig! Du behauptest, dass du groß bist, aber schau doch selbst, was für einen Blödsinn du anzettelst! Wir können dir nie mehr vertrauen! Und wie bist du an die Spraydosen gekommen? Hast du Geld gestohlen? Du taugst überhaupt nichts! Was sollen wir mit dir machen? Du bist schlecht! Kein Taschengeld, Hausarrest, kein Fernsehen mehr in der nächsten Zeit.

Rosa fröstelt. Sie stellt das Wasser noch heißer, sodass ihre Haut ganz rot wird. Sie hasst sich selbst. Jeder hasst sie. Und heute Abend wird auch noch Herr Hopp anrufen. Was soll sie nur tun?

Als Rosa beinahe schon schläft, stürmt Alexander wutentbrannt ins Zimmer. Direkt vor ihrem Bett bleibt er stehen. „Tu bloß nicht so, als ob du schläfst, Rosa. Du weißt ganz genau, worum es geht. Du hast dich in der Schule geprügelt. Was um Himmels willen ist mit dir los?"

Rosa ist zu erschöpft, um dagegenzuhalten. Ihr Kopf wummert. „Ich ... aber das Mädchen ... Ich habe es nicht ..."

Alexander fällt ihr ins Wort. „Ausreden. Ich will es überhaupt nicht hören. Morgen kommt der Computer aus deinem Zimmer."

Rosa setzt sich erschrocken auf. „Aber ... ich ...“

„Kein Aber. Deine Mutter sitzt unten und heult. Sie ist fix und fertig mit den Nerven! Merkst du denn nicht, was du mit deinem Verhalten anrichtest?“ Alexander geht und zieht die Tür mit einem Knall hinter sich zu.

**Von:** Rosa van Dijk [rosavandijk@hotmail.com]
**Gesendet:** Montag, 14. Juni 23:29
**An:** Jonas de Leeuw [jdl@xs22.nl]
**Betreff:** Gemein, gemein

Lieber Joni-Makkaroni,
ich kann vorläufig nicht mehr mailen, denn mein Computer wird mir morgen weggenommen. Das ist die Strafe, die sie sich überlegt haben. Ich bin so fuchsteufelswild, dass ich nicht mehr weiß, was ich tun soll. Sie hören sich nicht mal meine Sicht der Geschichte an, das find ich am schlimmsten. Sie gehen einfach davon aus, dass alles meine Schuld ist. Alles läuft verkehrt. Ich wünschte, ich wäre tot. Ich darf auch nicht telefonieren.

Rose

PS: Ich hab dein Gedicht in der Zeitschrift gesehen. Ich bin sehr stolz auf dich. Herzlichen Glückwunsch!

PPS: Das mit dem Gefängnis war übrigens wirklich wahr.

**Von:** Rosa van Dijk [rosavandijk@hotmail.com]
**Gesendet:** Montag, 14. Juni 23:56
**An:** Esther Jacobs [esther@xs42.nl]
**Betreff:** Tipps für verzweifelte Kinder

Liebe Es,
entschuldige, dass ich so lange nichts mehr von mir habe
hören lassen. In nächster Zeit brauchst du auch keine
Mails zu erwarten, denn mein Computer wird mir weggenommen. Kleine Bestrafungsaktion von meiner Mutter
und Affenarsch.
Hast du vielleicht auch Tipps dafür, wie man als Kind
alles richtig macht? Die könnte ich gut gebrauchen, denn
ich weiß es echt nicht mehr.
Natürlich bin ich noch deine Freundin und ich bin wahnsinnig froh, dass du mir schreibst, auch wenn ich so
selten antworte.
In letzter Zeit ist einfach alles so schwierig.

Alles Liebe von Rose

## *Wie streite ich mich richtig?*

Rosa sitzt in der Bibliothek. Eigentlich müsste sie längst in der Schule sein, aber sie hatte nicht den Mut hinzugehen. Es ist Dienstag, heute Nachmittag hat sie Zeichenunterricht – wenn sie sich traut hinzugehen. Sie friert, obwohl es ein warmer Tag ist. Ihre Finger zittern auf der Tastatur. Sie ist den ganzen Morgen durch die Stadt gelaufen und danach an der Bahnlinie entlang, um Graffiti anzuschauen.

Sie kann nur noch an Herrn Meyer denken. Bei jedem Schritt, den sie macht, dröhnt sein Name durch ihren Kopf. Sam. Moon. Er ist der Einzige, der sie versteht.

Rosas Stirn fühlt sich heiß an. Fieber wahrscheinlich. Sie wollte heute Morgen im Bett bleiben, aber ihre Mutter hat ihr nicht geglaubt. Sie dachte, dass es eine Ausrede gewesen wäre, weil Rosa sich nicht in die Schule traut.

Es ist sehr still in der Bibliothek. Rosa hat schon drei Zeitschriften gelesen, sechs Bücher ausgesucht und jetzt versucht sie, ihren E-Mail-Account zu öffnen. Aber es klappt nicht.

Zum ersten Mal sehnt sie sich nach Esthers Survival-Tipps. Vielleicht könnten die ihr dabei helfen, etwas zu ändern. Sich selbst zu ändern, aber auf eine gute Art und Weise. Alles, was sie bis jetzt versucht hat, ging schief.

Weichei!, sagt Rose' Stimme in ihrem Kopf. Warum sollst du dich so anstrengen? Es motzt doch sowieso jeder über dich.

Aber es muss doch auch anders gehen! Ich werde noch verrückt davon.

Dann lauf weg.

Wohin? Wo soll ich hingehen? Was ändert das?

Du klaust eine Kreditkarte und fliegst nach Hawaii.

Hah! Als ob das einfach so geht.

Dann ziehst du halt in ein besetztes Haus. Das machen andere doch auch, wenn sie es zu Hause nicht mehr aushalten.

Ich bin erst vierzehn! Und es ist bestimmt total gemütlich zwischen den Kakerlaken.

Du hast doch auch noch einen Vater!

Dem hab ich gerade noch gefehlt! Er lässt beinahe nie etwas von sich hören. Er macht sich nichts aus mir. Er ist viel zu sehr mit seiner neuen Freundin beschäftigt. Die ist wichtiger als ich. Ich kann vor die Hunde gehen.

Rosa legt ihren Kopf auf die Tastatur und weint.

„He, Rose! Ich hab dich schon von Weitem an deinem lila Kopf erkannt!"

Rosa schaut erstaunt auf. Nose kommt auf sie zu. Schnell wischt sie ihre Tränen weg und versucht fröhlich auszusehen. Er trägt Baggy Pants und ein T-Shirt, auf dem NO FEAR geschrieben steht. Er sieht gut aus. Selbst mit der verrückten Nase. Oder vielleicht gerade deswegen. Es macht ihn besonders.

„Was machst du hier?", fragt Nose.

„Das kann ich genauso gut dich fragen. Schwänzt du?"

Nose schüttelt den Kopf und zieht einen Stuhl heran. „Ich hab dienstags nur sechs Stunden. Ich geh öfter in die Bibliothek. Ich hab zu Hause keinen Computer und es gibt supertolle Graffiti-Websites im Internet. Und viele Zeitschriften." Er schaut sie prüfend an. „Ist irgendwas mit dir? Du siehst echt beschissen aus."

Rosa wühlt sich verlegen im Haar. „Grippe oder so. Fühl mich nicht so gut."

Nose klopft ihr mit einem breiten Grinsen auf die Schulter. „Schön, dass ich dich hier treffe. Ich wusste deine Telefonnummer nicht. Und deine Adresse hab ich mir leider auch nicht gemerkt, damals auf der Wache. Ich wollte dich gern wiedersehen."

Rosa fummelt verlegen an ihrem Augenbrauen-Piercing herum. Sie merkt, dass sie es auch sehr schön findet, ihn wiederzusehen. Aber sie traut sich nicht, es zu sagen. Weil sie sich nicht gut fühlt, ist die vorlaute Rose ganz still in ihrem Kopf.

„Cooles Shirt", sagt sie schließlich. „No fear. Keine Angst. Guter Slogan. Hast du das selbst gemacht?"

Nose nickt stolz. „Jupp. Es überlebt sogar die Waschmaschine."

„Hast du das auch in der Stadt gesprüht? Ich seh es öfter irgendwo stehen."

Nose nickt.

„Warum NO FEAR?"

„Weil wir alle Angst haben. Alle Menschen sind ängstlich. Sie haben Angst voreinander und Angst vor sich selbst. Und am meisten Schiss haben wir davor, dass wir nicht gut genug sind."

„Du klingst wie mein Opa."

Nose errötet. „Ich mach mir einfach nur Gedanken über das Leben. Denkst du nie darüber nach, wie alles zusammenhängt?"

Rosa dreht den Kopf weg. Es schießen wieder Tränen in ihre Augen. „Und ob. Die ganze Zeit. Aber ich kapier es nicht. Ich mach alles falsch. Ich bin einfach zu dumm."

„Stimmt nicht. Das darfst du von dir selbst nicht sagen. Du hast Angst, dass du dumm bist. Siehst du: NO FEAR."

Rosa wischt schnell eine Träne weg. „Ich werde es versuchen."

Es ist kurz still. Nose dreht sich eine Zigarette, aber steckt sie dann wieder weg.

Er beugt sich näher zu ihr. „Du, ich werd heute Abend ein ganz großes Piece setzen im Industriegebiet. Hast du Lust mitzukommen?"

„Ich hab keine Spraydosen mehr."

„Du kannst meine benutzen. Ich hab neue gekauft. Du bist meine Assistentin, okay?"

Rose wird rot. Nose ist nett. Sie möchte gern lernen, wie es geht. Und es ist irgendwie schön, mit ihm unterwegs zu sein. Sie hustet.

„Bist du nicht zu krank dafür?", fragt Nose besorgt.

„Nein, Quatsch. Alles bestens."

„Und kannst du wegkommen?"

„Ich ... ich weiß es nicht. Ich muss sofort nach der Schule nach Hause. Ich hab Hausarrest bis zum nächsten Jahrhundert. Aber ich werde versuchen mich wegzuschleichen, wenn alle schlafen. Das ist meistens nach zwölf."

Nose grinst breit und gibt ihr einen freundschaftlichen Stoß. „Gib mir mal deine Adresse, dann hol ich dich ab."

„Hast du dein Fahrrad wieder?"

„Ich hatte Schwein. Es lag noch da. Ich hab den Schlauch geflickt."

„Ich möchte gern deine Assistentin sein, Nose, aber kannst du mir dafür helfen, meine Mails abzurufen? Ich kriege es irgendwie nicht hin."

Nose nickt erfreut. „Logisch, easy für Super-Computer-Nose."

**Von:** Esther Jacobs [esther@xs42.nl]
**Gesendet:** Dienstag, 15. Juni 7:15
**An:** Rosa van Dijk [rosavandijk@hotmail.com]
**Betreff:** Noch mehr Tipps

Hi, Rosamaus,
wie blöd, dass es dir so mies geht. Aber Schwester Esi
hat schon das passende Rezept für dich: Anti-Zoff-
Survival-Tipps! Ich habe sie auch meiner Mutter gegeben.
Sie wurde gar nicht sauer, sondern fand es richtig gut.
Jetzt liest sie das Buch, aus dem ich sie abgeschrieben
habe. Hier kommen sie:

**Survival-Tipps, zum Vermeiden von Zoff**

1. Wenn es einen Konflikt gibt, stell erst einmal fest, *wer* mit *wem warum* eigentlich ein Problem hat.

2. Sprich rechtzeitig das an, was dir im Magen liegt, und friss es nicht in dich hinein. Wenn du das tust, klingt es meistens viel schlimmer, als du wolltest, und du kriegst Ärger.

3. Timing! Versuch, in einem günstigen Moment über schwierige Dinge zu reden, also nicht, wenn ihr schon wütend aufeinander seid. Wenn deiner Mutter der Rauch schon aus den Ohren kommt, solltest du lieber nicht um eine Taschengelderhöhung bitten.

4. Hört einander zu. Lasst den anderen in Ruhe ausreden.

5. Hör auch auf dein Gefühl. Tu nicht so, als ob du mit etwas einverstanden bist, obwohl das eigentlich nicht so ist, denn das nützt überhaupt nichts. Wenn du es kannst, sag dem anderen ehrlich, wie du dich fühlst.

6. Nehmt euch eine Auszeit, wenn einer von euch oder alle zu aufgeregt werden. Manchmal ist es besser, erst mal eine Runde um den Block zu drehen und Frischluft zu schnuppern, statt eine Diskussion auf Biegen und Brechen fortzusetzen!

7. Gebt sogenannte „Ich-Botschaften": Vermeidet also Beschuldigungen und Vorwürfe. Sagt nicht: „Du bist schlampig, du lässt deinen Kram überall rumliegen." Sondern: „Ich find es keine schöne Vorstellung, mir den Hals zu brechen, weil ich über deine Rollerskates falle, die unten an der Treppe liegen."

So, Rosi, für den nächsten Krach bist du ja nun bestens
gerüstet ... na ja ... zumindest theoretisch.
Ich wünschte, wir würden näher beieinander wohnen,
dann könnten wir uns öfter sehen.
Viel Erfolg bei allem!

Grüße von Esi


**Von:** Jonas de Leeuw [jdl@xs22.nl]
**Gesendet:** Montag, 14. Juni 23:27
**An:** Rosa van Dijk [rosavandijk@hotmail.com]
**Betreff:** Help!

Hi, Rose,
ich hab meine Veröffentlichung mit in die Schule genommen, um sie rumzuzeigen.
Ich glaub, die Mädels waren hin und weg. Eine hat mich
sogar gefragt, ob ich für sie auch ein Gedicht schreiben
möchte! Selbst eine von den ganz coolen Mädchen fand
es schön!
Mädchen finden Dichter interessant. Ich hab mir einen
guten Beruf ausgesucht. Ich bin plötzlich sehr begehrt.
Ich hab wieder probiert zu schreiben, aber es hat nicht
geklappt. Es kam kein Wort aufs Papier. Ich fürchte, ich
habe eine Schreibblockade oder wie das heißt.
Hilf mir!

Jone

Nose schaut von seiner Zeitschrift auf. „Nette Post?"

Rosa nickt. „Ich hab eine Freundin in Den Bosch, mit der ich regelmäßig maile. Und einen Freund in Süd-Limburg. Er heißt Jonas und er schreibt Gedichte."

Nose zieht seine Augenbraue hoch. „Ein Freund, noch dazu ein Dichter … hast du was mit ihm?"

Rosa errötet. „Nein, Quatsch. Wir kennen uns schon lange. Er ist meine beste Freundin, sag ich immer. Ich kann ihm alles sagen und wir haben immer viel Spaß zusammen!"

Rosa bemerkt zu ihrer Überraschung, dass Nose auch einen roten Kopf hat. Er steht auf und legt seine Zeitschrift zurück.

Sie schaut auf die Uhr und erschrickt. Halb zwei, sie hat ihre Zeichenstunde völlig vergessen. Und da will sie unbedingt hin. Sie will Sam sehen. Bei ihm sein. Mit ihm reden. Ihn anschauen. Es kribbelt in ihrem Bauch.

Sie springt auf und rafft ihre Bücher zusammen. „Ich muss los, ich hab Zeichenunterricht."

„Okay, dann bis heute Abend um halb eins!"

## *Stimmen im Kopf*

Rosa steht mit einem Pinsel in der Hand vor einer Staffelei. Neben ihr steht ein Spiegel. Sie soll ein Selbstporträt malen.

Sie wagt nicht, sich zu bewegen. Bierchen sitzt auf ihrem Kopf.

„Gelingt es?", fragt Sam von seiner eigenen Staffelei aus.

„Ja", sagt Rosa, ohne ihren Kopf zu bewegen. „Das Bild wird heißen: Mädchen mit blauem Wellensittich und violettem Haar ... hatschi!"

Weg ist der Vogel.

Samuel steht auf, wischt seinen Pinsel an seiner Hose ab und schaut, was sie gemalt hat. „Mmm ... nicht schlecht!", sagt er lachend. „Bierchen sieht sich täuschend ähnlich."

„Ich mir etwas weniger", sagt Rosa. „Die Haare sehen komisch aus." Verlegen zieht sie an ihren violetten Strähnen.

Wenn Sam so nah bei ihr steht, kriegt sie Bauchweh vor Aufregung und ihre Stimme beginnt zu zittern. Sie hofft nur, dass er es nicht merkt. Aber es ist auch ein schönes Gefühl.

Sam lacht und gießt sich ein Glas Tee ein. „Ich habe früher in der Schule eine Zeit lang hellblaue Haare gehabt. Und auch mal gar keine. Schokolade?"

Rosa nickt und schüttelt gleich darauf den Kopf. Sie muss an ihre Figur denken.

„Du machst doch keine Diät, oder? Du hast ganz schön abgenommen, finde ich."

Erschrocken schüttelt Rosa noch einmal ihren Kopf. Sie erstickt einen Hustenanfall in dem Lappen, den sie bekommen hat, um ihren Pinsel abzuwischen.

„Du musst dein Porträt noch um etwas ergänzen", sagt Sam grinsend und tippt an seine Nase. Rosa sieht schnell in den Spiegel. Mitten in ihrem Gesicht ist ein riesiger grüner Fleck.

„Setz dich hin, Rosa, wir machen Pause. Und ich möchte kurz mit dir reden."

Rosas Herz setzt für einen Schlag aus. Würde er …

„Du warst heute nicht in der Schule."

Rosas Gesicht bewölkt sich. „Nein. Ich habe geschwänzt."

„Wo warst du?"

„Bin einfach durch die Stadt gelaufen und war in der Bib."

„Waren deine Eltern böse, als sie gehört haben, was passiert ist?"

„Ja, furchtbar. Mein Stiefvater hat einen Megaaufstand gemacht."

„Kommst du mit ihm nicht zurecht?"

„Nein", sagt Rosa steif. „Affenarsch steckt seine Nase überall rein."

„Affenarsch?", fragt Sam lachend.

„Ja, so nenn ich ihn. Alexander Affenarsch. Er hat überall Haare. Auch auf seinem Hintern. Er ist furchtbar streng und er hört mir nie zu. Mama hat sich total verändert, seit er bei uns wohnt. Sie hat auch überhaupt keine Zeit mehr für mich ... und ... ich kriege ständig Strafen und ich darf nichts und ..." Rosa kann sich nicht mehr beherrschen. Die ganze Geschichte strömt aus ihr heraus. Nur von dem Übergeben erzählt sie nichts und von den Stimmen in ihrem Kopf. Das ist ihr Geheimnis. Dafür schämt sie sich viel zu viel.

Sam muss laut lachen über ihre Geschichte von der Nacht im Gefängnis mit Nose.

„Ich wurde auch zweimal erwischt."

„Und dann?"

„Ich war siebzehn. Das erste Mal habe ich nur eine Verwarnung kassiert. Beim zweiten Mal habe ich gemeinnützige Arbeit aufgebrummt gekriegt."

„Und was mussten Sie da machen?"

„Ich musste vier Samstage lang Müll im Park aufsammeln. Aber das war gar nicht schlimm, es war eigentlich der größte Glücksfall in meinem Leben."

„Was? Wieso?"

„Weil ich an dem letzten Samstag Joost im Park kennengelernt habe. Er hat da geskatet."

Rosa schaut ihn fragend an. „Joost?"

Sam schaut ihr direkt in die Augen. Rosas Hände fangen an zu schwitzen und Schmetterlinge stürmen durch ihren Bauch. Seine Augen sind so blau und er sieht sie so lieb an.

„Du musst wissen, Rosa, ich bin schwul. Ich steh nicht auf Frauen, sondern auf Männer. Aber ich hab mich damals noch nicht getraut, dazu zu stehen. Und ich wusste es auch noch nicht sicher. Aber als ich Joost kennengelernt habe ... da hatte ich keine Zweifel mehr."

Herr Meyer? Schwul? Rosa ringt nach Atem. Sie schaut sprachlos auf ihre Hände, die voller Farbe sind.

Sam starrt nach draußen. „Verrückt, was? Dass Dinge, die im ersten Augenblick wie eine Katastrophe aussehen, sich ganz anders entwickeln können. Joost und ich waren drei Jahre zusammen und wir waren sehr glücklich ..."

Rosa hört nicht mehr zu, sie will nichts mehr hören. Sie ist fassungslos. Das hat sie nicht erwartet.

Ihr Lehrer ist schwul. Er wird also nie ... Er ist nicht ... nicht in sie.

Eine Träne rollt ihre Wange hinunter.

„He, Rosa, was ist denn?"

Rosa schüttelt seine Hand von ihrer Schulter und steht auf. Heftig wischt sie die Tränen weg. „Nichts, es ist nichts. Ich bin einfach nur müde und ich fühl mich nicht besonders. Ich ... ich geh nach Haus."

Sam steht auf. „Rosa, möchtest du, dass ich mal mit deiner Mutter rede? Oder mit Affenarsch?"

Rosa schüttelt den Kopf. „Nein, das ist nicht nötig, ich krieg das schon hin. Ich brauche niemanden."

Als sie bei der Tür angekommen ist, hält er sie auf. Mit beiden Händen hält er sie an den Schultern fest. Rosa versucht, seinem durchdringenden Blick auszuweichen.

„Hey, Rosa, du bist ein sehr nettes und besonderes Mädchen. Mit sehr viel Talent. Und du musst dir eine Sache gut merken: Du musst es nicht alleine schaffen. Du kannst immer um Hilfe bitten. Du kannst immer zu mir kommen, wenn du Probleme hast. Dafür sind Freunde da."

Rosa schluckt den Kloß herunter, der in ihrem Hals steckt. „Ich ... ich werde es mir merken", sagt sie mit tränenerstickter Stimme und läuft zur Tür hinaus.

Rosa steht auf der Waage. Vierundfünfzig Kilo. Aber sie findet sich immer noch zu dick.

Mama jammert die ganze Zeit, dass sie so dünn wird, aber weil sie bei Tisch normal isst, bekommt sie nicht mit, dass sie Diät macht.

Sie ist todmüde und verschnupft. Eigentlich will sie am liebsten ins Bett und sehr, sehr lange schlafen. Schlafen und alles vergessen.

Aber das wirst du nicht tun, sagt die strenge Stimme von Rose in ihrem Kopf. Du hast eine Verabredung mit Nose. Er holt dich bald ab.

Ich bin so müde!

Ein bisschen Abwechslung tut gut. Dann kommst du wenigstens über Herrn Meyer hinweg.

Das komme ich niemals!

Ach, Blödsinn. Herr Meyer war doch viel zu alt. Was willst du denn mit einem Lehrer?

Rosa seufzt. Rose' Stimme in ihrem Kopf hat auch manchmal Recht. Sie niest und fröstelt.

Da meldet sich Rose schon wieder zu Wort: Komm schon, zieh dir einen dicken Pulli an und jammre nicht. Es ist halb eins und alle schlafen. Wir müssen los. Wir gehen sprayen. Mit Nose.

Rosa nickt und schaut in den Spiegel. Sie versucht zu lächeln, aber ihre Mundwinkel bewegen sich kein bisschen.

„Zigarette?", fragt Nose kurz darauf.

Rosa zögert und nickt. Was macht das schon noch aus.

Umständlich greift sie danach. Sie laufen durch eine ruhige Gegend mit breiten Straßen und hohen Bäumen, und sie sind auf dem Weg zu einer Turnhalle. Sie hat auch eine Mütze aufgesetzt und friert, obwohl es eine warme Nacht ist.

Rosa bleibt stehen und inhaliert tief.

„He, du Pappnase, nicht bis zu den Zehen", sagt Nose lachend.

Rosa nimmt noch einen Zug. Dann wird ihr auf einmal ganz schwindelig. Der kalte Schweiß bricht ihr aus und ihr wird schwarz vor Augen. Nose kann sie im letzten Moment noch auffangen.

„Oh Gott, gib die Zigarette her", sagt er erschrocken und schmeißt sie weg. „Setz dich da hin."

Rosa schwankt zur Mauer. Sie atmet tief ein.

„Was hast du denn bloß?", fragt Nose unruhig. „Kommt das öfter vor, dass du fast ohnmächtig wirst? Du siehst echt schlecht aus, Mann." Er schlingt den Arm um sie und Rosa lehnt sich schlapp dagegen.

„Ich bin kein Mann", flüstert sie.

Nose kneift ihr in die Schulter. „Du bist furchtbar dünn, ich fühl deine Knochen!" Er schüttelt sie sanft durch. „Bist du auf Diät, oder was?"

Rosa gibt keine Antwort.

„Rose? Sag was!"

Dann beginnt sie zu heulen. Durch die Müdigkeit und die Erkältung kann sie einfach nicht mehr. Die böse starke Rose ist nirgends zu entdecken.

„Hey Rose, red mit mir! Freunde haben keine Geheimnisse voreinander. Es ist viel besser, über alles zu reden. Und ich hab es dir schon mal gesagt: Du brauchst dich für nichts zu schämen."

„Ich steck mir den Finger in den Hals", murmelt Rosa beinahe unhörbar und verbirgt ihr Gesicht in den Händen.

Nose ist kurz still. „Ist das alles?"

„Ja", sagt Rosa überrascht. „Reicht das nicht? Ist doch eklig genug, oder?"

„Eine Freundin von meinem Bruder hat das auch gehabt."

„Was?", schnieft Rosa.

„Man nennt es Bulimie."

„Ach, Quatsch. Das hab ich doch nicht."

„Vielleicht ein kleines bisschen", sagt Nose und seufzt. „Machst du das schon lange?"

„Ich glaube, einen Monat oder so …"

„Lass es sein, Rose, das ist echt kein Spaß! Bei Sophie war das ziemlich schlimm. Selbst als sie aussah wie ein wandelndes Skelett, fand sie sich noch zu dick. Sie war furchtbar streng mit sich selbst. Sehr sensibel. Und sie nahm auch alle möglichen Tabletten, um abzunehmen."

„Was ist mir ihr passiert?"

„Es ging auseinander mit Wilbert, meinem Bruder. Er hat es nicht mehr ausgehalten. Vor allem, weil sie keine Hilfe wollte. Er hat alles versucht, aber sie hat die ganze Zeit abgestritten, dass sie ein Problem hat. Irgendwann ist sie in eine

Spezialklinik eingeliefert worden. Sie hat Infusionen bekommen, weil sie kein Essen mehr bei sich behalten konnte. Wenn sie etwas gegessen hat, kam es sofort wieder raus. Sie hat immerzu gefroren, sie hat ihre Regel nicht mehr bekommen und hatte für nichts mehr Energie."

„Shit, ehrlich", sagt Rosa erschrocken. „Und dann?"

„Sie ist noch immer in der Klinik. Es geht ihr etwas besser, sie bekommt eine Therapie, um wieder zuzunehmen. Aber das geht alles sehr langsam. Ich glaube, je länger man Bulimie oder Magersucht hat, desto schwerer kommt man wieder davon weg. Sie hat es jetzt schon etwa fünf Jahre. Und man kann sogar daran sterben."

Rosa ist für einen Moment ganz still. Sie muss an heute Abend denken, als sie auf der Waage stand. Vierundfünfzig Kilo. Sechs Kilo abgenommen, und noch immer findet sie sich zu dick.

Sie will kein Skelett werden. Sie will keine Infusionen kriegen und in keine Klinik. Sie will nicht sterben.

„Ist Magersucht das Gleiche wie Bulimie?"

„Nein, aber es kann beides zusammenkommen", antwortet Nose. „Magersucht ist, wenn man sich selbst aushungert. Dass man einfach nichts mehr isst. Bei Bulimie hat man Fressanfälle und danach spuckt man alles wieder aus. Hast du so was manchmal?" Nose schaut sie ernst an.

Rosa fummelt nervös an dem Ring in ihrer Augenbraue und traut sich nicht, ihn anzuschauen. „Manchmal schon, ja. Wenn ich eine ganze Weile nichts gegessen habe, bekomme ich solchen Hunger, dass ich mich nicht mehr beherrschen kann. Dann stopf ich mich total voll. Und danach fühl ich mich schrecklich aufgeblasen und dick und dann spuck ich alles wieder aus." Sie schämt sich. Was ist sie doch für ein Waschlappen. Was soll Nose bloß von ihr denken?

„Weißt du auch, warum du das tust?", fragt Nose ruhig.

Rosa sieht ihn an. „Ja, natürlich. Siehst du das nicht? Ich bin zu dick."

„Du bist überhaupt nicht dick. Eher zu dünn. Gibt es nicht noch einen anderen Grund?"

Rosa schaut auf ihre Beine und ihren Bauch. „Vielleicht … vielleicht mache ich es auch, um mich selbst zu bestrafen. Weil ich finde, dass ich nichts wert bin. Weil ich denke, dass die Leute mich nett finden, wenn ich ganz wundervoll schlank bin."

Nose nimmt sanft ihre kalten Hände. Seine sind warm und rau.

„Weißt du … Nose … da ist noch was anderes … Ich … ich glaube …" Rosa kann nicht mehr weiter.

„Raus mit der Sprache", sagt Nose. „Dann bist du es los. Ich finde nichts verrückt."

„Doch … das ist es ja gerade. Ich … ich glaube manchmal, dass ich verrückt bin."

Nose bricht in Gelächter aus.

„Nein, ehrlich wahr, du darfst mich nicht auslachen", sagt Rosa mit Tränen in den Augen. Sie spürt plötzlich Panik in sich aufsteigen.

„’tschuldige, ’tschuldige …", sagt Nose und kneift ihr in den Arm. „Ich lach dich nicht aus. Absolut nicht. Wenn hier jemand verrückt ist, dann bin ich es. Oder meine Brüder … oder … meine Freunde, aber nicht du."

„Doch", sagt Rosa leise. Sie holt tief Luft. „Ich hab Stimmen in meinem Kopf."

Nose steckt sich noch eine Zigarette an, schaut sie an und wirft sie dann weg. „Eine Stimme in meinem Kopf hat mir gerade mitgeteilt, dass Rauchen furchtbar schlecht für mich ist", sagt er mit dunkler Stimme und schlägt sich selbst auf die Finger. „Pfui, Nose, dummer Nose, ein Loser bist du!"

Rosa grinst. „Ja, so was meine ich. Ich hab zwei Stimmen in meinem Kopf und die streiten sich die ganze Zeit."

„Hm", sagt Nose nachdenklich. „Haben sie auch einen Namen?"

Rosa sieht ihn erstaunt an. „Ja ... Woher weißt du das jetzt?"

„Oh, ich hab auch eine ganze Sammlung. Ich hab zum Beispiel eine strenge Stimme, die nenn ich den Polizeibeamten, der macht mich immer ganz unglücklich mit seinem Gemecker und seinen Kommentaren. Und dann ist da die Stimme von einem kleinen Jungen, der immer will, dass alles nach seiner Nase geht, den nenn ich Knirps und ... dann ist da noch ein Streber, den nenn ich Mister Perfect. Das ist eine Art Besserwisser. Ein Schleimer, der Eindruck machen will, indem er zeigt, wie schlau und verständig er ist. Und es gibt auch einen Angsthasen, den nenn ich Lord Hosenscheißer."

Rosa muss trotz all ihrem Kummer lachen. „Es ist ganz schön voll in deinem Kopf! Und was machst du mit all den Stimmen?"

„Na ja, wenn ich zum Beispiel ein hübsches Mädchen sehe, dann gebe ich enorm an. Ich trage dick auf, tue cool und lass sie merken, wie schlau ich bin. Um Eindruck zu schinden.

Und manchmal merke ich auch, dass ich das tue. Als ob ich mich selber beobachten kann. Und dann sag ich zu mir: He, Mister Perfect ist wieder mal in Action. Und dann erkenne ich auf einmal, dass es eine Art Rolle ist, die ich spiele, weil ich mich unsicher fühle. Und in dem Moment, wo es mir klar wird, hört es auf. Dann werde ich wieder einfach ich selbst und benehme mich normal. Irre, was? Das Verrückte ist, dass es wirklich funktioniert. Aber eigentlich haben wir über dich gesprochen."

Rosa holt noch einmal tief Luft. Sie fühlt sich schon etwas besser.

Das Schöne ist, dass sie sich dadurch, dass Nose so ehrlich ist, auch traut, ehrlich zu sein.

„In meinem Kopf sind Rosa und Rose. Rosa ist so, wie ich früher war. Verlegen und vorsichtig und unsicher. Ein kleines Weichei. Rose ist vorlaut und gemein und unehrlich. Sie traut sich alles und nichts macht ihr was aus."

Rosa setzt sich gerade hin und schaut zum Mond, der zwischen den Wolken zum Vorschein kommt.

„Ich wollte mich verändern. Ich fand mich selbst blöd. Ich hatte genug von der Mimose Rosa, die sich nichts zutraut und zu schüchtern und unsicher ist, um Freunde zu finden. Niemand fand mich nett oder interessant. Ich kam mir vor wie eine stinklangweilige graue Maus. Darum habe ich Rose erfunden. Es hat als eine Art Spiel angefangen, aber dann wurde es irgendwie so real. Die böse Rose wurde immer stärker und sie hat mich Dinge tun lassen, die ich eigentlich nicht wollte ..."

„Zum Beispiel?"

„Zum Beispiel Geld klauen", sagt Rosa beschämt. „Und ich habe einmal ein Oberteil in einem Laden gestohlen. Eine Freundin hat mich dazu angestiftet. Aber ich habe es getan."

Nose schaut sie an.

Rosa wendet ihren Blick ab.

„Aber hat nicht jeder schon mal irgendwas geklaut? Ich hab zum Beispiel mal eine Packung Pudding im Supermarkt mitgehen lassen."

„Und? Hast du es jemandem erzählt?"

Nose lacht. „Ja, meiner Mutter! Und du errätst nie, was sie gesagt hat."

„Was denn?"

„Dass sie das früher auch mal gemacht hat. Himbeerlutscher! Weil sie die so furchtbar gerne mochte, als sie klein war, und von ihrer Mutter hat sie die nie gekriegt. Sie hatte das noch nie jemandem erzählt!"

Rosa schaut Nose mit großen Augen an. „Echt?"

„Echt. Und dann mussten wir beide laut lachen. Und sie hat gesagt, dass sie es unglaublich mutig von mir findet, dass ich so ehrlich bin."

Rosa schweigt kurz. Es ist lange her, dass sie mit ihrer Mutter zusammen gelacht hat. Früher schon, sogar oft. Als sie nur zu zweit waren und es Alexander noch nicht gab.

Nose legt ihr seine Hand auf den Arm. „Was macht die böse Rose sonst noch?"

„Ich hab letztens in der Schule ein Mädchen gegen die Heizung geschubst. Sie hatte ein Loch im Kopf. Es war nicht meine Absicht, ihr wirklich wehzutun, es ist einfach passiert. Ich war so wütend."

„Ärgern sie dich in der Schule?"

Rosa nickt und schaut ihn traurig an. „Sie nennen mich Miss Piggy. Weil ich so dick bin."

„Hör doch auf! Du bist überhaupt nicht dick! Wer hat dir das eigentlich weisgemacht?"

„Die anderen in der Schule. So nennen sie mich doch nicht einfach so."

„Die spinnen. Vielleicht haben sie dich aus einem anderen Grund so genannt. Und außerdem gefällt mir Miss Piggy richtig gut. Ich lach mich immer tot über sie. Soll ich dich auch so nennen?"

„Wehe", sagt Rosa und schubst ihn.

Nose wird wieder ernst. „Von anderen runtergesaut zu werden, ist echt ätzend", sagt er. „Das Gemeine ist, dass die Kinder, die am sensibelsten sind und sowieso schon wenig Selbstvertrauen haben, am meisten darunter leiden."

„Du redest wie ein Erwachsener!", sagt Rosa.

„Ich rede wahrscheinlich wie mein Vater. Der ist Psychologe."

„Ich dachte, er sei Pilot?"

„Das ist er auch, aber er liest ständig Psychologiebücher."

„Dann ist er ein Psycholot", sagt Rosa lachend.

„Oder ein Pilologe!"

„Was er sagt, stimmt schon. Ich nehme mir immer alles sehr zu Herzen."

Nose nickt. „Und genau darauf stehen die Lästermäuler! Ich kenne das. Weißt du, in der Grundschule wurde ich auch ganz schön ausgelacht wegen meiner Nase: ‚He, Nase, wo gehen du und Vincent hin?' – ‚Guten Morgen, Pinocchio!' Und

346

lauter solche Sprüche. Es hat erst aufgehört, als ich mir nichts mehr draus gemacht habe."

Rosa fühlt sich auf einmal ein bisschen erleichtert. Es ist schön, mit jemandem über solche Sachen zu reden. Mit jemandem, der einen versteht.

„Und am Ende geht es sowieso immer nur um eins", fährt Nose fort.

„Um was denn?"

„Na ja", sagt Nose, zieht sie zu sich und gibt ihr einen Kuss. „Wir wollen, dass uns einer lieb hat, so wie wir sind." Er steht verlegen auf. „Komm, lass uns gehen, sonst wird es zu spät."

## *Rose + Nose = riesengroß!*

„Du musst für die Feinheiten ein Cap mit einem kleineren Loch nehmen", sagt Nose und gibt ihr eins.

Rosa sprüht vorsichtig die Innenseite des S rot und tritt einen Schritt zurück. Genial!

Nose legt ihr den Arm um die Schultern. „Gute Idee von dir, Rose. Unsere zwei Namen zusammen."

Rose. Nose. Ineinander verflochten. Riesig. Zusammen sind sie unbesiegbar!

Rosa zögert kurz und schlingt dann ihren Arm um seine Hüfte. „Heute Vormittag hab ich noch gedacht, dass ich in meinen Lehrer verliebt bin. Ich kapier überhaupt nichts mehr."

„Du musst nicht über alles so viel nachdenken. Was sagt dein Gefühl?"

„Dass ich froh bin. Erleichtert."

Nose zieht sie an sich. Zusammen schauen sie auf das bunte Bild.

„Wollen wir jetzt mal nach Hause gehen?", sagt er schließlich.

Rosa nickt. Das Frösteln ist mit einem Mal vorbei und auch die Halsschmerzen haben nachgelassen. Hand in Hand schlendern sie die Straße entlang. Die Stadt schläft und der Mond spielt mit den Wolken Verstecken. Rosa fühlt sich ruhig und zum ersten Mal seit langer Zeit sicher und glücklich.

Nose weiß jetzt alles von ihr. Und er mag sie immer noch.

No fear. Sie hat keine Angst mehr. Seine große Hand umfasst ihre, warm und fest.

In diesem Moment durchschneidet ein durchdringender Schrei die Nacht. Es klingt fast so, als habe jemand Todesangst.

„Was war das?", fragt Rosa erschrocken.

„Es kam von dahinten." Nose zeigt auf eine dunkle Gasse.

Ohne nachzudenken, rennen sie beide in die Richtung, aus der der Schrei kam.

Am Ende der Straße liegt ein Mann am Boden, drei Kerle stehen um ihn herum und schlagen und treten auf ihn ein. Der Mann hat sich zusammengerollt und hält seine blutigen Hände schützend vor sein Gesicht. „Hilfe, aufhören!", wimmert er. „Hört auf! Ich hab nichts mehr … Nein! Hört …"

In diesem Moment bekommt er einen heftigen Tritt in die Magengegend.

Rosa und Nose verstecken sich in einem Hauseingang.

„Abhauen", zischt Nose. „Das sind die Typen, von denen ich erzählt habe. Wenn sie uns bemerken, sind wir erledigt."

„Nose, wir müssen was machen! Die schlagen den noch tot", antwortet Rosa flüsternd.

349

„Ich habe ein Handy. Ich ruf die Polizei."

„Nee! Bis die hier sind, ist es vielleicht zu spät", sagt Rosa. „Guck doch, wie der blutet ... was für gemeine Arschlöcher. Ich helf dem jetzt."

„Nein!" Nose packt sie am Arm.

Rosa schaut ihn mit weit aufgerissenen Augen an. „Jetzt komm, Lord Hosenscheißer, zusammen sind wir stark!"

Nose zögert ein paar Sekunden.

Der alte Mann jammert herzzerreißend.

Dann nickt Nose. Er dreht sich um und läuft auf die Gruppe zu.

Rosa rennt hinter ihm her. „Hört sofort auf", schreit sie.

Die Jungen drehen sich um.

„Aha", ruft der Größte. „Wen haben wir denn da? Das kleine Verräterarschloch. Jungs, hier ist unser alter Freund Nose!"

Die anderen zwei drehen sich auch um. Rosa schaut Nose erstaunt an.

Ein dicker Junge mit enormen Muskeln und einem fiesen Gesicht wischt die Hände an seiner Hose ab und geht ein paar Schritte in ihre Richtung. „Nose, alter Sack, was für eine Überraschung! Wie schön, dich wiederzusehen! Wir haben dich vermisst, Kumpel!"

„Ja, Nose ...", sagt der dritte. „Wie läuft es denn so? Und du hast ein hübsches Mädchen bei dir, wie ich sehe." Er reibt sich die Hände und geht auf Rosa zu.

Nose stellt sich vor sie. „Hau ab, Rose, du hast hiermit nichts zu tun. Mach schon, verzieh dich!"

Doch Rosa rührt sich nicht vom Fleck.

„Vergiss es!", ruft sie. „Ich lass dich nicht allein! Kennst du die Typen etwa, Nose?"

Der größte Junge packt sie grob am Arm. Nose schubst ihn weg. Der Dicke verpasst Nose einen Schlag in den Nacken. Rosa schreit auf.

Nose schreit und Rosa bekommt einen derben Schlag gegen die Schläfe. Ein Schmerz, der so heftig ist, dass ihr übel wird, schießt ihr durch den Kopf. Sie fällt. Dann wird alles schwarz.

## *Rosa, hörst du mich?*

„Rosa. Rosa, hörst du mich?"

Rosa bekommt die Augen kaum auf. Sie fallen ihr immer wieder zu. Sie hat das merkwürdige Gefühl, dass sie unter Wasser schwimmt und es ihr nicht gelingt aufzutauchen. Alles ist verschwommen. Sie sieht ein Gesicht über ihrem. Wer ist das?

Dann sackt sie wieder weg. Sie schwimmt zappelnd dagegen an ... zurück, nach oben, ins Licht. Aber alles wird wieder schwarz.

„Rosa! Rosa, hörst du mich?"

Rosa ... Wer ist Rosa? Ist sie Rosa?

Verschwommen, ungreifbar, undeutlich. Seltsame Gesichter. Angst. Schmerzen im Kopf. Schmerzen im Arm. Sie kann sich nicht bewegen. Gelähmt. Eine Welle von Panik. Dunkelheit.

„Rosa. Rosa."

Eine drängende, ängstliche Stimme. Rosa öffnet die Augen. Jetzt geht es besser. Aber das Licht ist viel zu grell und ihr Mund fühlt sich an, als wäre er voller Klebstoff. Sie versucht den Kopf zu heben, aber ein stechender Schmerz hindert sie.

„Rosa, Gott sei Dank, du bist wach!"

Eine weinende Frau sitzt neben ihrem Bett und hält ihre Hand.

Neben ihr steht ein Mann in einem weißen Kittel. Er beugt sich über sie und leuchtet ihr mit einer Lampe in die Augen.

Rosa kneift die Augen zu. „Wer ... was ... was mache ich hier?"

Die Frau lässt ihren Kopf auf Rosas Arm sinken und beginnt zu weinen. „Oh, Liebling, ich hatte solche Angst um dich. Wie konnte das nur passieren!"

Der Mann in Weiß klopft der Frau beruhigend auf den Rücken. Das Zimmer ist verschwommen, halb dunkel. Es riecht komisch.

Sie versucht sich aufzusetzen, aber es gelingt ihr nicht. Wieder eine große Welle der Panik. Irgendetwas stimmt nicht, aber sie weiß nicht was. Wer ist diese Frau? Wo ist sie? Wer ist Rosa?

Ein anderer Mann erscheint. Er legt seinen Arm um die weinende Frau und führt sie weg.

Der Mann in Weiß setzt sich neben sie auf das Bett. „Weißt du, wie du heißt?", fragt er freundlich. „Nenn mir deinen Namen."

Mit Mühe bekommt Rosa ihre Lippen auseinander. Sie fühlen sich trocken und aufgeplatzt an. Sie versucht sie mit der Zunge zu befeuchten. Sie hat Angst.

No fear! No fear!, klingt eine schallende Stimme durch ihren Kopf. Das macht sie seltsamerweise ruhiger.

„Ich … ich weiß es nicht", bringt sie schließlich mit Mühe heraus. „Ich weiß meinen Namen nicht." Sie schließt die Augen. Sie weiß ihren Namen nicht mehr. Was für ein schreckliches Gefühl!

No fear … Wer ist sie? Was ist geschehen?

Der Mann steht auf und nickt. Er streicht vorsichtig über ihren Arm. „Schlaf ein. Hab keine Angst. Alles wird gut."

Als sie wieder wach wird, ist es hell im Zimmer. Neben ihr sitzt die Frau. Sie kommt ihr jetzt irgendwie bekannt vor.

„Rosa … Rosa, Schatz, weißt du, wer ich bin?"

Rosa studiert ihr Gesicht. Die blonden Haare, die dunkelblauen Augen, der Leberfleck daneben. Eine tiefe Falte zwischen ihren Augenbrauen. Sie hat einen lieben Mund. Sie weint schon wieder.

„Liebling … ich bin es. Erkennst du mich nicht?"

„Mama?" Rosa fängt zu weinen an. „Mama, oh Mama, wo bin ich? Was ist passiert? Ich war so allein. Ich war so weit weg und …" Sie kann nicht mehr weitersprechen. Eine Seite ihres Kopfes dröhnt heftig. Ihr Gesicht verzerrt sich vor Schmerz.

Ihre Mutter hält sie fest. „Still liegen bleiben, mein Schatz. Streng dich nicht so an. Du hast eine schwere Gehirnerschütterung und du warst zwei Tage bewusstlos. Du leidest an Gedächtnisverlust, sagt der Arzt. Kannst du dich daran erinnern, wie du heißt?"

Ein Name brodelt durch eine dicke dunkle Masse an die Oberfläche. „Rose …", murmelt sie mühsam.

„Gut, ja, Schatz", sagt ihre Mutter. Die Tränen laufen ihr über die Wangen. „Du heißt Rosa. Weißt du auch deinen Nachnamen?"

Tränen vor Ohnmacht und Panik laufen von Rosas Wangen in ihre Ohren. Ihre Mutter wischt sie sanft fort.

Es brodelt nichts mehr nach oben. „Ich … ich weiß es nicht …", stammelt sie. „Ich habe Angst, Mama. Ich weiß es nicht."

„Sssst …", sagt ihre Mutter leise. „Es wird wieder gut. Es braucht bloß ein bisschen Zeit. Mach ruhig die Augen zu. Hast du Schmerzen, Liebes?"

Sie versucht zu nicken, aber es klappt nicht. Ihr Kopf ist schwer wie ein Stein.

„Schlaf einfach, ich bleib bei dir."


Als sie das nächste Mal nach oben schwimmt, ist es anders. Sie fühlt sich stabiler. Ihr Magen knurrt.

Ihre Mutter ist nicht mehr da, aber an einem Tisch sitzt ein Junge. Er hat eine Mütze auf und einen Bademantel an. Er hat ein großes Pflaster über seiner Nase. Er sitzt unter einer Lampe und zeichnet. Das übrige Zimmer liegt im Dunkeln.

Als er sieht, dass sie die Augen geöffnet hat und ihn anstarrt, zeigt er ihr die Zeichnung.

„Ich habe einen neuen Entwurf gemacht", sagt er munter. „Gefällt er dir?"

Er kommt näher und hält ihr die Zeichnung vors Gesicht. Es ist eine Rose. Eine Rose, die gerade erst aufblüht. „Rose" steht mit großen farbigen Buchstaben darunter. In das O ist ein Mond gezeichnet, mit Wolken drum herum. In das R ein rotes strahlendes Herz.

„Schön …", murmelt Rosa. Sie weiß, wer er ist. „Nose … was ist mit deiner Nase passiert?"

Nose lacht erleichtert auf. „Ah! Du erkennst mich!"

Auf einmal dringen noch mehr Dinge in ihr Bewusstsein.

„Rose …", murmelt sie. „Ich heiße Rosa van Dijk. Rosa oder … Rose. Welche bin ich?"

„Alle beide …", flüstert Nose mit einem Lächeln. „Und alle beide sind gleich lieb."

Wieder Tränen. Rosa schließt erschöpft die Augen. Als sie sie wieder öffnet, sitzt Nose immer noch da.

„Was ist mit deiner Nase passiert?"

„Gebrochen", sagt Nose. „Cool, was? Jetzt krieg ich eine Boxernase." Er öffnet seinen Bademantel. Auf seinem nackten weißen Bauch sieht Rosa noch einen Verband. „Messerstich", sagt er stolz. „Mit sieben Stichen genäht. Aber ist nicht wild. Ich darf morgen schon nach Hause. Erinnerst du dich noch an die Schlägerei?"

„Nein … kaum … Geschrei …"

Nose greift nach ihrer Hand und streichelt sie sanft. „Wir sind Helden", flüstert er. „Wir haben einem alten Mann das Leben gerettet."

„Ehrlich?"

„Ja. Haben wir gut gemacht. Lord Hosenscheißer und Rose, die Große."

Sie erinnert sich vage an einen blutenden Mann. Das Messer, das im Mondlicht geglänzt hat. Und da war noch etwas. Etwas Wichtiges. Was war es denn bloß? Rosa denkt scharf nach. Aber es ist schwierig, weit weg. Wie große plumpe Fische schießen Wörter und Bilder durch ihren Kopf, die sie nicht begreift.

Nose streichelt ihre Hand. Dann weiß sie es plötzlich.

„Die Jungen kannten dich. Wieso?" Rosa versucht sich aufzusetzen, aber Nose hält sie sanft zurück.

„Der Arzt sagt, dass du liegen bleiben musst."

„Nose, erzähl es mir."

„Du bist jetzt noch zu schwach, Rosa."

„Ich will es aber wissen", sagt Rosa stur.

Nose legt seinen Kopf vorsichtig neben ihren auf das Kopfkissen, als ob er es nicht wagt, sie anzuschauen.

„Ja, ich kenne die Typen. Ich hab früher mit ihnen rumgehangen. Aber das ist echt lange her. Und dann wollte ich nicht mehr mitmachen. Sie haben total viel Scheiß gebaut. Ich hatte Angst vor ihnen. Ich hatte immer Angst, dass ich ihnen auf der Straße begegne."

Rosa fühlt, dass ihre Wange nass wird. Aber es sind dieses Mal nicht ihre Tränen. Oder doch?

„Aber sie haben mich gezwungen. Sie hatten Angst, dass ich sie verraten würde. Aber das habe ich nicht getan." Rosa drückt schwach seine Hand, die neben ihrer auf dem weißen Laken liegt.

„Weißt du noch, no fear, Nose. Das war alles früher. Jetzt ist jetzt. Jetzt ist alles ganz anders, oder?"

Rosa spürt, dass Nose nickt.

„Jemand hat die Polizei angerufen, die kam gleich, nachdem du das Bewusstsein verloren hattest. Der große Typ, Barry heißt er, wollte dich packen, aber ich bin dazwischengegangen. Er wollte mir einen Schlag verpassen, stattdessen hat er deinen Kopf erwischt. Du bist hingefallen und hast noch einen Tritt gekriegt. Und dabei hast du dir den Arm gebrochen. Ich habe dem Idiot einen Stoß in den Magen verpasst, sodass er auf dem Boden zusammengeklappt ist, aber der andere, der dicke, hatte ein Messer."

Rosa hält den Atem an. „Und dann?"

„Er hat damit in meinen Bauch gestochen."

„Oh." Rosa bekommt Gänsehaut. „Hat das wehgetan?"

„Zuerst habe ich es nicht mal gespürt, aber dann hab ich hingeschaut und nur Blut gesehen."

Rosa sieht ihn geschockt an.

„Und dann bin ich auch ohnmächtig geworden."

„Du hättest tot sein können, Nose."

Nose nickt. Er hält seine Nase fest und setzt sich mühsam auf. „Aber ich lebe noch! Unkraut vergeht nicht."

„Und du hast mich gerettet."

„Ansichtssache. Man könnte auch sagen, dass du durch mich erst in die Sache reingeschlittert bist."

„Aber du warst voll mutig! Du bist nicht weggelaufen und du hast mich verteidigt. Danke!"

Nose schaut sie an und wird rot. „Du darfst dich nicht so anstrengen. Versuch wieder zu schlafen."

„Kann ich nicht."

Rosa tastet nach ihrem Kopf. Eine Seite tut immer noch furchtbar weh.

Rechts neben ihr hängt ein Tropf und ihren linken Arm kann sie beinahe nicht bewegen. Er ist in Gips.

„Hey, ich hab eine Idee!" Nose steht auf und geht langsam zum Tisch. Er kommt mit einer Schachtel Stifte wieder. „Darf ich?" Er zeigt auf die Zeichnung im Skizzenblock und dann auf ihren Arm.

„Tu dir keinen Zwang an", sagt Rosa mit einem schiefen Grinsen. „Mach was Schönes draus. Und schreib ruhig Rosa, nicht Rose."

# *Krankenhaus-Mail*

**Von:** Rosa van Dijk [rosavandijk@hotmail.com]
**Gesendet:** Donnerstag, 24. Juni 11:10
**An:** Jonas de Leeuw [jdl@xs22.nl]
**Betreff:** Krankenhaus-Mail

Lieber Jonas,
ich sitze jetzt aufrecht im Krankenhausbett. Ich werde verhätschelt, als ob ich eine Prinzessin wäre.
Ich hab ein sehr schönes T-Shirt an. Mit Graffitibuchstaben steht darauf: NO FEAR! Habe ich von Nose bekommen.
Wir sind zusammen! Aber das macht dir nichts aus, oder? Das beschäftigt mich schon ein bisschen, du musst es mir wirklich ehrlich sagen.
Ich darf Mamas Notebook benutzen, darum kann ich jetzt mailen. Ich hänge nicht mehr am Tropf, also kann ich mich auch besser bewegen.

Ich habe gehört, dass Affenarsch dich angerufen hat,
um dir zu erzählen, was passiert ist.
Weißt du, dass Nose und ich in der Zeitung gestanden
haben?
„Zwei junge Helden retten das Leben eines alten
Mannes".
Ich werde dir eine Kopie von dem Artikel schicken. Nose
und ich wurden interviewt und ich hab auch angemerkt,
dass Graffiti Kunst sind und die Welt ein großer Zeichenblock. Und über die coolen Neandertaler-Teenager, das
steht also auch alles drin. Darüber musste der Reporter
richtig lachen. Er fand es eine sehr originelle Sichtweise
der Höhlenmalerei, hat er gesagt. Ich hab natürlich
gesagt, dass nicht ich mir das überlegt habe, sondern
du, und dann wollte ich Werbung für deine Gedichte
machen, aber leider hat ihn das nicht interessiert.
So ein Kunstbanause!
Der Mann, den wir gerettet haben, liegt auch hier im
Krankenhaus, auf einer anderen Station. Seine Frau
bringt uns jeden Tag ein Geschenk, so froh ist sie, dass
ihr Mann noch lebt. Ich habe ein sehr schönes Buch bekommen, ein Stofftier (!), eine Barbie (!) und eine
Schachtel mit herrlichen Pralinen, die ich schon alle aufgegessen habe ... Nose hat ein ferngesteuertes Auto (!)
gekriegt, ein Buch und eine riesige Dose Bonbons. Ihr ist
nicht so richtig klar, womit wir noch spielen, glaube ich.
Aber es ist schon witzig! Ich habe mir Nose' Buch unter
den Nagel gerissen. Es heißt „Allein auf der Welt" und
ist sehr traurig.

Ich fühl mich nicht mehr allein auf der Welt. Es ist gerade so, als ob ich durch den Schlag auf den Kopf wachgerüttelt wurde. Ich bin wahnsinnig froh, dass ich noch lebe. Außerdem habe ich beschlossen, dass ich mit dem Hungern aufhöre. Ich hab's echt ein bisschen übertrieben.

Nose hat mit Stiften ein großartiges Graffiti auf meinen Gipsarm gemalt. Er wollte auch mit einer Spraydose arbeiten, aber das hat die Krankenschwester nicht erlaubt. Er ist schwer beschäftigt, denn alle Kinder auf der Station, die einen Gips haben, wollen auch ein Graffiti. Der Stationschef, ein sehr netter Arzt, ist so beeindruckt von seinem Zeichentalent, dass Nose, wenn er wieder ganz gesund ist, sogar ein paar Graffiti auf die Wände im Gang sprayen darf! Ehrlich! Wow! Und er wird dafür bezahlt. Und ich darf helfen!
Ich fühl mich schon ein bisschen besser und mein Gedächtnis ist wieder komplett zurück. Das war echt ganz schön unheimlich, als ich mich an nichts erinnern konnte. Ich wusste nicht mal mehr, wie ich heiße und auf welche Schule ich gehe. Es kam alles nach und nach zurück. Affenarsch habe ich als Letztes erkannt, haha. Aber er ist jetzt sehr nett zu mir. Wir haben, als Mama nicht dabei war, ein richtiges Erwachsenengespräch geführt. Er hat erklärt, dass er alles sehr schwierig findet. Er ist schon einundvierzig und hat nie Kinder gehabt. Jetzt hat er auf einmal einen Teenager und ein Baby. Er sagt, dass er alles so gut macht, wie er kann, aber oft einfach nicht weiß, was er tun soll. Und ich hab es ihm

natürlich auch nicht leicht gemacht, weil ich ihn nicht akzeptiert habe. Ich wollte meinen eigenen Vater zurück. Und ich war ihm böse, weil er sich in meine Mutter verliebt hat. Das haben wir uns alles gesagt. Und ich habe ihn verstanden und er mich auch. Das tat richtig gut. Wir haben abgemacht, dass wir Esthers Survival-Tipps ausprobieren!

Vor dem Unglück wusste ich überhaupt nicht mehr, wer ich eigentlich bin: Rosa oder Rose. Ich war so unglücklich und dachte, dass ich allen schnurzpiepegal bin.

Das Komische ist, dass ich seit dem Schlag auf den Kopf dieses Gefühl nicht mehr habe. Das kommt, denk ich, vor allem daher, dass ich mit anderen Leuten darüber gesprochen habe. Zuerst mit Nose. Und dann mit Mama. Und sogar mit Alexander. Und auch mit dir und Esther. Ich hab eigentlich ganz schön was dadurch gelernt. Ich weiß jetzt besser, was ich will. Ich will auf jeden Fall einfach ich selbst sein und nicht mehr alles dafür tun, jemand anderes zu werden. So wie Karien zum Beispiel. Die habe ich so bewundert, dabei ist sie gar nicht so nett. Oder so wie die hübschen Mädchen auf MTV oder in Zeitschriften und Filmen.

Ich hab gemerkt, dass sich doch ganz schön viele Menschen etwas aus mir machen. Einfach so, wie ich bin. Du zum Beispiel und Esther und Nose und Herr Meyer und Mama und Papa und Abelchen natürlich. Sogar Alexander hat gesagt, dass er mich sehr lieb hat! Musst du dir mal vorstellen, Affenarsch!

Ich habe beschlossen, dass ich auf die Kunstakademie will. Nose und ich haben ausgerechnet, dass er im dritten Jahr ist, wenn ich im ersten Jahr bin. Stell ich mir richtig toll vor. Den ganzen Tag zeichnen und malen und Dinge tun, die mir Spaß machen.

Zu meiner Überraschung sind eine ganze Menge Leute aus meiner Klasse zu Besuch gekommen. Sie finden mich plötzlich sehr interessant und sind ziemlich baff darüber, was Nose und ich uns getraut haben. Sie haben sich sogar dafür entschuldigt, dass sie mich so geärgert haben. Ich habe dann zugegeben, dass ich ab und zu ein bisschen komisch bin, aber nur, weil ich mich manchmal allein fühle und unsicher bin.

Herr Meyer war auch zu Besuch und hat mir einen Zeichenblock und eine Packung Pastellstifte mitgebracht! Mit Pastellstiften kann man supertoll arbeiten. Ich hab schon jede Menge Zeichnungen damit gemacht. Der Krankenschwester gefällt es weniger gut, weil mein Bettzeug jetzt immer mit allen Farben des Regenbogens beschmiert ist. Zum Glück ist mein linker Arm gebrochen, so kann ich noch mit rechts malen und tippen.

Der Gips kann in etwa einer Woche ab, aber das finde ich schade, denn ich habe mich richtig an die schöne Zeichnung von Nose gewöhnt. Ich werde den leeren Gipsarm über mein Bett hängen. Er ist ein Kunstwerk.

Papa war zu Besuch, mit seiner neuen Freundin. Sie ist richtig nett. Er ist sehr stolz auf mich, hat er gesagt, und er fand das Piercing in meiner Augenbraue cool! Seine Freundin hat so einen minikleinen Stecker in der Nase!

In den Sommerferien fahren er und ich zu zweit für zwei Wochen irgendwohin.

Ich bin sehr froh, obwohl ich im Krankenhaus liege, ich habe sogar wieder Lust, in die Schule zu gehen. Ich hoffe, dass ich nicht zu viel verpasst habe.

Alles Liebe von deiner besten Freundin
Rosa

**Von:** Rosa van Dijk [rosavandijk@hotmail.com]
**Gesendet:** Donnerstag, 24. Juni 14:05
**An:** Esther Jacobs [esther@xs42.nl]
**Betreff:** Miss Piggy ist froh

Liebe Esi,
krasse Geschichte, was?
Mein Arm darf bald aus dem Gips raus und ich hab nur noch abends manchmal Kopfschmerzen.
Die eine Seite von meinem Kopf war vollkommen grün und blau. Ich darf morgen nach Hause, aber ich muss mich noch eine Weile ausruhen.
Mama hat das Buch gekauft, aus dem du die Survival-Tipps hast, und sie will jetzt die ganze Zeit alles an mir ausprobieren. Wie führ ich ein gutes Gespräch mit meinem Kind und so. Du lachst dich kaputt. Aber sie ist auch sehr froh, dass sie jetzt weiß, wie ich mich gefühlt habe. Sie hat sogar gesagt, dass es ihr sehr leidtut, dass sie sich in letzter Zeit so wenig um mich gekümmert hat.

Ich weiß jetzt auch, dass ich überhaupt nicht dick war, ich
dachte das bloß. Sie haben mich Miss Piggy genannt,
weil ich eine Stupsnase habe und blonde Haare. Und
auch, weil sie fanden, dass ich mich manchmal aufgeführt
habe wie eine richtige Diva.
Ich hab noch eine Neuigkeit. Ich hab einen Freund. Nose.
Er ist sooo lieb! Und er kann unglaublich gut zeichnen
(ja, und auch gut küssen!).
Wir werden zusammen ein großes Graffiti im Kranken-
hausflur sprayen.
Wir werden garantiert ein berühmtes Duo. Rose und
Nose. Klingt cool, oder?

Es, ich möchte dir noch sagen, dass ich es sehr schön
finde, dass du meine Freundin bist. Es tut mir leid, dass
ich so wenig von mir habe hören lassen. Ich habe mich
einfach nicht getraut, dir alles zu erzählen, weil ich mich
so geschämt habe. Also habe ich gar nicht geschrieben.
Aber du hattest natürlich Recht!
Ich hielt mich früher für eine graue Maus, aber ich war
vor allem eine ängstliche Maus.
Jetzt habe ich ein T-Shirt, auf dem steht: NO FEAR!
Ich habe es von Nose bekommen.
Eine Krankenschwester läuft hier auch in so einem rum,
sie hat es Nose abgekauft. Das ist witzig, vor allem,
wenn sie mit einer riesigen Spritze ankommt!

Viele Grüße von deiner Freundin
Rosa-Aprikosa

**Von:** Rosa van Dijk [rosavandijk@hotmail.com]
**Gesendet:** Donnerstag, 24. Juni 20:02
**An:** Rosa van Dijk [rosavandijk@hotmail.com]
**Betreff:** Me-Mail

Hi, Rose,
dies ist eine Abschiedsmail an dich. Seit dem Unglück
hab ich deine Stimme nicht mehr gehört. Es ist jetzt ein
bisschen ruhiger, muss ich zugeben. Aber du bist garantiert noch irgendwo. Oder vielleicht sind Rosa und Rose
jetzt zusammengeschmolzen zu Rosa II. Ich weiß es nicht
und es macht mir auch nicht so viel aus.

Also ... mach's gut und vielleicht auf Wiederhören!
Rosa

PS: Mein Piercing darf drinbleiben! Ich hab von Mama
sogar einen sehr schönen blauen Stecker gekriegt. Fand
sie schöner als den Ring.

*Francine Oomen* wurde 1960 in Laren (Niederlande) als ältestes von fünf Kindern geboren. Drei Leidenschaften begleiten sie seit ihrer Kindheit: Zeichnen, Lesen und natürlich Schreiben. Als gelernte Industriedesignerin entwickelte sie zunächst Pappbilderbücher, bevor sie dazu überging, Bücher für ältere Kinder zu illustrieren und vor allem zu schreiben. Mittlerweile zählt sie zu den beliebtesten Kinderbuchautorinnen in den Niederlanden und ihre Serie „Wie überlebe ich …" ist dort ebenso populär wie Harry Potter. Francine Oomen wurde für ihre Bücher mehrfach ausgezeichnet.